李艇　著

中国古代文学批评新论

暨南大学出版社
JINAN UNIVERSITY PRESS

中国·广州

图书在版编目（CIP）数据

中国古代文学批评新论/李艇著. —广州：暨南大学出版社，2013.1
ISBN 978-7-5668-0310-8

Ⅰ.①中… Ⅱ.①李… Ⅲ.①中国文学—古典文学—文学批评史—研究
Ⅳ.①I206.09

中国版本图书馆 CIP 数据核字(2012)第 193084 号

出版发行：暨南大学出版社

地　址：中国广州暨南大学
电　话：总编室（8620）85221601
　　　　营销部（8620）85225284　85228291　85228292（邮购）
传　真：（8620）85221583（办公室）　85223774（营销部）
邮　编：510630
网　址：http：//www.jnupress.com　http：//press.jnu.edu.cn

排　版：广州市天河星辰文化发展部照排中心
印　刷：佛山市浩文彩色印刷有限公司

开　本：787mm×960mm　1/16
印　张：12.125
字　数：200 千
版　次：2013 年 1 月第 1 版
印　次：2013 年 1 月第 1 次

定　价：30.00 元

代 序

板凳甘坐平生冷 人生不教岁月空

崔淑琴

追溯起来，李艇对于中国古代文学批评思想的研究已近30年了。

那还是在20世纪80年代中期，我们已进入大学第四年的学习，为了加强我们的文学理论素养，使我们能做好毕业论文的撰写工作，学校专门从中国社会科学院文学研究所请来了栾勋、陶文鹏两位老师，其中栾勋老师就为我们开设了《中国古代文学批评思想研究》课程。这门课程在我们大多数同学看来，很深奥，很晦涩，很难懂。特别是原著中那些诘屈聱牙的理论术语，像一只只拦路虎，阻挡着我们对中国古代文学批评的走近和喜爱，但它却激发起李艇浓厚的研究兴趣。

记得那是1985年的秋季，栾勋、陶文鹏两位老师风尘仆仆从京城赶来，在那个边陲古城为我们上了一个学期的文学理论研究课。那一段时间，处于地震带上的古城小地震不断，两位老师的到来，转移了我们对地震的恐惧。每天傍晚，李艇（两位老师的联络员）都会约上我们七八位同学，一起陪同两位老师去城郊散步。我们一行人簇拥着老师，沿着傍城而过的吐曼河，边走边聊，一会儿声儿很轻，一会儿声儿又很大，有争执，也有笑声。落日的余晖布满天边，亦如碎金一般洒在河面，河水仿佛也被我们所感染，打着旋儿，一路欢快地向远方流去。那一幅场景，很有些几千年前，孔子与其弟子交谈时的样子。

在这些人中间，李艇是一个活跃分子，他的问题多而杂，有些是来自于他听课时产生的一些疑问，有些是他看书时得来的一些想法。什么“道可道，非常道”，什么“大音希声”、“大象无形”，什么“里仁为美”、“兴、观、群、怨”、“思无邪”、“振叶以寻根，观澜而索源”等，诸如此类，不一而足。在我看来，与老师的这种户外漫谈远比上课有趣得多，只是我们一行人，大多还是在听，还停留在消化吸收阶段，而李艇却已豪情万丈，把魏晋时期的嵇康定为自己毕业论文的研究对象。

兴趣的产生是容易的，因有老师的激励，有同学的欣赏，也有初生牛犊不怕虎的热情，但是，要让这兴趣一直延续下去，却并不是那么容易的一件事。

大学毕业留校以后，李艇在80年代末90年代初到安徽师范大学中文系文艺学研究生班学习。在那里，他遇到了一批文艺学界的翘楚人物，如《文心雕龙》研究大家祖保泉先生、《诗品》研究专家梅运生先生、文艺学研究专家方可畏先生等，也曾做过美学家蒋孔阳先生的学生。在安徽师范大学，李艇对中国古代文学批评思想研究的兴趣得以巩固，在那里他撰写了多篇论文，《论钟嵘的诗歌批评标准——兼论“滋味说”》就是其中的一篇，此文经《喀什师范学院学报》发表以后，被人大复印资料全文转引，现已是钟嵘诗歌批评研究者不能忽视的一篇参考资料。

在安徽师范大学学习结束后，李艇回到学校，随即为本科生们开设了《中国古代文论研究》的选修课，几轮下来，他便开始着手系统地研究中国古代文学批评思想。

转眼间，李艇在文艺批评研究领域里摸爬滚打已近30年。30年的研究对他的耐力、意志力都是一个极大的考验，做学问从来都是“怎一个苦字了得”的事，更何况还是一门冷门研究。在这样一个讲究效率与速度的社会，人们关注更多的是结果，还有多少人会在意其过程？但李艇却一如既往地独自跋涉在这条从来就不热闹的小道上，经受着寂寞与清苦，也经受着时光对于心智与精神的磨炼。

值得一提的是，李艇并不是一名专职教师，他虽然一直在高等院校工作，但长期从事的却是行政管理工作。所以，每当工作有一点点闲暇的时候，他也不是用来休息，而是用来啃读那些他从古籍书店淘来的文学理论原著；每当工作繁杂、令人费神的时候，他也忙里偷闲，俯案撰写那些并没有多少读者的理论文章。对于李艇来说，此项研究已成为他的精神寄托和最佳的休息方式。

在这本近20万字的专著中，李艇对中国古代文学批评思想史进行了梳理，提出了有别于其他中国古代文学批评思想史研究者的一些观点。这些观点都是在认真研读原著的基础上形成的，它们不哗众取宠，也没有卖弄学问，字里行间都可感受到他的严谨与理性。与其说这些研究有新意，他能够自圆其说，倒不如说这些研究集中体现了他皓首穷经、学而不厌的一种精神。

很显然，本书的写作不是速成的，它凝聚了李艇几十年来的心血与汗水。从先秦——中国古代文学批评思想的萌芽，到魏晋——中国古代文学批评思想的自觉，再到唐宋——中国古代文学批评思想的繁荣，以至于明清——中国古代文学批评思想的蜕变，这种研究跨度，不可谓不大；这种研究难度，亦不可谓不高。令人欣慰的是，李艇坚持下来了。

面对自己的研究成果，李艇也有遗珠之憾，诸如汉乐府诗论、建安风骨、中国清代小说创作研究等，此书都没有涉及，而这些又是他所擅长的、喜爱的。而我则认为这无关大碍，因为它们既不影响此书的体系，也不影响此书的价值。

范文澜先生曾说到“板凳甘坐十年冷，文章不写一字空”，而对于李艇来说，板凳甘坐何止是十年冷。在这长年的冷寂中，他是否研究出了大学问并不最为重要，更重要的是，他已从自己的研究中获得了一种心灵上的慰藉和快乐。

是为序。

2012年6月23日端午节

目　录

第一章

先秦——中国古代文学批评思想的萌芽

一、先秦文学批评思想概说

先秦时期是中国古代文学批评的萌芽期，这个时期的文学批评虽然零散，却是中国数千年文艺思想的“储水池”。在此之前的文艺思想、文艺观点都汇集到先秦这个池中；之后数千年的文艺批评观点、思想，又都从这个池中流出，特别是以孔子、孟子为代表的儒家文艺思想和以老子、庄子为代表的道家文艺思想，对后世的影响可谓源远流长、历久不衰。正如刘勰在《文心雕龙》中所说的“百家腾跃，终入环内”，不仅“诗言志”是开山的纲领，而且“大音希声”也是开山的纲领。儒家、道家的文艺思想自从在战国时期形成后，就成为中国古代文艺批评史上的双璧，“双峰并秀”，各领风骚。虽然统治阶级对待儒、道两家的文艺思想在不同时代各有侧重，但在文艺创作和文学批评上，两家却一直都是不相上下的。人的思想之所以或儒或道，或者亦儒亦道，甚至先儒后道，都与人的一生生活经历有关。人要活着，就要入世，不入世，没有饭吃也活不下去，信奉儒家思想就是最好的选择；可是打拼累了，厌倦了，也有了一定的生活基础，自然想松口气，于是出世的念头又会占上风，信奉道家思想又会成为人们的必然选择。“达则兼济天下”，自然倾向儒家；“穷则独善其身”，自然倾向道家。然而“穷”和“达”本身就是一对互相依存的矛盾，既对立又统一，共生于一个矛盾统一体中，将儒、道合而用之，对于文艺来说反而更加符合实际。在学习先秦文艺批评时应注意几个特点。

（一）先秦文学批评思想的原创性

先秦文艺思想虽然零散，但极有价值，许多概念、命题和学说都具有根本的、原创的意义，对后世的影响极大，特别是对待文艺的基本观点、基本见解一直都统治着后世文艺的发展方向。

先秦文艺批评思想的原创性表现在它自身所拥有的永久魅力上，它是中华民族童年时代关于文艺批评的基本看法，至今仍具有永久的艺术魅力。正如马克思所说，“当艺术生产一旦作为艺术生产出现，它们就再不能以那种在世界史上划时代的、古典的形式创作出来，因此，在艺术本身的领域内，某些有重大意义的艺术形式，只有在艺术发展不发达的阶段上才是可能的"[①]。先秦文艺批评思想，是先秦政治经济文化的缩影，是时代的产物，是"开山的纲领"，因而具有划时代的意义。先秦诸子的文艺批评思想是在大量艺术创作和审美经验的基础上形成的，是一个时代文艺鉴赏、文艺创作的概括和总结。各家的思想虽多彩纷呈、形态各异，但都根植于春秋战国时期社会经济发展的热土，也根植于那个时代文艺创作的热土。我们以儒家为例便可说明这一点。孔子发现了诗歌艺术的巨大社会作用，这是他在总结了当时的文艺创作后得出的非常深刻而又全面的文艺观点。他说："小子何莫学夫诗，诗可以兴，可以观，可以群，可以怨，迩之事父，远之事君，多识于鸟兽草木之名。"[②] 这个观点一经提出，便在中国古代文学批评史上树起了重视文艺对社会的作用，利用文艺来泄导人情、移风易俗的旗帜；为矫正艺术脱离现实的弊端，打下了坚实的思想基础，形成了绵延数千年的儒家"诗道"。每当文艺脱离现实或丧失艺术本性时，后世的艺术理论家们都会举起"诗道"的大旗，来力矫时弊对文艺的扭曲。

（二）先秦文学批评思想的先导性

先秦文艺思想具有先导的历史意义，中国古代数千年的封建社会，可谓"天不变，道亦不变"，先秦之后的各种观点都在先秦诸子中初见端倪。随着文学艺术的自觉，人们关于"文章"、"文学"的区分日益鲜明，文艺批评的方法日益具体，文学艺术的自身规律日益深入，文艺批评史上形成了许多具有民族风格的艺术观点，而这些观点寻根溯源都可在先秦诸子的著作中找到起点。孟子在文艺批评中提倡"知人论世"和"以意逆志"，这一命题的产生，说明孟子对文艺作品与作家之间关系的认识是很有见地的。作品是作家内心情感的形象化表现，而在研究作品、对作品进行批评鉴赏时，如果对作家的身世、作家所处的时代和社会环境有了全面的了解，再进行文艺批评一定会更全面、更真实、更科学。

也正是由于"知人论世"的影响，后世才有钟嵘"评风格、溯流别、定品第"的《诗品》，才有刘勰把批评家作为"知音"的优良风气。

---

① 马克思、恩格斯：《马克思恩格斯选集》（第2卷），人民出版社1979年版，第112页。

② 杨伯峻：《论语译注》（第2版），中华书局1980年版，第185页。

（三）先秦文学批评思想的丰富性

先秦时期的文艺批评思想是在一定社会历史条件下形成的，这些思想体系中的概念、命题，后人虽然仍在使用，但概念和命题的内涵已经发生了偏移，因此，我们不能简单、机械地对待先秦出现并贯穿于中国两千多年的概念、命题，更不能僵化地理解它们。"兴"这个概念很早就出现于中国古代文艺批评之中，孔子说"诗可以兴"，又说"兴于诗，立于礼"，据何晏《论语集解》引包咸的注释，"兴，起也，言修身当先学诗"，这时的"兴"强调文艺为政治礼教服务。到朱熹时，他说"兴，起也，先言他物以引起所咏之词"，这时的"兴"又是一种表现方法。到了殷璠的《河岳英灵集》中，"兴"又组成"兴象"一词，"兴"已成为中国古代诗歌中一个极为重要的概念，即"有兴之象"的代名词，专指艺术家在诗歌中塑造的包含艺术家感情的画面。一个概念经过漫长的历史传承，已经与初成之时的内涵大不相同了，这就形成了中国古代文艺概念的丰富性。

概念有丰富性，命题的内涵也有着丰富性。以老子为代表的道家倡导"大音希声"之美，这一美学思想与他的哲学本体论是一脉相承的。他说"道可道，非常道；名可名，非常名"，在他看来，"道"分两类：一类是"可道"之非常道，另一类是"不可道"之常道。也就是说，常道就是统摄宇宙万物的根本规律，是不可道的；而可道的、可说的只是现象，根本不是规律，这是老子客观唯心主义世界观的简要表述。而"大音希声"就是在这种世界观影响下形成的文艺观，音是有声的，是现象，是一瞬的，而大音是无声的，是本质，是永恒的。在这一命题的影响下，后世出现了"此时无声胜有声"的美学命题，这两者在形态上有相似之处，但实际内涵却相去甚远。一祖产生数宗，这使得古代源生性的文艺命题发生内涵偏移，形成了中国古代文艺批评思想的丰富性。因此，我们在学习、研究中国古代文艺批评思想时，不能以一成不变的眼光对待先秦诸子的文艺思想，而应当在历史的演变中客观地看待先秦诸子的文艺思想。

先秦诸子的文艺思想异常丰富，我仅就大家因习以为常而不再深究或从前不曾涉及的几个问题提出自己的见解。

首先，孔子美学思想对中国古代美学影响深远，这是学术界公认的事实，也似乎是一个"不证自明"的命题，没有谁怀疑孔子对后世影响很大这一事实，但是，为什么会这样呢？我想孔子美学思想之所以影响深远，主要是其对后世贡献大，同时，还与孔子美学思想的内容、美育方法和美学思想推广的方法有关系。

其次，老子“大音希声”的美学思想，是道家美学思想的集中代表之一。“大音希声”的含义不是“最美的音没有声”，它必须回到老子唯心主义的哲学体系中才会有解，否则只是曲解。一方面，早在春秋时期人们关于音乐的知识就已经非常丰富，现在出土的春秋战国时的编钟音域宽阔，整套编钟音域包括五个半八度，从大字组的 C 音，到小字组的 C4 音，与一架钢琴的音域相近，它的中心音恰好是今天钢琴的中央 C，所以那个时代人们关于音乐的知识是非常丰富的。另一方面，老子要寻找统摄万事万物的根本——“道”，他说“道可道，非常道；名可名，非常名”，“可道之道”非常道，“不可道之道”才是常道，常道才是根本，才是规律。受这一唯心主义本体论的影响，他认为“音是有声的”，是现象，而“大音是希声的”，是音的规律，是根本。所以“大音希声”与“大象无形”、“大朴不雕”、“大智若愚”一样，都是比喻性的句子，是老子唯心主义本体论的形象化描述。

再次，孟子提出了“充实之谓美”的美学命题，这一崭新的美学命题丰富和发展了儒家关于美的本质的研究，在中国先秦美学史上有着重要的地位。历来学者对这一命题都有很高的评价，但是长期以来，关于这一命题的涉及多，剖析少；泛论多，详析少。要弄清“充实之谓美”这一命题，首先要弄清“充实”的内容是什么，还要明白“充实”的方法，即怎样充实才会美。

最后，庄子美学思想中有一个明显的矛盾。一方面，庄子散文作为文艺作品，具有极高的艺术价值，它不仅文采汪洋恣肆，而且想象浪漫瑰丽，是语言艺术中的精品，对后世的艺术创作包括绘画、书法、工艺的影响都很大，有着积极的美学价值和永久的艺术魅力。另一方面，《庄子》作为哲学、美学著作，又有反对艺术、排斥文学的论述。这样便出现了一对“说的”与“做的”之间的矛盾，这对美学思想上的矛盾是社会矛盾在意识形态领域中的反映，是作者生活与人生理想之间的矛盾。

二、孔子美学思想对中国古代美学影响深远的原因新论

儒家美学思想在两千多年的中国封建社会发展中，一直占据统治地位。孔子是儒家美学思想的始祖，他“年少好礼”，酷爱音乐，“子与人歌而善，必使反之，而后和之”①。

孔子生活的鲁国，文化比较发达，孔子时代还完整地保留着周代的乐舞。据《左传》记载，襄公二十九年，吴国公子季扎在鲁国观乐，不仅欣赏到了包括诗三百篇的几乎全部乐章，还看到了舜、禹、商、周各代隆重的舞乐。孔子以自己艺术实践的经验，以他对诗歌、音乐、舞蹈的研究结果，大大地丰富了前人对艺术的看法，使我国古代美学思想开始走上理论化的道路。孔子美学思想对中国古代美学发展的影响是深远的，之所以影响深远，首先是其贡献巨大，同时还由于他重视教育，用经典的文化典籍教育弟子，培养雅正的审美趣味。

（一）提倡维护中央集权、构建大一统国家政体的社会美，为历代统治者所欢迎

孔子所处的时代是变革的时代，所处的社会是动荡的社会。在孔子出生前的43年，鲁国施行了“初税亩”制，即依各人所拥有的田地亩数抽收赋税，这表明了承认土地私有的合法性，奴隶制已经废除，新兴的封建统治正在兴起。面对正在崛起的封建地主阶级，周王室已经无法恢复权力和威信，“礼崩乐坏”已成为普遍的社会现象，诸侯之间的兼并战争、权臣之间的屠杀倾轧，已成为司空见惯的现象，“天下无道，则礼乐征伐自诸侯出……陪臣执国命”② 之类的事比比皆是。在这种动荡的历史条件下，孔子仍满怀“救世”之心，希望用自己的学说来感化世人，他希望通过构建“千乘之国”、“节用而爱人，使民以时”，建立“老者安之，朋友信

① 杨伯峻：《论语译注》（第2版），中华书局1980年版，第75页。
② 杨伯峻：《论语译注》（第2版），中华书局1980年版，第174页。

之，少年怀之”[①] 的大同社会，把“天下大乱”变成“君君、臣臣、父父、子子”[②] 的有序社会。

在思想上，孔子以“仁”为灵魂，以礼乐文化为血肉，以“修身、齐家、治国、平天下”为骨架，以天下大同为最高目标，提出社会的改革方案。这套包括政治、经济、文化的改革方案，落实到社会中，孔子称之为“仁政”。在国力衰微、经济倒退的历史条件下，孔子提出“仁政”、“爱民”、“惠民”是贡献巨大的。《论语·子路》记载：“子适卫，冉有仆。子曰：‘庶矣哉！’冉有曰：‘既庶矣，又何加焉?’曰：‘富之。’曰：‘既富矣，又何加焉?’曰：‘教之。’”他把人口、财富、教育作为立国的三大基本要素，在满足人民基本物质生活的前提下，提高民众的素质，是谋求社会秩序和谐发展、国家长治久安的根本策略，是解决分裂、动乱、战争和暴政所造成的种种危机，重建社会秩序、政治秩序与文化秩序的重要途径，这种和谐、富裕、有序的社会便是具有“美”的品质的大同社会，如孔子自己所说的“里仁为美”。

孔子这种以“仁”为美的思想，为历代统治者所欢迎，成为历代统治阶级治理国家的经典。正因为如此，历史上才有“半部《论语》治天下”的说法。当然，仅受统治者欢迎，还不可能做到两千多年历久不衰，并对中华民族的文化心理结构、文化传统产生深远的影响，更重要的原因是孔子的社会美的学说能够适应社会的发展。它以“仁”为核心，把民众的利益置于较高的地位，将治乱安危系于心中，引导民众共同参与推动社会发展。孔子倡导通过“修身、齐家、治国、平天下”的途径来实现对社会作出贡献，而不像佛教引导人们向“西方净土”去寻找幸福；也不像道教，面对“礼崩乐坏”，采取“无为而治”，抱残守缺，甘于“鸡犬声相闻，老死不相往来”的没落生活。

维护中央集权统治、建立大一统的社会美思想，在战争不断的封建社会里，是有着进步意义的。这种思想的提出，无论对统治者还是对黎民百姓，都有巨大的意义，因此，它在历史上产生的影响是久远的。

---

① 杨伯峻：《论语译注》（第2版），中华书局1980年版，第52页。

② 杨伯峻：《论语译注》（第2版），中华书局1980年版，第128页。

（二）立私学，广收门徒，重视美育，传承文明

孔子十分重视教育，孔子之前，学在官府。《左传》记载郑国有乡校，那也只有大夫以上的人及他们的子弟才能入学。自古至春秋，孔子是首先设立私学的人，他广收门徒，学费又十分低廉，只是十条肉干。司马迁《史记·孔子世家》记载，“孔子以诗书乐教，弟子盖三千焉，身通六艺者七十有二”。他倡导“兴于诗，立于礼，成于乐，游于艺”的审美教育思想，按照“有教无类”的精神办学，广招生徒，综合夏、商、周三代的精华编成教材，推行文武兼备、诸育兼求的“六艺”教育，陶冶人格。蔡元培分析“六艺”教育中审美教育的因素时曾说：“吾国古代教育，用礼乐射御书数之六艺，乐为纯粹美育；书以记述，亦尚美观；射御在技术之熟练，而亦态度之娴雅；礼之本义在守规则，而其作用又在远鄙俗，盖自数之外，无不含有美育成分。”①

先秦儒家所说的“六艺”还有另一种含义，即指《诗》、《书》、《礼》、《乐》、《易》、《春秋》。这“六艺”与“礼乐射御书数”相比较，偏重于静态的精神文化方面，伦理、哲学、审美和历史等人文性因素加强了，而武艺、算数、书写等技艺性因素减少了。马一浮先生就这种静态的文化曾有过精彩的论述。“西方哲人所说的真、善、美皆包含于‘六艺’之中，《诗》、《书》是至善，《礼》、《乐》是至美，《易》、《春秋》是至真。《诗》教主仁，《书》教主智，合仁与智，岂不是至善么？《礼》是大序，《乐》是大和，合序与和，岂不是至美么？《易》穷神知化，显无道之常；《春秋》正名拨乱，示心道之正，合正与常，岂不是至真么？”② 朱光潜先生在《中国古代美学简介》一文中也认为“六艺教育是文武并重、智能兼术的全面教育”。

孔子美学思想广为流传，一方面得力于门徒众多，更重要的一方面是孔子“诲人不倦”的师德。这种难能可贵的师德，加上“不愤不启，不悱不发”的教育方法，使孔子深得学生的爱戴，对学生的人格、思想、心理的成长，产生了重要的影响。当学生走上社会后，便把“仁”为核心的美

---

① 蔡元培：《蔡元培教育文选》，人民教育出版社1980年版，第195页。

② 马一浮：《论西来学术亦统于文艺》，转引自韩钟文：《先秦儒家教育哲学思想研究》，齐鲁书社2003年版，第262页。

学思想带到四面八方。

《史记·儒林列传》记载："自孔子卒后，七十子之徒散游诸侯，大者为师傅卿相，小者友教士大夫，或隐而不见。故子路居卫，子游居陈，澹台子羽居楚，子夏居西河，子贡终于齐，如田子方、段木干、吴起、禽滑厘之属皆受业于子夏之伦，为王者师。"可见，孔子的思想流遍天下，传播后世，与他的学生及再传弟子的努力是分不开的。

佛教、道教虽也设立寺院、道观，也聚徒说法，但在民众之中应者甚少，究其原因，一是教育方针，二是教育方法。道家反对智育和美育，老子认为"绝圣去智，民利百倍"，"以智治帮，帮之贱也"，"古之善为道者，非以明民，将以愚之"，"不尚贤，使民不争"，"民多智慧，而邪事滋起"。佛家主张"五色皆空"，提倡"因果报应"，出家修行，持戒诵经。佛、道两家的思想与孔子"举贤才"、"仁且智"、"智者不惑"、"有教无类"、"因材施教"、"发愤忘食，乐以忘忧"的思想大相径庭。也正是孔子这种紧跟社会发展，服务社会、服务民众的思想，才使他的学说对后世美学思想的发展产生了深远影响。

（三）删订《诗经》，培养民众审美趣味性，推广美学思想

孔子不是简单地宣传自己的美学思想，他首先收集鲁、周、宋、杞等故国的文献，整理出中国第一部诗歌总集——《诗经》。他整理《诗经》时坚持三个标准：一个是"述而不作"，保持原来的文辞；一个是"不语怪、力、乱、神"，删去芜杂荒诞的篇章；一个是"攻乎异端，斯害已"，排斥一切反中庸之道的议论。经过他删订的《诗经》，按音乐性质分为《国风》、《小雅》、《大雅》、《颂》四个部分，诗歌更加精粹，反映社会生活的程度更深，文学价值也更高。

《诗经》自问世以来，便成为历代学子的必读教材，伴随着《诗经》的流传，孔子所提倡的美学思想也广为流传，民众的审美趣味也随之增生。

《诗经》所选诗篇都是两周具有代表性的作品，特别是《国风》所选的民间诗歌，更是深刻反映社会现实的精品。如为人们广为流传的《关雎》，作者用比兴的手法，以雎鸠和鸣起兴，描写了一对热恋之中的青年男女的内心世界和精神风貌，全诗意境浑然，情景交融，堪称古诗中的上品。作者抓住三个关键的画面，组成一幅动态的人物动作画廊，通过画面

让读者感觉到了这对热恋青年美好的内心世界。第一个画面是沙洲上和鸣的雎鸠，雌雄和鸣的雎鸠象征着君子与淑女的融洽。第二个画面是求之不得，辗转反侧，以烘托、渲染主人公内心的急迫之情，表达主人公追求美好爱情的强烈愿望。第三个画面是琴瑟友之，钟鼓乐之，表现出男青年憨厚、淳朴的可爱性格。全诗情景交融，真实地反映了奴隶制社会青年男女的精神风貌，具有鲜明的典型性，是精美的文学佳作。这样的诗篇在《诗经》中比比皆是，它们在民间广为流传，采用了现实主义的创作方法，不仅“文质彬彬”，而且“尽美矣，又尽善矣”；不仅表达了“仁”的理念，而且“可以兴、可以观、可以群、可以怨”。

通过删订《诗经》，孔子将不符合“思无邪”标准的诗删去了，保留了能体现自己审美思想的佳作，把这些佳作汇集起来，供民众阅读欣赏，进而使一种美学思想得以流传，这种“选学”的方法，对一种文艺思想的推动和流传，有着积极的作用。

一是通过阅读作品，可以培养符合一定口味的审美趣味，进而形成创作思想，使符合一定口味的美学思想源远流长。二是总集汇集了大量优秀的篇什，是精美完整的艺术品，读者从中领悟到的美学思想，要比《论语》提供的美学思想多得多，这就是形象大于思想。随着人们对作品领悟的增多，文艺在发展过程中也不断地发展孔子美学思想，更加促进了他对后世的影响。这种做法广为后人所推崇，萧统的《文选》、茅坤的《唐宋八大家文抄》、高棅的《唐诗品汇》等，都能推广一种文艺思想，推动一种文风。

《诗经》对后世的影响是非常大的，后人钟嵘在《诗品》中，定品第，评风格，溯流别，对一百二十二名诗人追溯其源，结果发现创作源于《诗经》的作者就有一半。文艺创作上学习模仿《诗经》，在美学思想上肯定与之有密切的联系。

孔子美学思想在长达数千年的中国美学思想发展史上，一直占据主导地位，对后世产生了深远的影响，这种优势仅靠自封、自我标榜是无法实现的，究其原因不外有四：

首先，孔子美学是符合社会发展的，是社会进步力量的代表，因此具有“永久的艺术魅力”。

其次，符合统治阶级治国的需要，为统治阶级欢迎。

再次，孔子兴办教育，重视美育，培养了接受、传播儒家思想的实践者。

最后，删订《诗经》，利用选学，培养民众的审美趣味，带动儒家美学思想的兴旺。

三、老子“大音希声”的美学思想新论

“大音希声”是老子一个具有代表性的美学命题。由于老子的美学体系是建立在高度抽象的思辨哲学基础之上的，所以，他的美学思想显得十分深奥、玄妙，让人难以掌握。但是，如能用马克思主义的唯物史观做指南，知其人而论其世，我们就会得到一个全面的认识。

“大音希声”是老子在说明“明道若昧”时举的一个例子。其主旨在于阐明“明显的道却是黯昧的”这个道理和“大音”却反而是听不到的现象是一样的。由于它是一个比喻句，所以，具有很强的包容性，在内容上有很大的模糊性。要想准确的揭示其内涵，首先要具有这样的思想准备：

第一，“大音希声”是老子用来说明“道”的，它是一个类比性的句子，有着极大的包容性，其本质和“道”有着极其相似的地方，所以才以它喻“道”。

第二，“大音希声”是一个音乐美学的命题。

第三，“大音希声”体现了老子的美学观、文艺观，是他的整个世界观的一个组成部分，因此，“大音希声”和“道”有联系又有区别，既有同一性又有矛盾性。

在这样的前提下，我们就能将“大音希声”放在老子哲学、美学的体系中，加以分析研究，这样既能理顺老子哲学思想的逻辑发展轨迹，又能找出“大音希声”独特的美学内涵。

（一）“道”是什么

“道”是老子哲学的中心概念，他的整个美学系统都是由他所预设的“道”展开的。老子认为“道”是真实存在的东西。《老子》第二十一章说：

道之为物，惟恍惟惚。恍兮惚兮，其中有象；恍兮惚兮，其中有物。

窈兮冥兮，其中有精，其精甚真，其中有信。[①]

“道”是其中有物的，说明“道”中有物质性的东西，那么“道”本身也基本上是物质性的东西了。当然，“道”与一般的物是有所不同的。因为它不是某一种类的物，它是看不见、摸不着的，因此，是无形、无名的。

《老子》第二十五章又说：

有物混成，先天地生。寂兮寥兮！独立不改，周行而不殆，可以为天下母，吾不知其名，字之曰道。[②]

老子为什么认为“道”是不可名的呢？因为它是“惟恍惟惚”的，是一个没有具体形象的东西。既然“道”没有确实的形体，当然也就无法命其名了。为什么老子要设定“道”是无形的呢？因为“道”如果是有形的，那么必定就是存在于特殊的时间、空间之中的具体事物。存在于特殊时空中的具体事物，是会生灭变化的，它总会有一个发展的终极，直至自我消亡。然而在老子看来，“道”却是永存的，是“常”的东西，所以他要肯定“道”是无形象的。为什么老子又要反复声明“道”是不可名的呢？因为有了“名”就会把它限制住，而“道”是无限性的。通常我们用“名”来指称某一事物，某一事物被命名后，就不能再称之为其他东西了。由于“道”的不可限定性，所以无法用语言来指称它。《老子》第一章开头就说：“道可道，非常道；名可名，非常名。”[③]“道”是不可言说的，无法用概念来表达的，只能勉强用“道”字来称呼它。

在“名”与“实”的关系上，老子哲学主张“实”先于“名”。他说：“无名天地之始，有名万物之母。”[④]天地原初之时是无“名”的，有“名”是万物的根本（据河上公注：“母，本也。”）。“实”是先于“名”的，有了万物，“名”也就有了。“实”虽是先于“名”的，但老子设计的“实”实际上却是虚的，他相信“虚实相生”，这样“道”便有了虚涵

① 任继愈：《老子新译》，上海古籍出版社1985年版，第104页。
② 任继愈：《老子新译》，上海古籍出版社1985年版，第113页。
③ 任继愈：《老子新译》，上海古籍出版社1985年版，第61页。
④ 任继愈：《老子新译》，上海古籍出版社1985年版，第62页。

的特性，令人难以言状。

“道”是虚的始基，没有固定的形体，超越了感觉、知觉的作用，但它却并非空无所有的。其中有象，其中有物，其中有精，其中有信，都说明了“道”是一个实有的存在，是一个普遍的、非具体的、非个别的存在物。并且，这个存在体在宇宙间是唯一的、绝对的，是永恒常存的，不会随着外物的变化而消失，也不会有任何力量来改变它。所以说它“独立不改，周行而不殆”①。

（二）“道”怎么样

“道”是一个存在的实体，不仅在天地形成前就有了，而且天地万物还是它所创生的，“道”是天地万物的根源。

道生一，一生二，二生三，三生万物。②

道冲而用之，或不盈，渊兮似万之宗。③

道生之，德畜之，物行之，势成之，是以万物莫不尊道而贵德。……故道生之，德畜之，长之育之，亭之毒之，养之覆之。④

老子认为，“道”是先天地万物就产生了的，它是一切个别有形之物的根源。“道”是自然界的第一生命者，是最初的发动者，它具有无穷的潜在力、创生力。万物蓬勃的生长，都是“道”的潜在力在不断创生的结果。从万物生生不息、欣欣向荣的成长中，可以看出一种无穷的活力。

然而，“道”绝不是有意识地创生万物，而是在无意识中，自然而然地创生了自然界、人类社会。老子认为“道”常无为而无不为。“大道汜兮，其可左右，万物恃之以生而不辞。功成不名有，衣养万物而不为主。常无欲，可名于小；万物归焉而不知主，可名于大。以其终不自为大，故能成其大。”⑤ 也就是说，道无意为生，它虽生出万物却不限制万物，不抑压万物，不管理万物，虽成就万物而不归功于己，虽培养万物而不为之主

---

① 任继愈：《老子新译》，上海古籍出版社 1985 年版，第 113 页。

② 任继愈：《老子新译》，上海古籍出版社 1985 年版，第 152 页。

③ 任继愈：《老子新译》，上海古籍出版社 1985 年版，第 68 页。

④ 任继愈：《老子新译》，上海古籍出版社 1985 年版，第 171 页。

⑤ 任继愈：《老子新译》，上海古籍出版社 1985 年版，第 134 页。

宰，其原因在于“常无欲”，任其自然。在老子看来，“道”生万物是自然而然的过程，不是意志决定的，故称之为自然。

“道”的境界是一个绝对自由、和谐的境界，之所以如此，是由于它的顺其自然。人在实践中遇到人与自然的冲突，便在“顺”其自然、向自然屈服中消失了。人们放弃自己的主观能动性，放弃自己的创造力，恪守原有的物质条件，而拒绝再将人的本质对象化。回避矛盾，逃避矛盾，在回避中使自我消失。矛盾双方中的一方，无条件地归同于另一方，这样矛盾统一体便解体了，只留存了单一的一方，剩下的一方当然是自由和谐的，只有这样安排了才能顺其自然。其实，这只不过是一种虚妄的幻想。所以，老子的自然、和谐并不是真正的自由．而是屈服、投降、回避矛盾的结果，它实际是一个痛苦的境界。如果侵略者要来侵略我们，就会导致侵略与抗击外来侵略的斗争。在老子看来这个斗争是不自由的，他认为历史的发展是遵循“祸兮，福之所倚；福兮，祸之所伏”① 的法则的。被侵略是件祸事，但祸事迟早要变成福事。于是，也不要抗击侵略了，心甘情愿地做亡国奴吧，等待着法则应验。那时，侵略者不用我们去抗击，自然法则就会给他们厄运，会消灭他们的，所以要顺应自然。

老子常讲自然。“功成事隧，百姓皆谓我自然”②，“希言自然”③，“道常无为，而无不为……万物将自化”④，“道之遵，德之贵，夫莫之命而常自然”⑤，“以辅万物之自然而不敢为”⑥，甚至他推崇的“道”都要法自然，“人法地，地法天，天法道，道法自然”⑦。这表明“道”是一种无意志的东西。它无为无欲而又无不为，正因为它是自然而然的，非人工的，非能动的。

（三）“大音希声”的美学意义

“道”是老子哲学的基本范畴，是构成他世界观的根本点。这个世界

---

① 任继愈：《老子新译》，上海古籍出版社 1985 年版，第 186 页。
② 任继愈：《老子新译》，上海古籍出版社 1985 年版，第 97 页。
③ 任继愈：《老子新译》，上海古籍出版社 1985 年版，第 109 页。
④ 任继愈：《老子新译》，上海古籍出版社 1985 年版，第 139 页。
⑤ 任继愈：《老子新译》，上海古籍出版社 1985 年版，第 170 页。
⑥ 任继愈：《老子新译》，上海古籍出版社 1985 年版，第 201 页。
⑦ 任继愈：《老子新译》，上海古籍出版社 1985 年版，第 114 页。

观又影响着他的文艺观，并且老子还用他对文艺的理解，来比喻说明他对“道”的看法，可见二者是相辅相成的。那么，“大音希声”与老子“道”的看法，一定是既对立又统一的，这二者不可能毫无联系，也不可能一模一样。

“大音希声”是中国古典美学中争议较大的论题。有的学者认为应在哲学的层面上理解，“大音希声”就是在谈“道”，这种观点容易使“大音希声”中所包含的独特而珍贵的美学遗产被忽视；也有学者认为“大音希声”是讲最美的音乐的，但是对“道”避而不谈，结果只是以现代美学原理曲解古代朴素的美学思想。其实细细地体味分析，“大音希声”是一个在道家哲学基础上的美学命题。

老子在《道德经》中说，“故建言有之：‘明道若昧……大方无隅，大器晚成，大音希声，大象无形。’道隐无名，夫唯道，善贷且成”①。很显然，老子在这里列举这些情况，是为了说明“道”的。用类比的方法，来阐明“道”是无形的、不可感的，是恍惚的、法自然的。

那么，什么是“大音希声”呢？

先看“音”、“声”二字。古人在使用它们时是有区别的，简单的发音叫“声”，声的组合构成为音乐的旋律叫“音”，即所谓“声成文谓之音”②。这个“音”就不应是简单、聒噪的声，应当是组合后，构成旋律的乐音。基于这个原因，我们一开始就应当在音乐美学的范围内，讨论“大音希声”。

“希”，老子说：“听之不闻名曰希。”③ 即听它，却听不到的叫希。“大音希声”的“大”，有两个含义：一是大小的“大”；二是最完美的意思。因此，“大音”就是最大或最完美的声音。但是在这个命题中，“大音”不应是最大的音，而应是最美的音，是音之道。那么，为什么“大音”不作最大的声音来理解呢？因为音是指由旋律构成、体现的乐音，那么音乐的极致，肯定不是由声音的大小来决定的。

关于这一点，先于老子的人也已经认识到了，他们认为“夫钟以为耳也，耳所不及非钟声也；犹目所不见，不可以为目也”④。音乐是诉诸听觉

① 任继愈：《老子新译》，上海古籍出版社 1985 年版，第 150 页。
② 潜苗金：《礼记译注》，浙江古籍出版社 2007 年版，第 454 页。
③ 任继愈：《老子新译》，上海古籍出版社 1985 年版，第 89 页。
④ 上海师范大学古籍整理研究所校点：《国语》，上海古籍出版社 1998 年版，第 47 页。

的，如果声音太小，则“耳所不及”；但是如果声音太大，那也不是音乐了。“夫乐不过以听耳，而美不过以观目，若听乐而震，观美而眩，患莫甚焉。”[①] 如果声音太大，就会有无穷的祸患。可见，古人早就知道，若音乐的声音太小，是无法诉诸听觉的，而太大也是后患无穷的，只有中和之音才是美的。所以早在上古时期，人们就有最大的音完全可以不是乐音的常识。

从音乐声学的角度来看，自然界中有各种高低不同的音，被用在旋律中的只是其中的一部分。人类听觉器官一般只能感受振动频率在每秒16～20 000次之间的音，而用在音乐中的，是具有显著音高的每秒33～4 224次范围内的音。古典音乐的研究对象主要限于这个音高范围，现在出土的春秋战国时的编钟，就能证明这一点。整套编钟音域包括五个半八度，从大字组的C音，到小字组的C4音，与一架钢琴的音域相近。它的中心音恰好是今天钢琴的中央C，频率大约是每秒65～3 520次间。可见从古到今，从来都不是以声音大小来衡量优秀的音乐作品的。如果音高超过一定的分贝，就是噪音，怎么能成为美的音乐呢？

我们知道“大音”是极精致的音乐，为什么又会“希声”呢？“大方无隅，大器晚成，大音希声，大象无形”[②] 是排比式的陈述句。“大音”是主语，“希声”是主语具有的属性。并且，“大方”与“无隅”、“大器”与“晚成”、“大音”与“希声”、“大象”与“无形”，并没有必然的矛盾关系。在这里老子省略了前提，如果补上，应是这样：

A. 方是有隅的；大方却是无隅的　B. 器应早成的；大器却是晚成的

C. 音是有声的；大音却是希声的　D. 象是有形的；大象却是无形的

真正构成对立的是：方与大方、器与大器、音与大音、象与大象。为什么方与大方、器与大器、音与大音、象与大象就是对立的呢？因为方、器、音、象都是特殊的、个别的、可感的事物。它们都有一定的时空，是具体的，是有生有灭的事物，是可名的事物，它们都不是“道”。而大方、大器、大音、大象都是无隅的、晚成的、希声的、无形的，是不可感的，永久恒在的，是“常”的东西，是合于“道”的。这正合于老子抛弃特殊性、推崇普遍性的哲学方法论。正因为如此，老子才鼓吹“大音”，而反

---

① 上海师范大学古籍整理研究所校点：《国语》，上海古籍出版社1998年版，第47页。

② 任继愈：《老子新译》，上海古籍出版社1985年版，第150页。

对一切可感的音。他说,“五音令人耳聋”[①],正表明他反对具体的音。

可以肯定地说,大音就是音之道,这和老子对“道”的看法一样。他喜欢那个普遍的始基——音之道,而忽视具体的音乐作品,割裂了普遍性与特殊性的联系。这个结果就导致了“大音”是不可感的、希声的。

音之道——大音是不可感的,同时它又是自然而然的,在无意志中起着作用。它是自然天成的、非人工的。他说,“道常无为”[②],“吾是以知无为之有益”[③]。为什么无为是有益的呢?因为在老子看来,“无为而无不为”[④],那些人工创造出来的有为之音,并不是最美的,只有那些非人工的无为之音,才最美。

“道”是视之不见、听之不闻、博之不得的,“大音”也一样。所以我认为“大音希声”和“道”一样,至少有这样两个属性:一是不可感知;二是无为,自然而然,反对人为。

在“大音希声”的命题中,包含着这样的思想,最美的音是听不到的,它无需什么人来创造,任何一般的音都是由“大音”生之,蓄之,养之,育之。“大音”生一,一生二,二生三,三生一切一般的音,而它并不是一切一般的音的主宰,“大音”是一种无意志的东西。这个无意志的东西,是听之不闻的,是不知其名的,只好强谓之“大音”。

有的学者认为,“大音希声”这种艺术境界类似白居易在《琵琶行》中说的“此时无声胜有声”,“在那种情景之下,无声比有声更能全面地体现出当时的思想感情和精神状态,从而构成高度的艺术之美”[⑤]。我认为这种观点值得商榷。其一,“此时无声胜有声”是人工之作,是有为的结果,而“大音”则是自然天成的,是无为的结果;其二,“此时无声胜有声”是可感的,可以诉诸听觉,“无声”是“有声”造成的回味无穷。离开有声,不可能有无声,而“大音”则是听之不闻的,是恍惚的。

在这种美学思想指导下,任何人工的、有意识的音乐创作都不可能是“大音”,只有那些无意的、由生理需要而发出的音才是“大音”。他说:

---

① 任继愈:《老子新译》,上海古籍出版社1985年版,第84页。
② 任继愈:《老子新译》,上海古籍出版社1985年版,第139页。
③ 任继愈:《老子新译》,上海古籍出版社1985年版,第154页。
④ 任继愈:《老子新译》,上海古籍出版社1985年版,第163页。
⑤ 张少康:《先秦诸子的文艺观》,上海文艺出版社1981年版,第97页。

"终日号而不嘎，和之至也。"[①] 也正是如此，他号召人们都要"复归于婴儿"[②]。老子的音乐美学思想，归根到底是取消音乐和艺术。如果他还承认什么音乐的话，无非是婴儿的无意识的声音，这便是"大音希声"的本质。正如后人所说："圣人听于无声，视于无形……老韧是也。"[③]

（四）老子美学思想产生的社会基础及其对后世的影响

老子为什么会有这样的思想呢？老子生活在春秋末期，他生活的时代正是中国古代奴隶制逐步瓦解而封建生产关系产生的时期。"社会制度中的任何变化，所有制关系中的每一次变革，都是同旧的所有制关系不再相适应的新生产力发展的必然结果。"[④] 春秋时期工商业、手工业、农业都有了突飞猛进的发展，在生产力发展的基础上，经过阶级斗争的推动，社会各个阶级发生了深刻的变化。封建的土地所有制和生产关系在奴隶制的母体内孕育发展起来了。各国内部"公田"与"私田"、"私门"与"公室"的斗争都十分激烈。新兴地主阶级开始大量占有土地，具有强大的经济实力，他们的政治地位日益提高，从而逐渐形成了御史大夫凌驾于诸侯之上的局面。统治阶级内部互相残杀，春秋"弑君三十六，灭国五十二"。由从前的"礼乐征伐自诸侯出"[⑤] 发展成了"自大夫出"。这些斗争反映在思想上，就产生出各种不同的救世思想。有主张"法制"的，有主张"礼制"的，也有老子的"无为而治"。老子作为道家的创始人，并不是一开始就对生活、政治失去了信心。他是在经过了执着的追求，又遭受了一次次的挫折之后，才恍然大悟，发现不能太执着了，否则就会破坏自然法则，给自己的内心带来巨大的痛苦，反而会起到相反的作用。他一方面希望加强统治者的力量，希望社会能早日太平下来，回到小国寡民，使大家"邻国相望，鸡犬之声相闻，民之老死，不相往来"[⑥]，以避免战火。另一方面，他又为统治阶级的凶恶无道和内部残杀而忧心忡忡。他不止一次地

---

① 任继愈：《老子新译》，上海古籍出版社 1985 年版，第 179 页。

② 任继愈：《老子新译》，上海古籍出版社 1985 年版，第 120 页。

③ 吕不韦编著，夏华等编译：《吕氏春秋》，万卷出版公司 2012 年版，第 250 页。

④ 马克思、恩格斯：《马克思恩格斯选集》（第 1 卷），人民出版社 1979 年版，第 218 页。

⑤ 杨伯峻：《论语译注》（第 2 版），中华书局 1980 年版，第 172 页。

⑥ 任继愈：《老子新译》，上海古籍出版社 1985 年版，第 233 页。

警告统治者，“民不畏死，奈何以死惧之”①，担心人民被“逼上梁山”后，就会影响统治者的地位。他盼望着“圣人”的出世，十分仇视、恐惧那些“挟天子以令诸侯，天下莫敢不听”② 的霸主。他的“无为”，一是劝统治者减少活动；二是使人民失去有为的条件。他一方面反对霸主，另一方面害怕人民，认为这两方面都“无为”了，才能使国家长治久安。

人们要想把自己的理想变为现实，唯一的办法就是把理想付诸实践，通过“有为”的实践，使观念的理想变成物质的现实。而老子却提倡“无为”，一旦“无为”又怎么能实现自己的理想呢？他认为人虽然“无为”，自然的法则却可以帮助“无为”的人实现自己的追求，这就是“为无为”，那么这个自然法则在何处呢？谁也不知道，因为人类社会根本就没有这样的法则，于是他只好说这个法则是不可感的，谁也说不出、摸不到，但它又无处不在地发挥着功用，无为、法自然所带来的第一个后果就是不可知。“大音希声”就是这种矛盾的思想在文艺上的反映，“大音希声”中有对统治者声色犬马之乐的反对，也有悲观的情绪和消极的思想。

“大音希声”对后世的影响广泛，老子学说最根本的两点：一是讲道，二是因道，即法自然。关于“道”，后人接受较多，是在本体论的意义上借鉴，成为自己形成思想的基石，这常反映在哲学上。在文学理论、文学史中，影响较大的只是“法自然”，这充分地体现在创作论、鉴赏论中。从“大音希声”中，人们忽略了“大音”不可感的性质，更多地继承了自然而然、自然天成的美学思想。从“大音希声”中引出含蓄空灵、平淡自然、粗拙古朴的艺术风格，“不著一字，尽得风流”③，“但见性情，不睹文字”④，“羚羊挂角，无迹可求”⑤ 等文艺观点都与“大音希声”有联系。每当雕饰斧凿、急功近利的艺术流行时，人们总是推出老子来抵制平庸的艺术。但这已不是原来的老子了，只是老子思想的余波和影响，与“大音希声”相去甚远，我们应当注意区别。

---

① 任继愈：《老子新译》，上海古籍出版社 1985 年版，第 220 页。

② 刘向著，夏华等编译：《战国策》，万卷出版公司 2012 年版，第 26 页。

③ 祖保泉：《司空图诗品解说》，安徽人民出版社 1964 年版，第 55 页。

④ 李壮鹰：《诗式校注》，人民文学出版社 2003 年版，第 24 页。

⑤ 郭绍虞：《沧浪诗话校释》，人民文学出版社 1962 年版，第 25 页。

四、孟子"充实之谓美"新论

孟子是儒家学派重要的代表人物，《孟子》一书记载了孟子及其门徒所宣扬的儒家思想。虽然孟子及其门徒的学说继承并发展了儒家的思想，但是由于同孔子生活的时代相距近一百年，《孟子》一书在思想体系、政治纲领及其思维模式上都带着明显的时代特点。

孟子的美学思想散见于《孟子》一书各篇章中，其中最具代表性的是"充实之谓美"这一命题，它是涵盖了美的本质、美的理想和审美理论的核心命题。弄清这一命题的本质、构成和特质，对于我们把握孟子的美学思想体系有着重要的意义。

（一）"充实"的内涵

孟子"充实之谓美"的命题，是在和浩生不害的交谈过程中表述出来的。浩生不害问曰："乐正子何人也？"孟子曰："善人也，信人也。""何谓善？何谓信？"曰："可欲之谓善，有诸己之谓信，充实之谓美，充实而有光辉之谓大，大而化之之谓圣，圣而不可知之之谓神。乐正子，二之中、四之下。"① 可以看出，孟子是在谈论人格美时，提出了"充实之谓美"这一命题的。他将人格美分为善、信、美、大、圣、神等几个层次，美是其中的一个层次。从孟子的表述中可以发现，美是有待于"充实之"才能有的，那么依孟子的观点，"充实"了什么内容才能算得上美呢？

在《孟子》一书中，孟子多次谈到所充之实："恻隐之心，仁之端也；羞恶之心，义之端也；辞让之心，礼之端也；是非之心，智之端也。人之有是四端也，犹其由四体也。有是四端而自谓不能者，自贼者也；谓其君不能者，贼其君者也；凡有四端于我者，知皆扩而充之矣，若火之始燃，泉之始达。苟能充之，足以保四海，苟不充之，不足以事父母。"② 孟子要充实美的内容由四个部分组成，它们是恻隐之心、羞恶之心、辞让之心和是非之心。他还高度地评价了这四个部分："苟能充之，足以保四海；苟

① 杨伯峻：《孟子译注》，中华书局1984年版，第334页。

② 杨伯峻：《孟子译注》，中华书局1984年版，第80页。

不充之，不足以事父母。”这种精神、思想是如此重要，有它和没它竟有如此大的差距。

在《孟子》一书中，孟子还提到所充之“实”的内涵：“仁之实，事亲是也；义之实，从兄是也；智之实，知斯二者弗去是也；礼之实，节文斯二者是也；乐之实，乐斯二者，乐则生矣；生则恶可已也，恶可已，则不知足之蹈之手之舞之。”① 在这里，孟子把“实”分成了五类，有仁之实、义之实、智之实、礼之实和乐之实。从这两段引文可以看出，孟子所充之“实”就是他所倡导的仁、义、礼、智、乐，它们的逻辑关系可以表述为：

（1）恻隐之心，是仁之端，而仁之实，是侍奉父母；

（2）羞恶之心，是义之端，而义之实，是顺从兄长；

（3）辞让之心，是礼之端，而礼之实，是对仁、义这两者既能合宜地加以调节，又能适当地加以修饰；

（4）是非之心，是智之端，而智之实，是明白仁、义这两者的道理并坚持下去。

在仁、义、礼、智之中，仁与义最为重要，礼与智都是对仁与义的运用、调节、修饰、坚持，恻隐之心和羞恶之心是一个人美好人格的决定因素，辞让之心和是非之心都受到恻隐之心和羞恶之心的影响。因此，孟子所说的“充实”其实就是充实仁义的思想，充实了仁义的思想，无生命的事物就有了灵魂，有生命的事物提升了境界，这样才会有美的产生。就“充实之谓美”这一命题来说，孟子的本意就是美的本质是仁义。

孟子把仁义当作美的本质内容来看待，是有其深刻的社会历史根源的。孟子生活的时代在战国后期，这时中国的历史进入了封建社会，随着地主阶级在历史舞台上的胜利，农民与地主阶级的矛盾变得十分尖锐。社会如何发展，民众走向何方，成为战国诸子各家纷纷思考、论辩的重大问题。孟子面对的是新的社会结构逐步形成，各国都在实施变法革新，努力富国强兵、合纵连横、相互攻伐的大变革时代。与孟子同时、驰骋当时政坛的政治家，有许多是著名的法家人物，如魏国的李悝、吴起、西门豹，还有韩国的申不害，秦国的商鞅，他们奖励军功、鼓励征战，提倡富国强兵，大力推行充满血腥的耕战政策。帝王君主的文治武功，给人民留下的都是残酷生活，正如孟子所说：“庖有肥肉，厩有肥马，民有饥色，野有

① 杨伯峻：《孟子译注》，中华书局 1984 年版，第 183 页。

饿莩，此率兽而食人也。”①社会的动荡不仅给平民百姓带来了巨大的痛苦，封建统治者也生活在风雨飘摇的动荡社会中。“万乘之国，弑其君者，必千乘之家；千乘之国，弑其君者，必百乘之家，万取千焉，千取百焉，不为不多矣。”②

面对强取豪夺、唯利是图、互相征战的社会现实，孟子怀着强烈的民本主义思想，提出建立统一国家的政治纲领，这面旗帜就是仁政。他幻想通过仁政的实施，社会能够安定，国家能够强大，人民能够安居乐业。他幻想的社会是：“五亩之宅，树之以桑，五十者可以衣帛矣。鸡豚狗彘之畜，无失其时，七十者可以食肉矣。百亩之田，勿夺其时，八口之家可以无饥矣，谨庠序之教，申之以孝悌之义，颁白者不负载于道路矣。老者衣帛食肉，黎民不饥不寒，然而不王者，未之有也。”③

同时，他还难能可贵地提出：“民为贵，社稷次之，君为轻。”④其目的就是要在杀人盈野、杀人盈城的乱世中，实行保民而王、以德服民的王政，使国家迅速强大起来，民众能摆脱连年的征战兵火。仁义的思想体系，不仅是孟子认为可以救世的良药，也是孟子认为事物之所以美的“美本身”。

（二）充实怎样产生美

充实之谓美，是孟子美学思想中的核心命题，那么充实是怎样产生美的呢？

首先，口之于味有同嗜焉，人们具有相近的审美习惯和共同的生理基础，这是人们具有相同审美趣味的前提，也是具有普遍性的仁义思想能为人们广为接受的生理基础。他说：“口之于味，有同嗜也；易牙先得我口之所嗜也。如使口之于味也，其性与人殊，若犬马之与我不同类也，则天下何嗜皆从易牙之于味也？至于味，天下期于易牙，是天下之口相似也。惟耳亦然。至于声，天下期于师旷，是天下之耳相似也。惟目亦然。至于子都，天下莫不知其姣也。不知子都之姣者，无目者也。故曰，口之于味

① 杨伯峻：《孟子译注》，中华书局 1984 年版，第 9 页。
② 杨伯峻：《孟子译注》，中华书局 1984 年版，第 1 页。
③ 杨伯峻：《孟子译注》，中华书局 1984 年版，第 17 页。
④ 杨伯峻：《孟子译注》，中华书局 1984 年版，第 328 页。

也，有同嗜焉；耳之于声也，有同听焉；目之于色也，有同美焉。至于心，独无所同然乎？心之所同然者何也？谓理也，义也。圣人先得我心之所同然耳。故理义之悦我心，犹刍豢之悦我口。”① 正是由于人类有着共同的生理基础，所以像仁义这样具有普遍性的思想才能深入到每个人的心里，为美的产生注入生机和灵魂。

其次，人充实了仁义思想，具有了浩然之气，便产生了人格美。仁义的思想进入人的内心世界，可以形成至高无上的人格美，这种人格美，孟子称之为“浩然之气”。“敢问夫子恶乎长？”曰：“我知言，我善养吾浩然之气。”“敢问何谓浩然之气也？”曰：“难言也！其为气也，至大至刚，以直养而无害，则塞于天地之间。其为气也，配义与道；无是，馁也。是集义所生者，非义袭而取之也。行有不慊于心，则馁也。”② 浩然之气必须以义与道为主要内容，缺了它，这种气便没有力量了，而具备了道与义的浩然之气，就可以达到一种很高的人格美境界，孟子称之为“大丈夫”。“居天下之广居，立天下之正位，行天下之大道，得志与民由之，不得志独行其道。富贵不能淫，贫贱不能移，威武不能屈，此谓之大丈夫。”③

既然大家都有相同的欣赏美的生理基础，那么五色、五声都是客观存在的，是不是每个人都可以通过审美活动提高个人修养，达到很高的人格美境界呢？孟子认为并不是每个人都能达到这种美，这种美是有条件的，必须先具备仁义的贤德，才能达到这种美的境界，并欣赏这种美。“贤者而后乐此，不贤者虽有此，不乐也”④，只有道德高尚的人，才能享受这一快乐，而没有道德的人纵使遇到这种快乐，也无法享受。在孟子看来，美首先必须是善的，其次才是美的，由仁义思想充实的才会有美，离开了社会功利性，美即便是有了，也徒有形式，不以美称之。孟子曰：“离娄之明，公输子之巧，不以规矩，不能成方圆；师旷之聪，不以六律，不能正五音；尧舜之道，不以仁政，不能平治天下……故曰，徒善不足以为政，徒法不能以自行。”⑤ 徒善、徒法都不能自行，必须使善和法联系起来，才能有美的产生。

最后，与民同乐，故能乐也。孟子认为，美的产生必须具备一个条

---

① 杨伯峻：《孟子译注》，中华书局1984年版，第261页。
② 杨伯峻：《孟子译注》，中华书局1984年版，第62页。
③ 杨伯峻：《孟子译注》，中华书局1984年版，第141页。
④ 杨伯峻：《孟子译注》，中华书局1984年版，第9页。
⑤ 杨伯峻：《孟子译注》，中华书局1984年版，第162页。

件，必须与民偕乐。虽然目之于美有同美焉，但是，如果仅仅国王一人的目中有美，那还不叫真正的美，必须人人都享受到这种美，才叫真正的美。

他日，见于王曰："王尝语庄子以好乐，有诸？"

王变乎色，曰："寡人非能好先王之乐也，直好世俗之乐耳。"

曰："王之好乐甚，则齐其庶几乎！今之乐由古之乐也。"

曰："可得闻与？"

曰："独乐乐，与人乐乐，孰乐？"

曰："不若与人。"

曰："与少乐乐，与众乐乐，孰乐？"

曰："不若与众。"

"臣请为王言乐。今王鼓乐于此，百姓闻王钟鼓之声，管龠之音，举疾首蹙頞而相告曰：'吾王之好鼓乐，夫何使我至于此极也？父子不相见，兄弟妻子离散。'今王田猎于此，百姓闻王车马之音，见羽毛之美，举疾首蹙頞而相告曰：'吾王之好田猎，夫何使我至于此极也？父子不相见，兄弟妻子离散。'此无他，不与民同乐也。

今王鼓乐于此，百姓闻王钟鼓之声，管龠之音，举欣欣然有喜色而相告曰：'吾王庶几无疾病与，何以能鼓乐也？'今王田猎于此，百姓闻王车马之音，见羽毛之美，举欣欣然有喜色而相告曰：'吾王庶几无疾病与，何以能田猎也？'此无他，与民同乐也。今王与百姓同乐，则王矣。"①

如果联系孟子仁义思想来看，"与民同乐，故能乐也"的思想的确是一种很高境界的美学理论。我们把孟子的思想略加推演，就会发现其中的闪光之处。"老吾老，以及人之老；幼吾幼，以及人之幼"②，这是孟子要充实的仁政思想，这种思想渗透到美学理论中，便可以推出一个新命题：乐吾乐，以及人之乐；美吾美，以及人之美。这个推理出的新命题，不正是孟子与民同乐的美学思想吗？这种美学思想十分重视民众的审美权利，在强调民众的审美权利的同时，规劝统治者尊重百姓的审美权利，重视审美的社会功利性，最终实现具有仁义精神的美好社会。

---

① 杨伯峻：《孟子译注》，中华书局1984年版，第26页。

② 杨伯峻：《孟子译注》，中华书局1984年版，第16页。

在孟子看来，充实产生美首先是产生人格美，其途径是培养浩然之气。接下来，要与众乐乐，不要独乐乐，这样可以与民同乐，可以保民而王，可以形成强大的国家政权，为美的产生创造良好的社会环境。

（三）“充实之谓美”评析

“充实之谓美”是孟子关于美的本质的表述，是孟子美学思想的集中体现，在中国古代美学史上有其独特的历史地位。

第一，它是中国古代最早的关于美的本质的精炼概括。美的本质是美学的基本问题，对于这个问题的不同回答便形成了不同的美学观点和美学流派。在中国古代，思想家们很早就发现了纷繁的美学现象，但是很少从逻辑学的意义上将美的本质概括出来。他们说到美，常常是一些感悟，而没有以定义的方式揭示美的本质和内涵。如《国语》曾记载伍举关于美的论述：“夫美也者，上下、内外、大小、远近皆无害焉，故曰美。”[①] 孔子也说：“里仁为美。”[②]

这些观点都是我国古代关于美的理论的探讨，对于进一步揭示美的本质有着积极的促进作用，但是它们都停留在感性认识的层面。这同西方美学史上早期的美学家关于美的本质的探讨相比，不能不说是一个缺憾。毕达哥拉斯认为美的本质是“美是数”，柏拉图将美的本质表述为“美是理念”，到了后期有“美是关系”、“美是直觉”、“美是生活”等。在西方美学史上，美学家们善于以逻辑的方式，即下定义的方式，将美的本质用命题表示出来。先对核心概念，即基本范畴下定义，形成核心命题，在揭示基本范畴形成核心命题的基础上，建构理论体系，使其美学理论具有鲜明的体系性、逻辑性。

“充实之谓美”是我国历史上最早的关于美的本质的逻辑表述，它已经超越了对美的感性认识，是对美的本质的较为严格的逻辑概括，因而也使孟子美学思想具有了概括性较高、系统性较强的特点。

第二，“充实之谓美”能较好地把个人修身、培养个体人格美与国家的统一强大联系起来，即重视个体养成浩然之气的重要作用，又看到了与民同乐、保民而王的重大意义。孟子从不单一、孤立地研究美学现象，他

---

① 北京大学哲学系美学教研室：《中国美学史资料选编》，中华书局1985年版，第9页。

② 杨伯峻：《论语译注》（第2版），中华书局1980年版，第35页。

总是把美与社会的发展、国家的强盛、民众生活的富裕以及个人精神世界的丰富结合起来，这种民本主义的美学思想对于反对统治者暴政、倡导民生、推动生产发展有着积极的意义。从“充实之谓美”这一核心命题中可以分解出这样一些子命题：以仁义思想为核心，才能产生美；充满浩然之气，才能有美；与民同乐，才能有美。从核心命题展开，落脚点是与民同乐，说明孟子美学思想十分重视美的社会价值。

第三，这一命题重视集体审美活动，轻视个体审美活动；重视审美对象的社会和思想意义，轻视审美对象外在的形式因素。孟子在比较了“独乐乐，与人乐乐”和“独乐乐，与众乐乐”之后，肯定地回答“不若与人”，“不若与众”。孟子的回答，千百年来一直都得到人们的肯定，这是由我国自古以来民本思想的传统所决定的。但是，我们仔细一想就会产生疑问，难道“独乐乐”就真的比不上“与人乐乐”，比不上“与众乐乐”吗？同一审美对象“与众乐乐”时能有美感，“独乐乐”时同样有美感，而且是同样的美感。孟子有这种想法，是由于其他思想因素使孟子产生“独乐乐”比不上“与众乐乐”的思想，这个思想就是“与民同乐”才能“保民而王”。其实在实际审美过程中“与人乐乐”、“与众乐乐”所产生的美感，与“独乐乐”时所产生的美感没有什么区别。孟子强调审美活动的集体性，轻视审美活动的个体性，其主要原因是，在礼崩乐坏的时代，孟子强调只有高举起仁政的旗帜才能建设一个统一、安定的国家，正是因为这点，孟子才重视审美活动的集体性。

“充实之谓美”是孟子美学的核心命题，是孟子关于美本身的精炼概括，这一命题集中地体现了孟子美学的特点。首先，它是中国美学史上最早以逻辑形式，即定义的逻辑方法对美的本质进行概括的美学命题；其次，这一命题把个体人格美的培养同国家的强盛结合起来，使个体人格美的产生有了更加明确的方向；最后，这一命题重视集体审美活动，轻视个体审美活动，重视审美对象的社会和思想意义，轻视审美对象外在的形式因素，使孟子美学思想带着明显的政治色彩。

后人谈到“充实之谓美”，虽与孟子的本义有些错位，但基本精神是一致的，即强调美的社会性，强调美的内容的决定性。

五、庄子美学的两个组成部分和两种倾向新论

《庄子》一书是战国时期著名的哲学家、思想家、文艺家庄周及其后学的代表作，《庄子》一书既是哲学著作，也是美学著作，还是精美的语言艺术作品，自古以来赢得了众多的赞誉，对后世文艺有着重大影响。"在战国诸子中，《庄子》给后世的影响是深巨的。"① 清代文学理论家刘熙载称庄子散文的出现，使中国散文为之一变，开一代新风，"文章蹊径好尚，自庄列出而一变"②。鲁迅先生也称赞说："其文则汪洋捭阖，仪态万方，晚周诸子之作，莫能先也。"③ 可见庄子散文以其独特的艺术魅力，泽及后世，影响深远。

但《庄子》一书中又经常出现反对文学、排斥艺术的论断，一些当代学者也论及庄子排斥文学的倾向。"庄子反对文学、艺术的态度同于老子，并且说得更为具体"④，"和老子一样，庄子也是反对文化和艺术的……比起老子排斥、反对文艺的态度更进一步"⑤。看到各位学者的论述，我们不由得思考一个问题，庄子散文精美绝伦，流芳百世，对后世的影响源远流长，他创造着美，但他又反对文学、排斥文艺，这两种行为怎么能联系在一起呢？我们难以相信一个从内心深处反对美、排斥美的人，能创造出精美的艺术品。但是，矛盾的客观现实却活生生地摆在我们面前。

只要仔细地研究庄子的美学，我们不难发现庄子美学是由两个部分组成的，第一个部分是《庄子》一书论述的美学思想，以逻辑的形式表现出来，是抽象的；第二个部分是《庄子》一书作为精美的艺术品本身具有的美，以散文的形式表现出来，是形象的。在第一个部分中，表现的是明显的相对主义美学观；在第二个部分中，表现的则是明显的浪漫主义美学观。庄子美学的这两个部分，一个是"说的"，一个是"做的"，两者既互相矛盾，又相互统一。同样随之而来的两种倾向，也是既互相矛盾，又互

---

① 中国社会科学院文学研究所中国文学史编写组：《中国文学史》卷一，人民文学出版社1982年版，第82页。

② 刘熙载：《艺概》，上海古籍出版社1978年版，第9页。

③ 鲁迅：《鲁迅全集》（第8卷），人民文学出版社1963年版，第271页。

④ 王运熙、顾易生：《中国文学批评史》（上册），上海古籍出版社1984年版，第28页。

⑤ 敏泽：《中国文学理论批评史》（上册），人民文学出版社1981年版，第57页。

相统一，这种矛盾是社会矛盾在庄子美学中的反映。

（一）庄子美学的两个组成部分

庄子美学思想主要集中在《庄子》一书中，但有的以哲学、逻辑的形式体现出来，有的以散文、形象的形式体现出来。这两者共存于一体，但区别十分明显，这一点国内一些学者也有论述。“如果从逻辑的和理论的意义上看，《庄子》书中有关‘美’的观念和美学、艺术思想既没有形成完整的理论体系，一些具体观点也是零散的，甚至是自相矛盾的。但是《庄子》的散文本身所表现出来的美与庄子本人所说的‘美’却并不是一回事，我们说《庄子》的散文有美感，庄子的哲学有美感，这里所谓‘美’其实也并不是用庄子本人关于‘美’的概念来说，并不是以庄子关于‘美’的标准来衡量。”① 形成这种复杂现象的原因有很多。

首先，由于思维方法不同形成的两者的区别。当时的著作与文章主要是用来记事、说理、叙情，尚未达到文学自觉的水平，哲学和美学也没有达到“哲学自觉的水平”、“美学自觉的水平”，因此文章只要能表情达意，只要“辞达而已矣”即可。所以在《庄子》一书中，形象思维与抽象思维交替运用，反映了上古时代文章服务于社会生产、人类生活的现实。当庄子以逻辑形式谈美学、哲学时，以抽象思维为主；当庄子以优美的笔调描述现实生活，抒发个人理想时，则以形象思维为主。造成这种不同的原因是思维方法的交替使用。由于这一现象的存在，《庄子》作为哲学、美学著作论述的美与《庄子》作为散文表现的美，有着明显的区别。

其次，表达感情的不同及各个自成一体的文章表达的主题不同，使《庄子》一书中有的文章以情感胜，有的文章以说理胜。《庄子》一些文章有着强烈的批判现实的倾向，作者带着鲜明的情感，批判统治者的骄奢淫逸，认为统治者纸醉金迷的生活和连年的屠戮征战是有悖于人性的，于是作者用说理的方式，揭露和批判统治者的腐朽与残忍。如《骈拇》、《胠箧》、《马蹄》等篇什，在这类文章中，作者直接揭露了统治阶级的残忍和统治者礼教的虚伪。由于强烈的仇视情绪，作者对当时社会上流行的一切五色文章、五声六律都采取了否定态度，也正是这样，不少论者认为庄子是全盘否定美的。但是在《逍遥游》、《秋水》等篇章中，作者以极优美的

① 徐克谦：《庄子哲学新探》，中华书局2005年版，第220页。

笔调，描写了秋水将至的壮观景象和鲲鹏展翅、扶摇直上的崇高美。在这样一些文章中作者极尽形象思维之能事，大胆夸张，想象丰富，用浪漫主义的创作方法表现了作者的审美理想。

庄子对自然美和朴素的社会美是大力提倡和极力宣传的，但对统治者利用文化愚弄人民的政策是非常反对的。因此，在谈到自然美和朴素的社会美时，他不仅文笔优美，饱含想象和激情，而且还用极简约的文笔，塑造出十分经典的艺术形象来表达自己的审美理想。所以，谈到统治者推行的功利性明显的文化艺术，他都极力反对，谈到自然美和朴素的社会美他便大力提倡。这便在庄子美学中形成了截然不同的两个部分。

再次，《庄子》一书中阐述的美学理论有着相对的稳定性，而散文艺术形象表现出的美学思想，却因时代审美标准不同而千变万化。《庄子》一书以哲学和逻辑形式表现出来的美学观点，虽然仁者见仁，智者见智，但是总的理论体系、思想核心却是相对固定的。而庄子散文所体现的艺术美，却是随着不同时代审美标准的变化而变化。以至于人们都有一种看法，《庄子》一书中庄子说出的美学思想才是庄子的，而《庄子》作为散文为读者所欣赏到的美，则不是庄子的。这一看法直接影响到我们对庄子美学思想的评价，因为如果只把庄子说出的美学思想当作庄子的，而庄子散文表现出的美学思想则不是庄子的，这种看法肯定会把庄子当作否定美、排斥美的美学家来对待，他们忽视了庄子在艺术创作中表现出的美学思想。笔者认为，在庄子散文中表现出的美学思想也是庄子美学的组成部分，只有看到两者，才能全面看待庄子的美学思想。

最后，厌恶现实，排斥社会上盛行的美，把艺术创造伸向自然美和朴素的社会美，形成了艺术创作表现的美和社会政论中对美的看法之间的矛盾。其实《庄子》只有一本，这种区别也是同一本书体现出来的两种对美的态度，这两种对美的态度是庄子内心矛盾在美学中的反映。一方面他反对统治者的剥削，反对统治者的残暴政治，另一方面他又无力改变封建经济所有制的日益加深。于是他在无情地揭露封建统治之后，也只能采取避世的态度对待现实的社会与政治，他反对统治阶级倡导的、为统治阶级利用的文化宣传，并且带着偏激的情绪对社会流行的美采取全盘否定的态度。但是不管如何否定统治阶级提倡的文化艺术、否定统治阶级提倡的美，采取不合作的态度、消极避世，人还是要活下去的，于是他把审美的视角伸展到无限的自然美和朴素的社会美之中。在《庄子》一书中，庄子阐述的美学思想以排斥美为主；而以《庄子》一书为载体形象化的美，却表现出对自然美和朴素社会美的极力推崇。因为在自然美和朴素的社会美中，可以体现“无为”的美学观，没有统治者行为的领域是避世主义者寻找美的最佳场所。

以《庄子》一书为载体表现在庄子散文中的美学思想是庄子美学的重要组成部分，它是系统的、成熟的，否则，怎么可能有传世千古的庄子散文艺术。在《庄子》一书中，庄子论述的美学思想也是庄子美学思想的组成部分，这一部分显得零散和自相矛盾。这两种区别是作者思想矛盾、生活矛盾在艺术创作和理论上的反映，只有将二者有机、客观、历史地结合起来，才能更好地解释、理解庄子。

（二）庄子美学的两种倾向

由于两个组成部分的存在，庄子美学便在这两个组成部分中各自带着鲜明的倾向性。

第一个鲜明的倾向是美学理论上的相对三义倾向。相对主义是一种形而上学唯心主义的哲学学说，它的主要特征是片面地夸大事物的相对性，抹杀其确定的规定性，取消事物之间的界限，从而否认事物的客观存在。在认识论方面，相对主义夸大人们认识的相对性，把相对和绝对完全割裂开来，否认相对中有绝对，否认客观的是非标准。相对主义是诡辩论的认识基础，它把一切都看作是相对的、主观的，取消了真理和谬误的客观标准，为颠倒黑白、混淆是非大开方便之门，最后成为进行诡辩的逻辑工具。

从理论上说，庄子相对主义美学首先夸大美与丑的绝对运动，否认美与丑的相对静止，取消美与丑的界限，这种理论最终的结果是否定美与丑的存在。他不仅要齐物我、齐生死，还要齐美丑。既然万事万物都无所谓美丑了，美与丑的界限消失了，美与丑就都不存在了，这是相对主义最终的归宿。因为要承认美与丑，就必须承认、明确美与丑的规定性，明确美与丑的界限，如果抹杀了美与丑的规定性，取消了美丑之间的界限，就会从根本上否定美，也否定丑。庄子在哲学上是彻头彻尾的相对主义论者。

“物无非彼，物无非是。自彼则不见，自是则知之。故曰彼出于是，是亦因彼。彼是方生之说也，虽然，方生方死，方死方生；方可方不可，方不可方可。因是因非，因非因是。是以圣人不由，而照之于天，亦因是也。是亦彼也，彼亦是也。彼亦一是非，此亦一是非。果且有彼是乎哉？

果且无彼是乎哉？彼是莫得其偶，谓之道枢。枢始得其环中，以应无穷。是亦一无穷，非亦一无穷也。故曰莫若以明。”[①] 在这里庄子指出，世界上的事物没有不是“彼”的，也没有不是“此”的，“彼”和“此”是相对而生的。但是这相对而生的“彼”、“此”是瞬息万变的，随起就随灭，刚有“彼”就转向“此”，刚有“此”就转向“彼”，于是他得出结论：“此”就是“彼”，“彼”也就是“此”。果真有“彼”、“此”的分别么？果真无“彼”、“此”的分别么？“彼”、“此”不相对待就是道德枢纽。在这一世界观的影响下，他把相对主义思想引入美学。

“毛嫱、西施，人之所以美也；鱼见之深入，鸟见之高飞，麋鹿见之决骤。四者熟知天下之正色哉？”[②] 他把美放在广大动物界的空间中，提出美的相对性：人认为美的，鱼、鸟和麋鹿都不认为美。可见美没有一个固定的标准，如果勉强把这一观点看作是对美的社会性的揭示，还有一定的价值的话，那么进一步研究庄子的理论就可以发现，他实际是在宣传相对主义美学。

“阳子之宋，宿于逆旅。逆旅人有妾二人，其一人美，其一人恶，恶者贵而美者贱。阳子问其故，逆旅小子对曰：‘其美者自美，吾不知其美者也；其恶者自恶，吾不知其恶也。’”[③] 在庄子看来，美者是自美，而其他人却不知其美，丑者是自丑，而其他人却不知其丑。于是美与丑是没有什么标准的，只有在这个标准消亡时，才有可能齐美丑，否则美与丑之间永远存在着区别。

他最终得出结论：“故为是举莛与楹，厉与西施，恢恑谲怪，道通为一。其分也，成也；其成也，毁也。凡物无成与毁，复通为一。”[④] 草木的大小，丑癞的女人和美貌的西施，都是“通而为一”的，既然美和丑实际是一样的，无任何差别、通而为一的，美和丑的质的规定性就完全消失了，美和丑的客观标准也就完全取消了，美与丑就成了纯粹主观的东西了。

庄子相对主义美学是他消极反抗、不合作的政治态度在审美中的体现，他提倡相对主义美学的主要目的，是他对抗统治者主流文化的一种方

① 陈鼓应：《庄子今注今译》，中华书局 1983 年版，第 54 页。
② 陈鼓应：《庄子今注今译》，中华书局 1983 年版，第 80 页。
③ 陈鼓应：《庄子今注今译》，中华书局 1983 年版，第 526 页。
④ 陈鼓应：《庄子今注今译》，中华书局 1983 年版，第 61 页。

式。当统治者提倡一种美时，庄子就用相对主义的思维方式来否定社会流行的美，同时相对主义也提倡了主流社会否定的丑，在扰乱了统治者的纲常之后，便可以颠覆既有的美学价值观，并进一步把统治者和社会公认的丑当作美，以此达到一种消极反抗的目的。在某种意义上说，相对主义美学理论是没落的，但在当时的历史条件下却有一定的进步意义。

然而，在创作上，庄子的美学思想又有鲜明的浪漫主义倾向。当然，这种浪漫主义倾向的美学理论并不是庄子自己阐述的，而是在艺术作品中体现出来的。虽然随着时代的变迁、接受者审美趣味的改变，会有一些仁者见仁、智者见智的差别，可是自古以来对庄子散文中所表现出来的浪漫主义美学倾向却是公认的。

庄子散文的浪漫主义精神表现在对理想世界的向往，强烈的主观抒情色彩，大胆的幻想和夸张，神异的环境、人物和情节。

庄子浪漫主义美学的特点之一，是抒发对理想世界的向往。由于庄子厌恶当时新兴封建主之间的连年征战，于是他强烈反对当时的社会政治。刘向曾描述当时的社会政治："逐相吞并，并小兼大，暴师经岁，流血满野，父子不相亲，兄弟不相安，夫妇离散，莫保其命。湣然道德绝矣，晚世益甚，万乘之国七，千乘之国五，敌侔争权，盖为战国。贪饕无耻，竞进无厌；国异政教，各自制断，上无天子，下无方伯；力功争强，胜者为右；兵革不休，诈伪并起。"①

面对这样的社会现实，庄子在作品中不断抒发自己对未来社会的理想，他认为最理想的社会其实应是远古的"立德之世"，因为他们满足于自己已有的一切，根本不知道有更好的声色享受，也不知道有什么功名富贵。他提出了绝对自由、废弃了君臣之分、复归原始的无君反朴思想，为世人勾画了无君臣等级的理想社会。

吾意善治天下者不然，彼民有常性，织而衣，耕而食，是谓同德；一而不党，命曰天放。故至德之世，其行填填，其视颠颠。当是时也，山无蹊隧，泽无舟梁；万物群生，连属其乡；禽兽成群，草木遂长。是故禽兽可系羁而游，乌鹊之巢可攀援而窥。夫至德之世同与禽兽居，族与万物并，恶知君子小人哉？同乎无知，其德不离；同乎无欲，是谓素朴，素朴

---

① 方勇：《庄学史略》，巴蜀书社 2008 年版，第 14 页。

而民性得矣。[1]

庄子眼中的理想社会有其鲜明的特点，一方面要求返回原始朴素状态，使人与自然万物和谐相处；另一方面要求除却等级制度，废除仁义道德，消除欲望机心，使人与人之间和谐相处。庄子设想的理想社会在当时的历史条件下，有一定的进步意义，但同时又是不切合实际的。

庄子浪漫主义美学特点之二，是采用了大胆的幻想和夸张的艺术手法，有强烈的主观抒情色彩。为了表现他逍遥自如的内心世界，他采用了大胆的幻想，夸张地描绘了鲲鹏展翅遨游宇宙的情景。

“北冥有鱼，其名为鲲，鲲之大，不知几千里也。化而为鸟，其名为鹏，鹏之背，不知几千里也。怒而飞，其翼若垂天之云。是鸟也，海运则将徙于南冥。南冥者，天池也。《齐谐》者，志怪者也。《谐》之言曰：鹏之徙于南冥也。水击三千里，抟扶摇而上者九万里，去以六月息者也。”[2]这样巨大的鱼，竟“不知几千里”，“其翼若垂天之云”，“水击三千里”，“抟扶摇而上者九万里”，现实生活中肯定没有，这个典型的形象只有借助浪漫的想象和大胆的夸张才能塑造出来。在《外物》篇中，庄子写任公子“为钩巨缁”钓鱼，“已而大鱼食之，牵巨钩，陷没而下，骛扬而奋鳍，白浪若山，海水震荡，声侔鬼神，惮赫千里”[3]。与鲲鹏的描写有同工之妙。清人刘熙载对庄子的浪漫主义想象和夸张大加赞赏，“文之神妙，莫过于能飞。庄子之言鹏曰‘怒而飞’，今观其文，无端而来，无端而去，殆得‘飞’之机者也”[4]。

庄子浪漫主义美学的特点之三，是十分重视塑造神异古怪的人物、环境和情节。通过这些神异的人物、环境和情节来表现主题，使文章达到传神的目的。

庄子所表现的环境常常是奇特的。“秋水时至，百川灌河，泾流之大，两涘渚崖之间，不辨牛马。于是焉河伯欣然自喜，以天下之美为尽在己。顺流而东行，至于北海，东面而视，不见水端，于是焉河伯始旋其面目，望洋向若而叹曰：野语有之曰‘闻道百以为莫己若者’，我之谓也。”[5]庄

① 陈鼓应：《庄子今注今译》，中华书局1983年版，第246页。
② 陈鼓应：《庄子今注今译》，中华书局1983年版，第1页。
③ 陈鼓应：《庄子今注今译》，中华书局1983年版，第707页。
④ 刘熙载：《艺概》，上海古籍出版社1978年版，第8页。
⑤ 陈鼓应：《庄子今注今译》，中华书局1983年版，第411页。

子这段精彩的环境描写，说明了人在无边广阔的宇宙中所知的有限。

庄子散文中创造了一些鲜明的形象，特别引人注意的是一大批极有特色的至丑的人。如《大宗师》中的子舆，《德充符》中的兀者王骀、申徒嘉、叔山无趾、恶人哀骀它等，这些人不是缺胳膊少腿，就是丑陋至极，但庄子对他们赞叹不已。除了这些长相怪异的人物外，庄子还写了许多技艺超常的人，如匠石、轮扁、庖丁、梓庆等。

庄子散文的浪漫主义还表现在其“汪洋恣肆”的语言特色上，清人方东树说“大约太白诗与庄子文同妙，意接而词不接，发想天端，如天上白云，卷舒灭现，无有定性”①。庄子散文的语言如行云流水，飘逸优美，婉转跌宕，同时又有节奏鲜明、音调和谐的优势，具有散文诗般的艺术效果。当我们把《庄子》当作散文读时，可以说庄子散文有着浓郁的浪漫主义倾向。

（三）庄子美学的内在联系

由于庄子美学的构成和美学思想倾向的复杂性，庄子美学思想有许多互相矛盾的地方，然而这些矛盾又统一于一本书中，这就给庄子美学研究增加了许多难度。笔者认为，虽然庄子散文有两个组成部分，并有其各自不同的鲜明的倾向性，但是这两者并不是完全割裂的，而是存在于一个矛盾而复杂的统一体中，有着深刻的内在联系。只有理解了庄子美学的内在矛盾性，同时又看到庄子美学的内在联系，我们才能全面地理解庄子美学。

首先，庄子不是没有发现美，而是夸大了美的相对性。庄子对美这样描述：“夫天地者，古之所大也，而黄帝、尧、舜之所共美也。”②“天地有大美而不言，四时有明法而不议，万物有成理而不说。圣人者，原天地之美而达万物之理。”③ 同时，庄子也发现了美与丑不是固定不变的，而是可以转化的。“万物一也，是其所美者为神奇，其所恶者为臭腐；臭腐复化为神奇，神奇复化为臭腐。”④ 可是，庄子在此基础上更进一步，夸大了美

① 方东树：《昭昧詹言》，人民文学出版社 2006 年版，第 37 页。
② 陈鼓应：《庄子今注今译》，中华书局 1983 年版，第 17 页。
③ 陈鼓应：《庄子今注今译》，中华书局 1983 年版，第 653 页。
④ 陈鼓应：《庄子今注今译》，中华书局 1983 年版，第 559 页。

与丑之间的转化，夸大了美的相对性，进入了相对主义美学中，形成了美者自美，而其他人不知其美的相对主义美学观。由于相对主义最终必然会陷入唯心主义，所以相对主义美学最终否定美的客观性。正如列宁所说："关于相对主义总是在理论上唯一正确的提法，是马克思和恩格斯的唯物主义辩证法指出来的，所以不懂得唯物主义辩证法，就必然会从相对主义走到哲学唯心主义。"①

其次，庄子并不绝对地排斥美，却排斥统治阶级提倡的美。庄子并不是一概排斥美，他在《庖丁解牛》中为了说明庖丁在解剖上达到的精湛技艺，用了"合于《桑林》之舞，乃中《经首》之会"，说明在他心目中，只有《桑林》和《经首》这样精美的艺术才能和庖丁精湛的技艺相提并论。庄子还以十分欣赏的态度描写曾子居卫时"曳纵而歌《商颂》，声满天地，若出金石"的情景，至于像黄帝张《咸池》之乐于洞庭之野的艺术鉴赏，庄子更是推崇备至。他反对的只是统治者十分功利的艺术，他认为这样扭曲了人的本性。

"擢乱六律，铄绝竽瑟，塞师旷之耳，而天下始人含其聪矣；灭文章，散五彩，胶离朱之目，而天下始人含其明矣；毁绝钩绳而弃规矩，攦工倕之指，而天下始人含其巧矣。削曾史之行，钳杨墨之口，攘弃仁义，而天下之德始玄同矣。"② 正是因为统治者推行的文化和美学观念，都是为征伐掠夺提供思想基础的，他才要回归于朴素之美。"夫虚静恬淡，寂寞无为者，万物之本也。……静而圣，动而王，无为也而尊，朴素而天下莫能与之争美。"③ 这种朴素的美，没有功利性，接近于自然，这就是所谓"功成之美，无一其迹"④。

再次，相对主义美学在今天看来是唯心主义的，是消极的，但在当时的社会条件下，却是有着积极的进步意义的。列宁在《唯物主义和经验批判主义》这部著作中，深入地研究和批判了相对主义，但是列宁并没有简单地否定相对主义，而是在对相对主义进行科学分析的基础上，既揭示了相对主义同唯心主义的必然联系，又客观地分析了相对主义同辩证法不可分割的密切联系，阐明了相对主义在认识中的作用，充分体现了辩证而又

---

① 列宁：《哲学笔记》，人民出版社 1956 年版，第 211 页。
② 陈鼓应：《庄子今注今译》，中华书局 1983 年版，第 259 页。
③ 陈鼓应：《庄子今注今译》，中华书局 1983 年版，第 337 页。
④ 陈鼓应：《庄子今注今译》，中华书局 1983 年版，第 823 页。

唯物的思维方式。“辩证法，正如黑格尔早已说明的那样，包含着相对主义、否定、怀疑论的因素”[①]，列宁肯定地指出“马克思和恩格斯的唯物主义辩证法无疑地包含着相对主义”[②]。庄子美学虽然夸大了美与丑的互相转化，但他的前提是承认美与丑及其互相转化，这对于从辩证法的角度认识美与丑的矛盾对立与统一有着积极的促进作用。同时，相对主义美学直接颠覆的是统治阶级提倡的功利主义美学。当然，相对主义的美学理论只是从理论上颠覆了统治者至高无上的地位，把统治者标榜的美从空中拉到地面。真正发挥作用，创造出一种朴素的自然美来取代统治者标榜的美的载体，就是庄子散文。

最后，庄子提倡美的无功利性，反对功利主义美学。这一对矛盾是庄子美学的核心矛盾，是联通他的政治观、世界观的中枢。政治上的失望使他产生了消极的政治观，他厌世悲观，欲改变社会又无能为力，不得不忍气吞声地活着，于是他有了避世主义的政治观。

为了尽量调解物我、生死、个人和社会之间的关系，他又用相对主义的世界观和宇宙观来调解令人厌恶的社会现实与理想境界的矛盾。社会改变不了，理想社会又实现不了，怎么办呢？干脆齐生死、齐物我、齐美丑、齐社会现实与个人理想，其实这些矛盾根本“齐”不了，相对主义妄想调和这些矛盾，只是一种自欺欺人的混世哲学。

提倡美的无功利性，反对功利主义美学，就是庄子政治观和世界观在美学中的体现。他反对统治阶级的功利主义美学，他的理想是无功利的自然美和朴素的社会美，可是他又改变不了统治者和社会对美的功利性的追求，于是只有齐美丑。

综上所述，《庄子》一书的美学思想非常丰富，它由两个部分组成。一个部分是庄子“说的”，即以抽象思维表现出来的。这一部分带着明显的相对主义倾向，这种相对主义倾向的美学理论，颠覆着统治阶级的功利主义美学，在当时的历史条件下，有着一定的进步意义。另一个部分是庄子“做的”，即以形象思维表现出来的。这一部分带着浪漫主义的倾向，这种浪漫主义的艺术美，取代了统治阶级提倡的五声文采之美，以自然鲜活的艺术美，影响着后人，具有永久的艺术魅力。

---

① 列宁：《唯物主义和经验批判主义》，人民出版社1960年版，第97页。

② 列宁：《唯物主义和经验批判主义》，人民出版社1960年版，第97页。

第二章

魏晋——中国古代文学批评思想的自觉

一、魏晋文学批评思想概说

魏晋时期是中国古代文艺批评思想的自觉期。先秦诸子的文艺批评思想注重文艺与社会生活、文艺与礼教风俗等基本问题，解决的是文艺观等重大问题，为文学批评奠定了美学、哲学和社会学的基础。而魏晋时期的文学批评则是深入到文学艺术的体裁、题材、风格、构思创作方法等各个方面，文学批评得到了重大发展。这一时期关于文学艺术规律性的认识更加深入全面，出现了中国古代文学批评史上的一个高峰时期；这一时期不但佳作林立，学说丰赡，而且出现了《文心雕龙》这样“体大而虑周”的不朽巨著，开创了中国古代文艺批评的新局面。此时的文艺批评有如下几个特点。

（一）魏晋文学思想的自觉性

鲁迅先生说：“用近代的眼光来看，曹丕的一个时代可说是‘文学的自觉时代’。”① 宗白华先生也说：“汉末魏晋六朝是中国政治上最混乱、社会上最痛苦的时代，然而却是精神史上极自由、极解放，最富于智慧、最浓于热情的一个时代。因此也就是最富于艺术精神的一个时代……这是中国人生活史里点缀着最多的悲剧，富于命运的罗曼斯的一个时期，八王之乱、五胡乱华、南北朝分裂，酿成社会秩序的大解体，旧礼教的总崩溃、思想和信仰的自由、艺术创造精神的勃发，使我们联想到西欧十六世纪的‘文艺复兴’。这是强烈、矛盾、热情，浓于生命色彩的一个时代。”② 所谓文学“自觉”，应当是文学作为意识形态之一，能摆脱文艺服务于政治的枷锁，开始发挥文艺自身表现人的真实情感的作用。文学要自觉，首先要承认文学表达情感的功能。在这一核心问题上，陆机首先发出呐喊，“诗缘情而绮靡，赋体物而浏亮”③，公然申明文学艺术首要的任务是表达作家的感情。只有“缘情”而发，表达作家的内心世界，才能体现文学的基本

---

① 鲁迅：《鲁迅全集》卷三，人民文学出版社 1963 年版，第 382 页。
② 宗白华：《美学与意境》，人民文学出版社 1987 年版，第 183 页。
③ 张怀瑾：《文赋译注》，北京出版社 1984 年版，第 29 页。

功能，只有当人们找到这个基本功能时，文学的作用才能更好地发挥出来。在这一前提下，魏晋时期的大家们在总结先秦两汉文学创作的基础上，把视点集中到文学自身内在的规律上。他们开始注意文学的风格、题材、体裁、结构、声韵、鉴赏等内在因素，推动文学走向极致精美。沈约的“四声八病”之说，为中国古代韵文的发展立下了汗马功劳。陆机发现了作家才性和作品风格之间的联系，正因为作家中有“夸目者”、“惬心者”、“言穷者”、“论达者”等不同的习性，才会直接影响到作家的创作，并随之出现“尚奢”、“贵当”、“无隘”、“唯旷”的作品，因此，作品的风格不仅取决于作家的才性，也与文体自身的格局要求关系密切。他提倡作家要充分发挥自己的才性，选择相应的文体，创造独具个性的艺术风格。

文学自觉的根本标志是理论家发现了艺术创作的主观思维——形象思维，没有发现形象思维理论，文学不是自觉的，只有发现这一现象存在时，文学艺术才进入自觉时代。魏晋时，人们将这一现象称为“神思”论，有了“神思”之后，人们便可以自觉地、能动地重复那些打动人的审美感觉，这种审美感觉的复制必须依靠“神思”。除此之外，“神思”还能帮助作家、艺术家自觉地、能动地创造出更加精美的艺术作品。因此，“神思”论是文学自觉时代产生、形成的充分条件。

人们关于形象思维、灵感、想象等内在艺术现象的认识，是由浅而深逐步形成的，陆机曾经详细地记述了这一过程。当文思初发时，“情曈昽而弥鲜，物昭晰而互进”，产生了物与情的结合，随着这一结合的深入，想象便不受时空的限制，产生创造性的成果，“精骛八极，心游万仞”①，作家可以尽情地展开想象的翅膀，可以“观古今于须臾，抚四海于一瞬”②，把广袤的大千世界，纳入作家的艺术思维活动之中。

刘勰在《文心雕龙》中专设一章，肯定了“神思”的重要作用，“独照之匠，窥意象而运斤，此驭文之首术，谋篇之大端”③。找到了形象思维，也就找到了作家自觉地创作艺术作品的路子，有了这个路子，文艺创作的思路就通了，通了才能进入自觉的境界。

① 张怀瑾：《文赋译注》，北京出版社 1984 年版，第 22 页。
② 张怀瑾：《文赋译注》，北京出版社 1984 年版，第 22 页。
③ 祖保泉：《文心雕龙解说》，安徽教育出版社 1993 年版，第 520 页。

(二) 魏晋文学思想的体系性

魏晋时，中国古代文学批评史上出现了集大成的巨著《文心雕龙》，标志着独具中华民族风格的文艺批评理论已经成熟。刘勰在《文心雕龙》中说：“盖《文心》之作，本乎道，师乎圣，体乎经，酌乎纬，变乎骚，文之枢纽，亦云极矣。若乃论文叙笔，则囿别区分，原始以表末，释名以章义，选文以定篇，敷理以举统，上篇以上，纲领明矣。至于割情析彩，笼圈条贯，摛神性，图风势，苞会通，阅声字，崇替于《时序》，褒贬于《才略》，怊怅于《知音》，耿介于《程器》，长怀于《序志》，以驭群篇，下篇以下，毛目显矣。”[①] 从刘勰的论述中，可以发现刘勰将《文心雕龙》的体系，也就是他的文学理论体系，说得非常清楚。文之枢纽是“立文之道”，是文学的基本问题。论文叙笔，讲的是“设文之体”，讲的是文学的体裁。“割情析彩”涉及两个方面的问题：一是驭文之术，也就是今天所说的创作方法及写作技巧等方面的问题，属于创作论的内容；另一个重大问题是洞晓情变，即今天所说的文学批评和文学鉴赏。《文心雕龙》建立的体系与今天通行的文学理论体系相差不远，所以说它“体大而虑周”一点也不过分。文艺批评理论体系的产生，标志着中国古代文学批评理论从只有零散的观点，进入到有完整体系的时代，是中国古代文学理论成熟的表现。

(三) 魏晋文学思想的多样性

魏晋时代中国古代文学批评思想丰富多彩，所谓丰富多彩，有两个层面的含义：一是构成文艺观的思想要素来源多；二是持论开展批评的视角多，两者合在一起构成了魏晋时文艺思想的多样性。从思想来源上看，魏晋时代是文学觉醒的时代，儒、释、道各有市场，有的理论家先儒后道，有的亦儒亦道，有的内儒外道，形形色色。一方面汉末盛行的黄老之学，到了魏晋时代，依然盛行，清谈之风，已成流习，出世、厌世的思想以消极反抗的形式盛行于士族阶层，出现了“每非汤武而薄周孔”的叛逆群体。另一方面也有“长于佛理”、“博通经论”的刘勰，他既精通佛家经

---

① 祖保泉：《文心雕龙解说》，安徽教育出版社1993年版，第999页。

典，又笃信儒家思想。正是思想上的百家荟萃，才会形成“文学的自觉时代”，理论家们放开思想的束缚，仁者见仁，智者见智。曹丕从文学的社会作用的角度出发，高度评价了文学在历史发展中的作用，“盖文章经国之大业，不朽之盛事，年寿有时而尽，荣乐止乎其身，二者必至之长期，未若文章之无穷也”①。陆机从艺术家的角度阐明了艺术想象的基本过程以及想象在艺术创作中的形态、作用等内在机理，肯定了文学艺术表情达意的功能。钟嵘专门从五言诗的角度提出了评价诗歌的批评标准。刘勰则“弥纶群言”，全方位来阐述文学艺术的一般规律，形成了文学艺术批评千姿百态的景观。在对《文心雕龙》的研究中，应当注意《文心雕龙》的主旨与刘勰的思想并不是简单的对应关系，研究中应当从发展变化的角度来看待这种关系。

在这一进期的文学批评发展中，我们着重就如下问题展开研讨：

首先，是刘勰思想的倾向问题，关于这一问题我们应首先明确一个前提，即刘勰的思想是指刘勰一生的思想，这是一个从形成到完善，再到成熟的漫长过程。而《文心雕龙》反映出来的思想不是刘勰一生的全部思想，而是对应刘勰“齿在逾立”、天监初年的思想。刘勰一生命运坎坷，思想起伏大，并形成了复杂的世界观，其一生思想历程的复杂性、多样性与《文心雕龙》一书所包含的思想的丰富性，构成了一对非常具体的矛盾。由此看来，并不是理论家有什么思想组成因素，就会在其著作中一一对应地显现出来。《文心雕龙》主要表现刘勰的思想，但也有借鉴而来的其他思想成分。《文心雕龙》一书中所反映出来的思想是刘勰思想的主体部分与核心部分，至于其中反映的刘勰借鉴来的其他思想成分，并不是全书的主流，如果把这些成分也当作主流看待，那么刘勰思想的实质便会被掩盖。

其次，刘勰在《文心雕龙》中曾评价陆机的《文赋》为“陆赋巧而碎乱”。初一看来，感觉刘勰的口气不小，指责前贤不留面子，但仔细阅读《文赋》后却不能不为刘勰的客观公正而叹服。那么，陆机《文赋》到底“巧”在何处，为何“碎乱”？

最后，嵇康是中国历史上的美学家之一，他提出了“声无哀乐”的美学理论。这一命题有正确之处，也有极端主义的过激之处。自然界的声音本是无所谓情感的，这是正确的；但是修饰、排列和组合的音节与旋律却

① 魏宏灿：《曹丕集校注》，安徽大学出版社2009年版，第313页。

包含了作曲家的感情，作曲家的感情融注在旋律构成的形象中，由自然界的声音没有感情，进而推出所有声音组成的旋律都没有感情，却是错误的。因此，声无哀乐论并非不正确，而是将一种正确的观点拉到了极端。究其原因，嵇康并不是不懂音乐，而是为了发泄内心的愤懑。

二、刘勰的思想倾向新论

刘勰的一生可以分为两个时期：一是仕梁以前，二是仕梁以后。刘勰的思想在这两个时期受社会条件的影响和制约而表现出不同的形态，但思想形成后就有其本质属性。考察和辨清刘勰思想的主流和本质属性，进而阐明《文心雕龙》一书的宗旨，对于我们弄清刘勰的文艺思想有着重要的意义。当前学术界关于刘勰的思想倾向共有这样几种观点：一是儒家思想占主流，二是佛家空宗一派，三是儒、释、道三家的杂合体。笔者认为，刘勰虽然博通经纶，但对儒家思想的信仰却从未改变过，无论是仕梁前，还是仕梁后。《文心雕龙》一书也应是以儒家思想为宗旨的。

（一）青年时的人生理想是刘勰思想形成的基础

关于刘勰仕梁前的情况，本传记录甚少。“刘勰字彦和，东莞莒人也，祖灵真，宋司空秀之弟也，父尚，越骑校尉。勰早孤，笃志好学，家贫，不婚娶，依沙门僧佑，与之居处，积十余年，遂博通经论。因区别部类，录而序之，今定林寺经藏，勰所定也。”① 初一看来，似乎可以断定：刘勰是一个虔诚的佛教徒，《文心雕龙》一书的核心宗旨，也应属大乘般若空宗一派。因为他“长于佛理”，又“依沙门僧佑，与之居处积十余年”。但是，这个说法缺乏足够的说服力，因为它抹杀了刘勰“笃志好学”的胸怀和“君子处世，树德建言”的宏伟志向，忽视了他“君子藏器，待时而动”的生活方式和人生追求，同时，也忽视了南朝齐梁时的阶级斗争的新特点。

现在，让我们用“知人论世”的方法来看看刘勰的身世和思想主流。

刘勰出生于宋泰始元年，正值门阀制度盛行。西晋时还有人指责“九

---

① 周振甫：《文心雕龙注释》，人民文学出版社 1981 年版，第 1 页。

品选举”太重门第，不利于选拔人才。东晋末年及刘宋以后，已经很少听到这种指责，相反地倒有人指责那些不坚持门第原则的人，称赞那些完全按门第来决定官职高低、清浊的吏部尚书，严格的门第界限成为社会的风尚。在门阀制度盛行的时代，“上品无寒门，下品无士族”[①]。按照士族身份的规定，首先看重魏晋间的祖先，其中以积世文儒为贵。可是在刘勰的世系表中，找不到一个位列清显的祖先。秀之是刘勰祖父灵真的哥哥，史书记录他“少孤贫，有志操”[②]，穆之是秀之的长辈，刘裕在追赠穆之表中说：“故尚书左仆射，前将军臣穆之，爰自布衣。”[③] 可见，从祖上的地位来看，刘氏家族中，没有一个官职显赫的积世文儒，他是庶族地主中的一员。本传说他“家贫”，这是事实。那么，这是不是他“依沙门僧佑”的主要原因呢？我看不是。他虽出生于庶族地主，但仍然是中小地主中的一员，刘勰的“家贫”绝不等于当时劳动人民的一贫如洗、朝不保夕。那么，他为什么偏要糊口于寺庙呢？

他“家贫”，却又“笃志好学”。在永明十年以前，刘勰文名已著[④]，沈约和刘勰都曾被僧佑请去制作碑文，这时他早已经是一个胸怀大志的青年，他立下了“树德建言”的宏伟志愿。按理讲，他应当为实现自己的理想而努力奋斗，但是，门阀制度却严重地限制了庶族地主的仕途发展。他低贱的出身，使他徒有远大的理想，而无实现自己理想的条件。那么怎么改变这种不幸的命运呢？要实现自己的理想，就要摆脱庶族低下的社会地位，这样，唯一的道路就是到寺院去，依沙门僧佑。

齐梁时，在统治阶级的大力提倡下，佛寺林立，“南朝四百八十寺，多少楼台烟雨中”[⑤]。僧侣众多，寺院经济开始形成，佛教势力很大，佛寺养活了一大批僧侣和白徒（没有出家的为寺僧服务的男子），这些僧侣和白徒，实际上是维护封建统治的同盟军。齐梁时，统治阶级在政治、经济和思想上，依靠三类人，扶持三类人：门阀士族、王室亲属和佛家僧侣。前两类人物，刘勰无法混入其中，但刘勰却有机会成为第三类人，正如竺道生所说“一阐提人皆得成佛”[⑥]，十恶不赦的坏人都可以成佛，何况“笃

① 房玄龄等：《晋书》卷八十五，中华书局 1974 年版，第 96 页。
② 沈约：《宋书》卷四十二，中华书局 2003 年版，第 109 页。
③ 萧统：《文选》（中册），中华书局 1977 年版，第 875 页。
④ 范文澜：《文心雕龙校注》，人民文学出版社 2006 年版，第 1 页。
⑤ 刘逸生主编，周锡选注：《杜牧诗选》，广东人民出版社 1984 年版，第 195 页。
⑥ 释慧皎：《高僧传》，陕西人民出版社 2010 年版，第 257 页。

志好学”的刘勰呢。只有入庙堂，糊口于塔寺，刘勰才能改变自己的处境，才能获得通往理想大门的入场券。现在，我们可以清楚地回答刘勰为什么要依沙门僧佑。正是要改变自己庶族的出身带来的低下的社会政治地位，成为上层统治者中的一员，以便有条件取得高官和显赫的地位，为实现他兼济天下的伟大理想创造一个良好的社会环境。所以说，依沙门僧佑，只是他改变自己处境的一个手段，而不是他的目的。他“长于佛理”，又受僧佑宠爱，完全有条件在定林寺生活下去，那么，他为什么还要在天监初年起家奉朝请呢？可见，他并不是因为信佛才入定林寺的。

在《文心雕龙·程器》中，他也十分明显地流露出要成为“梓材之士”的远大理想。“安有丈夫学文，而不达于政事哉”，“岂以好文而不练武哉”，“摛文必在纬军国，负重必在任栋梁”，这可以说是他平生追求的事业。而魏晋时“将相以位隆特达，文士以职卑多诮”，对这种森严的等级制度，刘勰是非常不满的。但他并没有因此而失去自己的追求和信念，他采取的生活方式是“君子藏器，待时而动，发挥事业”，“穷则独善以垂文，达则奉时以骋绩”。正是怀着这样的生活信条，他去了定林寺，一方面，求得一个饭碗，找个读书的地方；另一方面，独善垂文，待时而动，以便进入宗教集团内部，积蓄有利条件，一有机会便脱离寺院，求官登仕。从慷慨激昂、针砭时弊的《程器》篇中，我们可以看出刘勰大济沧桑、发挥事业的愿望以及他迂回曲折的求仕方法。这种方法和愿望是他的生活处境造成的，所以，不能仅仅因为他依沙门僧佑，就断定他信佛。

他不信佛，那么他的思想主流又是什么？

经范文澜先生考证，《文心雕龙》一书写于定林寺。由于他论“古今文体”而“深得文理”，因此沈约“大重之”。正是由于沈约的赏识和推荐，他才在入梁之后，起家奉朝请。因此可以说，《文心雕龙》是刘勰仕梁前的一个思想总结。

在《序志》中，他开宗明义地谈了自己的志向和对孔子的崇拜。“予生七龄，则梦彩云若锦，则攀而采之。齿在逾立，则尝夜梦执丹漆之礼器，随仲尼而南行。旦而寤，乃怡然而喜，大哉圣人之难见也，自生人以来，未若有父子者也。”[①] 《原道》篇中，他又继续阐发这种思想。他说：“至夫子继圣，独秀前哲，熔钧《六经》，必金声而玉振；雕琢情性，组织

① 祖保泉：《文心雕龙解说》，安徽教育出版社 1993 年版，第 995 页。

辞令，木铎起而千里应，席珍流而万世响，写天地之辉光，晓民生之耳目矣。”① 他对孔子的吹捧已经到了无以复加的地步，他在圣人的感召下，才确立了以“注经”的方式来“敷赞圣旨”的奋斗目标。可以推知，他要“敷赞”的“圣”是孔子，推广的“旨”是儒家的思想，而孔子所代表的儒家思想，早已被“马郑诸儒”发挥得“弘之已精”。在这种情况下，他才不得已改变初衷、另起炉灶，转而论文叙笔。

在论文中，他仍然抱着儒家思想不放，一部《文心雕龙》，一言以蔽之，曰宗经。文能宗经，便能发挥孔子的儒家思想。这仍旧和马郑诸儒是异曲同工的，这就是《文心雕龙》的主导思想，这个看法是否有说服力，我们看一下他整个的文艺观点便会明白了。

在文学艺术起源的问题上，他说：“故论、说、辞、序则《易》统起首；诏、策、章、奏则《书》发其源；赋、颂、歌、赞则《诗》立其本；铭、诔、箴、祝则《礼》总其端；记、传、盟、檄则《春秋》为根，并穷高以树表，极远以启疆，所以百家腾跃，终入环内者也。”② 他认为各种体裁的文章，无论其有多大的差距，但源头共有五个：《易经》、《尚书》、《诗经》、《三礼》（《周礼》、《仪礼》、《礼记》的统称）、《春秋》。这些作品都是儒家长期用来教育后人、移风易俗的经典著作，刘勰却认为它们是一切文学样式的源头，并认为它们是最高的典范。

在文学的内容与形式的关系问题上，他继承孔子“文质彬彬”③ 的文艺思想，提出“衔华佩实”④ 的文学创作准则。他说，“志足而言文，情信而辞巧，乃含章之玉牒，秉文之金科”⑤，要把充实的内容和巧丽的形式相结合。这就是他创作的金科玉律，这一思想是贯穿《文心雕龙》全书的。

在文学与社会现实的关系问题上，刘勰则说：“昔在陶唐，德盛化钧，野老吐何力之谈，郊童含不识之歌。……逮姬文之德盛，《周南》勤而不怨；太王之化淳，《邠风》乐而不淫；幽厉昏而《板》、《荡》怒，平王微而《黍离》哀。故知歌谣文理与世推移，风动于上，而波振于下也。……故知文变染乎世情，兴废系乎时序，原始以要终，虽百世可知也。”⑥ 这一

① 祖保泉：《文心雕龙解说》，安徽教育出版社 1993 年版，第 4 页。
② 祖保泉：《文心雕龙解说》，安徽教育出版社 1993 年版，第 47 页。
③ 杨伯峻：《论语译注》（第 2 版），中华书局 1980 年版，第 61 页。
④ 祖保泉：《文心雕龙解说》，安徽教育出版社 1993 年版，第 30 页。
⑤ 祖保泉：《文心雕龙解说》，安徽教育出版社 1993 年版，第 26 页。
⑥ 祖保泉：《文心雕龙解说》，安徽教育出版社 1993 年版，第 890 页。

派高论和《毛诗大序》、《礼记》中的观点有何两样?《毛诗大序》和《礼记》都说过“治世之音安以乐，其政和；乱世之音怨以怒，其政乖；亡国之音哀以思，其民困”[①]。

在文学与政治的关系上，刘勰从贯彻“三纲五常”的角度出发，要求文学要美教化、移风俗，进一步发挥“事君”、“事父”的功用。《明诗》篇中他说：“诗者，持也，持人性情。三百之弊，义归无邪，持之为训，有符焉尔……子夏临绚素之章，子贡悟琢磨之句，故商赐二子，可与言诗。”[②] 他还说：“唯文章之用，实经典枝条，五礼资之以成，六典因之致用，君臣所以炳焕，军国所以昭明。”[③] 从这里可以看出，刘勰对儒家关于文学与政治的关系的看法是十分佩服的。

在对历史上的作家进行评论时，他极力推崇的是马融、郑玄、扬雄、班固、贾谊、司马相如、史太公、刘向、刘歆、张衡等人，他们都是名扬四海的大儒。刘勰极尽颂扬之能事，对他们大肆宣扬，其目的当然是不言自明的。另外，在对这些作家作评论时，他采用的方法仍然是孟子“知人论世”、“以意逆志”的原则。他大叹“知音其难哉”[④]，主张“无私于轻重，不偏于爱憎，然后平理若衡，照辞如镜”[⑤]，反对“各执一隅之解，欲拟万端之变”[⑥]，即所谓“不以文害辞，不以辞害志”[⑦]。

由此，我们可以看出，在刘勰仕梁前，他的思想主流是儒家思想，他虽“依沙门僧佑”，但并不是因为信佛，而是出于他要实现齐家、治国、平天下的宏愿。只有“依沙门僧佑”，进而摆脱庶族地主低贱的出身，他才能进入统治阶级所重用的阶层中间，为实现理想开拓一条平坦的前进道路。

（二）生活所迫，“变服于寺，改名慧地”

刘勰仕梁后，他的生活便有了很大的改观，这种改观是由几个条件造

① 潜苗金:《礼记译注》，浙江古籍出版社2007年版，第454页。
② 祖保泉:《文心雕龙解说》，安徽教育出版社1993年版，第101页。
③ 祖保泉:《文心雕龙解说》，安徽教育出版社1993年版，第996页。
④ 祖保泉:《文心雕龙解说》，安徽教育出版社1993年版，第957页。
⑤ 祖保泉:《文心雕龙解说》，安徽教育出版社1993年版，第961页。
⑥ 祖保泉:《文心雕龙解说》，安徽教育出版社1993年版，第961页。
⑦ 杨伯峻:《孟子译注》，中华书局1984年版，第215页。

成的：一是他写了《文心雕龙》后，沈约“大重之”，昭明太子“深爱接之”；二是他通过十年的努力，博通经论，已在宗教人士阶层中取得了一定的地位，得到了统治阶级的赏识。庶族地主低下的出身限制虽依然存在，但已经不像以往那样严重。身份和地位的改变与提高，为他连连升迁创造了有利条件。这时的刘勰已是今非昔比，那么其思想是否也随之产生了质的变化呢？现在就据本传记录和《灭惑论》一文，来看刘勰仕梁后的思想本质。

只要考察一下本传和《灭惑论》及其写作时的社会政治斗争背景，我们就可以得出结论：刘勰在仕梁后，仍然以儒家思想为主流。从天监初年起，他累官不止，一再升迁，社会地位初步改变。入梁以后，他取得的一切都是在齐时他所追求的、幻想的，在齐时的幻想到梁时终于变成了现实。

《梁书·刘勰传》记录了他屡次升迁的情况，从徒有虚名的奉朝请这个闲散官职，到中军临川王宏记室，到车骑仓曹参军，再到仁威南康王记室兼东宫通事舍人，最后官至步兵校尉这个显要的官职。从这时的生活经历来看，他十分卖力地效忠王权，要把而立之年的理想变为现实。为太末令时，他“政有清绩”①；任仁威南康王记室时，“时七庙飨荐已用果蔬，二郊农社犹有牺牲，勰乃表言二郊宜与七庙同改”②。他不断地挖空心思，替统治者出谋划策，正是由于这些积极主动的表现，他才渐渐取得了梁萧王朝的信任，不断地被委以重任，这毫无疑问就是他所要求的“安有丈夫为文而不达于政事哉？”这样忠心耿耿地侍奉国君，为国分忧，不正是“君为臣纲”的最好写照么？入梁后，他的儒家思想仍占上风。

随之而来的问题是，刘勰在《灭惑论》一文中曾说“梵言菩提，汉语曰道”③，那么，《文心雕龙·原道》中所要还原的“道”，是不是佛道呢？二者能否互训呢？如果能的话，说刘勰是一个佛教徒也是言之成理的。如果不能，原因又是什么？我们有必要查考一下《灭惑论》一文写作的时代和当时阶级斗争的新特点。

查阅《碛砂藏本弘明集》，题为“东莞刘记室勰著”，据王利器先生《文心雕龙新书序录》称：“弘明集卷八，宋入彦和《灭惑论》，题为东莞

---

① 周振甫：《文心雕龙注释》，人民文学出版社1981年版，第1页。
② 周振甫：《文心雕龙注释》，人民文学出版社1981年版，第1页。
③ 僧佑编，刘立夫、胡勇译注：《弘明集》，中华书局2011年版，第237页。

刘记室勰，这当是彦和自述如此。”[1] 这就为研究《灭惑论》撰年提供了条件。而刘勰一生两次担任记室，经有关学者考定[2]，该文写于他第一次当记室时，又因为宋齐旧制记室定员一人，据史书记载，天监四年十月后，萧宏记室已换丘迟[3]，所以《灭惑论》一文只可能写于天监四年十月以前。

那么试问：如果天监四年十月以前写此文时，他就信佛，他为什么不回定林寺当和尚，而一直在仕途上大显身手呢？刘勰上书建议二郊牺牲改用蔬果之事，据史书记载，时在天监十六年（公元517年）冬，上表为皇上所重，迁为步兵校尉，步兵校尉只当了一年。从写此文时到担任步兵校尉，其间共有十二年的时间，他有条件当一个佛教徒，他为什么不去？僧佑死后（天监十七年五月），他又撰经于定林寺，证功毕，启求出家，未期而卒，卒年当在公元521—522年之间，他死前的二至三年，还是步兵校尉这样的大官，他怎么可能是一个真正的佛教徒呢？如果他信佛，为何只在死前的一年，才“变服于寺，改名慧地”呢？

入沙门和入仕途，对刘勰来讲，前者更容易，不仅能解决温饱问题，又有看书的地方。定林寺又是他的大本营，所以他登仕之后，又回到那里。如果他信佛，那么通往这条道路的大门一定向他敞开着，这个理想极易实现。而他在定林寺生活了十余年，都是白徒，机会一到，他便马上离开定林寺，装着卖书人的样子，等沈约赏识他。沈约赏识他要比僧佑赏识他难得多，他为什么要“敬酒不吃吃罚酒”呢？因为他的理想是要纬军国、任栋梁，而不是去当一个和尚。

他不信佛，又为什么要“变服于寺，改名慧地”呢？为什么要从一个白徒变成一个和尚呢？刘勰怀着满腔热情，挖空心思地要改变自己的庶族地位，一旦时机成熟，他便“待时而动，发挥事业”。可是，在封建社会门阀制度盛行的时代，又能有什么了不起的作为呢？朝臣都是“君令臣死，臣不敢不死”，何况家贫早孤的刘勰。他一再升迁，仍不过是为统治阶级服务的随从，他身为步兵校尉，此乃东宫显要的武官，可梁武帝为了统治的需要，竟下诏让他去撰经，这不能不让他失望。从论文叙笔的角度来敷赞圣旨的工作和愿望已经实现了，想在仕途上挣扎，实现远大抱负已经不可能了。加上统治阶级内部互相倾轧，民不聊生，社会矛盾日益激

---

① 王贞琼、王贞一：《王利器学述》，浙江人民出版社1999年版，第215页。

② 李淼、毕万忱：《文心雕龙论稿》，齐鲁书社1985年版，第197页。

③ 王元化：《文心雕龙创作论》，上海古籍出版社1984年版，第38页。

化，农民起义风起云涌，他要实现自己的理想的希望实在是太渺茫了。加上自己年事已高，年近花甲，也该解甲归田了。自己一生未婚娶，到什么地方落脚更合适呢？对他来说，没有比定林寺更合适的。一是定林寺是自己大本营，人熟为宝。二是自己博通经纶，长于佛理，以年迈之力，还可做些事。三是自己未婚娶，长期独身一人，过惯了清净孤独的日子，而定林寺正好能满足他这种生活习惯的需要。人老了，定林寺又是一个合适的落脚点，干脆死了别的心，在这里“独善”而居，研经“垂文”，长期生活。四是此次来定林寺是奉梁武帝之圣旨，圣上有旨，他不敢不来，于是他才“变服于寺，改名慧地”的。在定林寺出家，并非因为真的信佛，而是为了找个合适、理想的环境，在这里打发完余生。

刘勰第一次去定林寺，依沙门僧佑，是自愿的，也是他梦寐以求的。第二次去定林寺，奉旨撰经，是被迫的，他入定林寺是为了完成梁武帝交给的政治任务，他并不是心甘情愿地放弃步兵校尉这个显要官职的。如果没有梁武帝的圣旨，他是否入寺就很难说了，至于是否会出家为僧，就更不一定了，出家实为不得已。

（三）长于佛理，信奉儒教

就《灭惑论》一文来看，它是梁时思想斗争、阶级斗争的曲折反映。梁时正值中国佛法隆盛之时，这时的佛法有何特点呢？“佛法之广披中华，约有两端。一曰教，一曰理。在佛法教理互用，不可偏执。而在中华则偏于教，或偏于理……至言夫理，则六朝通于玄学，说体则虚无之旨涉入老庄，说用儒在济俗，佛在治心，二者同归而殊途。南朝人士偏于谈理，故常见三教调和说”①，这种特点被梁武帝创造性地阐发为“三教同源说”。他认为，儒、道都来自佛教，三者既有区别，又互相烘托，交互辉映，他的《会三教诗》中说，“穷源无二圣，测善则非三英”②。可见三教同源说首先是肯定佛教的至尊，又包含着对儒、道的欣赏。

刘勰的《灭惑论》也持三教同源的观点，他认为儒、佛、道同讲孝道，但做法不同，虽三训殊路，而习善共辙，“孝道至极，道俗同贯，虽

---

① 汤用彤：《汉魏两晋南北朝佛教史》，中华书局 1955 年版，第 418 页。
② 方立天：《魏晋南北朝佛教论丛》，中华书局 1982 年版，第 196 页。

内外迹殊，而神用一揆”[1]。《灭惑论》是为反驳《三破论》而作的，《三破论》用以攻击佛教的主要依据，是儒家的纲常名教，它认为无论从治国、齐家、修身哪个来说，佛教都是无益而有害的。刘勰在《灭惑论》中表示自己并不反对《三破论》所提到的儒家名教本身，并且援引儒教教义论证佛教不仅不违背孝道，而且是贯彻孝道精神的。

这种观点并非偶然巧合，梁武帝登上皇位后，为了加强思想统治，在即位的第三年（天监三年）宣布舍道归佛，“愿使未来世中，童男出家，广弘精教，化度含识，同其成佛”[2]。刘勰在萧宏记室任上写了《灭惑论》，正是天监四年十月以前，武帝事佛之后不久，其随声附和之意，显而易见。由此，我们可以断定《灭惑论》是一篇应时之作，旨在揄扬、附和人主，并无新意。

三教同源，又以佛教至尊为前提，那么持此说的人，一定是一个佛教徒了？答曰：未必然。从梁武帝治国方略来看，三教中他更重视儒教，他明白治理国家需要精于儒术的人才；调和宗室的矛盾，维护宗室的团结，需要儒家的孝道。“朕思阐治纲，每敦儒术”[3]，即位的第二年便下诏置五经博士，诏曰：“二叹登贤，莫非经术，服膺雅道，名成行立。魏晋浮满，儒教衰歇，风节罔树，抑此之由。”[4] 梁武帝还总结性地说：“治本归于三大，生民穷于五孝，置天地而德盈，横四海而不扰，履斯道而不行，吁孔门其何教。”[5] 他把佛教与儒、道熔于一炉，以佛教的形式服务于儒家孝道。正如当时人所指出的，梁武帝奉行佛教是为有助于实行儒家的“笃孝之义”[6]。三教同源于佛教，但这个佛教是儒教化了的佛教，梁武帝被称为“菩萨皇帝”，看来这个“菩萨”并非真佛，而是挂羊头卖狗肉的骗子。

三教同源有深厚的阶级根源和思想根源，三家学说从根本上说，都是维护封建统治的，最终都是为地主阶级的压迫、剥削制度辩护的，客观上是代表封建统治阶级根本利益的。这种与封建统治阶级根本利害关系的一致性，决定了三者合流的可能性和必然性。当时，意识形态领域中的斗争十分激烈，迫使统治者不得不调动所有有利于封建统治的思想工具，来加

---

① 汤用彤：《汉魏两晋南北朝佛教史》，中华书局 1955 年版，第 419 页。
② 汤用彤：《汉魏两晋南北朝佛教史》，中华书局 1955 年版，第 474 页。
③ 方立天：《魏晋南北朝佛教论丛》，中华书局 1982 年版，第 197 页。
④ 方立天：《魏晋南北朝佛教论丛》，中华书局 1982 年版，第 197 页。
⑤ 方立天：《魏晋南北朝佛教论丛》，中华书局 1982 年版，第 190 页。
⑥ 方立天：《魏晋南北朝佛教论丛》，中华书局 1982 年版，第 198 页。

强对人民的奴役和压迫，这一点集中表现在三教同源说上。

刘勰和《三破论》的分歧，不在儒家思想上，而在佛家思想上；不在是否信佛上，而在是否赞同三教同源上。“梵言菩提，汉语曰道”一语，正是告诉人们三教同源的道理，正如东晋孙绰所说“周孔即佛，佛即周孔”[①] 的论调一样。他们和统治者一样越来越重视佛教，但始终不允许佛教取代儒教的正统地位，只是把它当作更好地实现儒家封建伦理道德的精神工具。这就是刘勰“长于佛理”，而又为什么要宗经的缘由。

刘勰作《灭惑论》，其主要目的是附和梁武帝，积极向统治者靠拢，为统治者效忠，这是他为文经国的表现。正如他上书建议二郊改用果蔬一事一样，同样是为统治者效犬马之劳，他写《灭惑论》帮统治阶级在思想领域中排斥异己；上书改用果蔬，提醒统治阶级不要劳民伤财。这一切都是他参与政治斗争的表现，也是他在艰难的仕途上挣扎、奋斗的表现，他是封建地主阶级在思想意识形态领域中的代表。在《灭惑论》中，论及道教真伪优劣时，他对太平道的代表、农民起义军领袖张角进行抨击，并扣以“伤政萌乱”的罪名，这都说明《灭惑论》是应时而作，附和皇上的，“可谓徒有扬举之名，终亏直心之实”[②]。宗教是当时阶级斗争的焦点，齐梁时思想意识形态领域急剧变革，宗教革命是其表现形式之一。而这实际上却是一场为宗教所掩盖的政治革命，各个派别都以宣传教义之名开展思想斗争，这是当时阶级斗争的新特点，所以不能因为他写过佛学论文，就认为他信佛。

当然，我们也承认，刘勰博通经论，长于佛理。他懂佛、通佛，但始终不信佛。所谓信仰是思想中的核心部分，是思想中的主流和主要倾向，它和知识结构的组成部分是两码事。佛教作为外来文化，对刘勰的影响是很大的。佛学著作中也带来了“因明学”和一些比较细致的分析方法，从而刺激了中国说理散文、文学批评的进一步发展，对《文心雕龙》影响一定也不小，正是因为如此，它才能“体大而虑周”。

所以，刘勰一生虽然生活经历有所变化，但其儒家思想始终未变，《文心雕龙》一书的宗旨，无疑是属儒家古文一派，而并非属于大乘般若空宗一派。

---

① 方立天：《魏晋南北朝佛教论丛》，中华书局 1982 年版，第 200 页。

② 汤用彤：《汉魏两晋南北朝佛教史》，中华书局 1955 年版，第 477 页。

三、刘勰思想的复杂性与《文心雕龙》内容的丰富性新论

《文心雕龙》体大而虑周，对中国南朝之后的文学发展影响显著，对后世的文学批评也同样有着深远的影响。也正因为如此，后人对刘勰的思想倾向与《文心雕龙》的主旨进行了大量的研究，这些研究很多是开创性的，成为龙学研究史上重大的理论成果。但是，学界对刘勰的思想特征及思想变化关注得不够，较多地只是引证某一些材料或是侧重其某一个时期的思想，并把某一些材料证明的思想或某一时期的思想当作刘勰的全部思想。

刘勰的思想是他实际生活的产物，他的思想随着他的生活条件、社会关系和他所面对的社会现状的改变而改变；他的思想一直处在变化中，在不同时期受不同的政治、经济、文化影响，其表现也不相同；《文心雕龙》是刘勰40岁前的文艺思想，是他文艺思想的顶峰，是他一个时期的文艺思想；决定刘勰文艺思想本质的核心因素是他的人生经历及他所从事的社会实践，而不是门第和出身。

（一）刘勰思想形成的社会实践基础

刘勰的思想是在社会生活中不断形成的，是他生活的时代赋予了他特定的思想。人的思想不是从天上掉下来的，而是由特定的社会生活实践所决定的，是个人生活经历的产物，刘勰的思想也是如此。

据范文澜先生考证，刘勰出生于宋明帝泰始二、三年（466—467），降生在东莞郡，世居京口（今镇江）。他生活的时代正是国家长期分裂和社会经济长期动荡的时期，是兵戈相继、灾害频繁之秋，加上昏君暴主的横征暴敛，人民生活在水深火热之中，这对社会生产力的发展和社会的安定都是极大的破坏。继东晋而起的宋、齐、梁、陈都是短命的王朝，四朝合计才160余年，每次王朝的更迭都难免要发生长期的动乱。宋时“自兹至于孝建，兵连不息，以区区之江东，地方不至千里，户不盈百万，荐之

以师旅，因之以凶荒，宋氏之盛，自此衰矣”①。齐时“及建武之兴，虑难飙急，征役连岁，不遑启居，军国糜耗，从此衰矣”②。梁时“时益部兵乱日久，民废耕农，内外苦饥，人多相食，道路断绝”③。陈时“陛下顷来，酒色过度，不虔郊庙之神，专媚淫昏之鬼。小人在侧，宫竖弄权，恶忠直若仇雠，视生民如草芥。后宫曳绮绣，厩马余菽粟，百姓流离，僵尸蔽野，货贿公行，帑藏损耗。神怒人怨，众叛亲离。恐东南王气，自斯而尽”④。

惨绝人寰的浩劫、大面积的饥馑疾疫使社会矛盾空前激烈，农民起义此起彼伏。南朝见于史籍记载的农民起义约有40多起，而爆发在扬州的起义至少有9起：

大明年间（457—464），在扬州新安郡黟、歙二县有“亡命”数千人起义。⑤

宋泰始二年（466），在暨阳紫山，有暴动群众聚集。⑥

泰始五年（469），扬州临海郡“亡命”田流起义于会稽鄞县山中。⑦

齐永明三年（485），唐寓之领导“却籍”民户在扬州吴郡新城起义。⑧

梁天监九年（510），“山贼”吴承伯在南豫州宣城郡起义，势力发展

---

① 沈约：《宋书》卷九十二《良史传序》，转引自傅筑夫：《中国封建社会经济史》，人民出版社1984年版，第72页。

② 萧子显：《南齐书》卷五十三《良政传序》，转引自傅筑夫：《中国封建社会经济史》，人民出版社1984年版，第74页。

③ 姚思廉：《梁书》卷十《邓元起传》，转引自傅筑夫：《中国封建社会经济史》，人民出版社1984年版，第75页。

④ 姚思廉：《陈书》卷三十《傅縡传》，转引自傅筑夫：《中国封建社会经济史》，人民出版社1984年版，第76页。

⑤ 姚思廉：《南齐书》卷二六《王敬则传》，转引自郑欣：《魏晋南北朝史探索》，山东大学出版社1989年版，第164页。

⑥ 沈约：《宋书》卷八三《吴喜传》，转引自郑新：《魏晋南北朝史探索》，山东大学出版社1989年版，第164页。

⑦ 萧子显：《南齐书》卷二九《周山图传》，转引自郑新：《魏晋南北朝史探索》，山东大学出版社1989年版，第164页。

⑧ 萧子显：《南齐书》卷四四《沈文季传》，转引自郑新：《魏晋南北朝史探索》，山东大学出版社1989年版，第164页。

到扬州的新安郡和吴兴郡。①

中大通二年（530）、大同三年（537年），在会稽爆发两次“山贼”起义。②

太清三年（549），“山贼”田领群又起义于会稽。③

陈永定年间（557—559），临海郡又有“山盗”起义。④

江浙是豪门地主庄园聚集的地方，也是大小土豪集中的地方，更是压迫和剥削异常残酷的地方，因此也成了农民革命风暴的中心。刘勰的故乡镇江距扬州仅区区二十多公里，同样也是农民革命风暴席卷之地。

刘勰的一生便是在政治黑暗、经济凋敝、社会动荡、战火纷飞中度过的，动荡的生活使刘勰萌生了渴望祖国强大、统一的思想，树立了报国的决心，这在《文心雕龙》中的表现比比皆是。在天下大乱的动乱时期，追求“君君、臣臣、父父、子子”的社会道德是符合社会发展的进步要求的。刘勰学文是要服务于国家的，正如他在《程器》篇所说：“安有大丈夫学文，而不达于政事哉?”“摛文必在纬经国，负重必在任栋梁。”《文心雕龙》是一部论述文章写作与评论的专著，在刘勰看来，要想写好文章必须以孔子为师，“征之周孔，则文有师矣”，可见在刘勰早期的思想中，儒家思想的成分是主流。当然也有其他的思想成分，但不是主流。《文心雕龙》一书的主旨是刘勰年青时以儒家为主的思想，随着刘勰人生经历的变化，刘勰的思想也发生了改变；刘勰后期的思想与《文心雕龙》所表现的思想是不相同的。

刘勰很早便立志要“随仲尼而南行”，他为什么要宣传孔子的思想呢?因为在刘勰看来，儒家的学说对他、对国家都是有用的。“五礼资之以成，六典因之至用，君臣所以炳焕，军国所以昭明”，动乱时期每次政权的更迭都是前朝的权臣主将趁机夺权篡位的时候，权臣悍将不断称兵倡乱，给

① 姚思廉：《梁书》卷一五《谢朏传》附《谢览传》，卷二一《蔡撙传》，转引自郑新：《魏晋南北朝史探索》，山东大学出版社1989年版，第164页。

② 萧子显：《南齐书》卷四四《沈文季传》，转引自郑新：《魏晋南北朝史探索》，山东大学出版社1989年版，第164页。

③ 姚思廉：《陈书》卷三四《庾寺传》，转引自郑新：《魏晋南北朝史探索》，山东大学出版社1989年版，第164页。

④ 姚思廉：《梁书》卷四四《南郡王大连传》，转引自郑新：《魏晋南北朝史探索》，山东大学出版社1989年版，第164页。

社会和人民生活带来了巨大的灾难。面对这种残酷的现实，刘勰希望通过宣传孔子的学说，使儒家的思想深入人心，使君臣炳焕、军国昭明、社会统一、民众安定。然而，马郑诸儒已将孔子的思想阐发得淋漓尽致，想超过他们十分困难，要想有点作为，只有从文学的角度宣传儒家思想。

（二）经历的变迁促使刘勰的思想发生改变

斯大林指出“决不能认为生活是一种不变的和凝固的东西，它永远不会停止在一个水平上，它处在永恒的运动中，处在永恒的破坏和创造过程中。因此，生活总是有新东西和旧东西，生长着的东西和死亡着的东西”①。这说明人的思想总是随着生活经历的改变而改变。

刘勰一生的经历可分为三个时期、两个阶段。三个时期是：

（1）求学时期。童年（466—467）至起家奉朝请之前（502—503），即36岁之前的生活。此时他生活的状况是家贫早孤，依沙门僧佑，笃志好学，完成了《文心雕龙》一书的写作。他的人生目标是要成为“梓材之士”，他的人生志愿是“摛文必在纬军国，负重必在任栋梁”，他的做人原则是儒家倡导的“穷则独善以垂文，达则奉时以骋绩”，他的处世方法是“君子藏器，待时而动，发挥事业”。在定林寺依沙门僧佑的十多年里，刘勰形成了以儒家思想为主的积极入世的人生观，当这些思想成熟时，他便不断地追求自己的人生目标，并不断地创造条件去实现自己的人生目标。

（2）求仕时期。起家奉朝请（502—503）至有敕与慧震沙门于定林寺撰经之前（531）。此时他满怀抱负踏上仕途，很快政有清绩，一再升迁，昭明太子也“深爱接之”。这段时间也不短，约有29年，是他思想变化较大的时期。这时他至少有三个方面的收获：首先，丰富了阅历，开阔了视野，对社会有了更深入的了解；其次，对统治阶级上层的门阀倾轧有了进一步的了解，亲身体会到了“将相以位隆特达，文士以职卑多诮”的滋味；最后，对政治的动荡、人民的灾难、社会的浩劫都有了深刻的认识。30年的努力，仍然是“职卑”，“学文而达于政事”，进而成为“栋梁”，不过是年青时的幻想。这时皇上又下诏，让他回定林寺撰经，彻底中断了他实现理想的道路，他不得不再一次皈依佛教，另起炉灶。

---

① 斯大林：《无政府主义还是社会主义》，转引自黎澍：《马克思恩格斯列宁斯大林论历史科学》，人民出版社1980年版，第212页。

(3) 出家时期。有敕与慧震沙门于定林寺撰经（531）至未期而卒（532）。此时，刘勰再次回到定林寺。和上次进定林寺不同的是，第一次在定林寺生活，刘勰是白徒而并不信佛，只是“长于佛理”、“博通经论”而已。第二次进定林寺，他先撰经，证功毕，他启求出家，受戒后，取了法名慧地，成为释家弟子，做了一名佛教徒。

两个阶段是：第一阶段为不信佛的阶段；第二阶段为皈依佛教的阶段。求学时期和求仕时期为第一阶段，出家时期为第二阶段。这两个阶段并不是互不相干、毫无联系的，而是一个从量变到质变的变化过程，很难说刘勰的思想于某年某月某日变的，因为这个过程是一段漫长的岁月，这个渐变过程具体到刘勰的生活中应是求仕时期。

刘勰生活经历的变化，促使他思想发生了转变，这个变化是封建社会压制人才的结果；是门阀制度对有才志士漠视的结果；是一个满腔热情的追求者失望的结果。不可否认，刘勰也曾得到过统治阶级的赏识，昭明太子“深爱接之”，大官僚沈约也“大重之”。刘勰相信文学可以移风易俗，鼓舞人民的士气，增强社会的稳定与和谐。并且，他认为文章是圣人思想和道的最好载体，“辞之所以能鼓天下者，乃道之文也”①，文章能发挥意识形态的作用，掌握统治阶级对民众思想的统治权，进一步巩固和加强中央集权的统治，维护统治阶级的利益，也正是因为这样统治者才器重他。这都给刘勰带来过喜悦和自信，但是最高统治者皇帝并不重视他，在昭明太子病卒后，马上下诏让他去定林寺撰经。

刘勰写《文心雕龙》时是不信佛的，但年老之后却皈依了佛教。他年轻时的确有过“依沙门僧佑”的生活经历，但只是为了生计，既不是信佛，也不是为了要结交上层名流、权贵，为自己的人生仕途寻找出路。

刘勰生于战火纷飞的动乱年代，早孤家贫的他会首先想着去结交名流吗？肯定不会，他首先要解决生计问题，先有一个安身立命的立足之地，在能吃饱、能生存的前提下才能满足自己的求知欲，这也是任何一个青年人首先要解决的问题。依沙门僧佑，寄住在定林寺里，有饭吃，免租役，避兵燹，还有书籍可供阅读，正好可满足刘勰的要求。在生计都难以维持的情况下，结交名流对刘勰来说毫无意义。就算刘勰进了定林寺有了立足之地后，接触名流的机会增加了，但是靠着社交活动结交名流也是非常困难的。在门阀制度盛行的时代，士庶之别如天地之分，早孤家贫的刘勰想

① 祖保泉：《文心雕龙解说》，安徽教育出版社1993年版，第9页。

结交名流，希望非常渺茫。他与僧佑居处十余年，按理说应当结识不少权贵，可是当《文心雕龙》成书后，他依然“无由自达”，这种社会现实刘勰肯定也很清楚。

所以，我们不能把《文心雕龙》反映出的思想当作刘勰的全部思想，不能因为《文心雕龙》以儒家思想为核心就说刘勰从不信佛；也不能不看他生活阅历的变化，忽略刘勰思想的变化；《文心雕龙》所表现出的思想只是刘勰40岁前的思想，晚年他的思想已发生了变化，和《文心雕龙》的主旨已不相同了。

（三）《文心雕龙》内容的丰富性与刘勰思想的复杂性

《文心雕龙》是刘勰青年时的作品，全书除辞采华美、对仗精工外，还表现出思维清晰、结构严密的写作特点及抱负远大、积极昂扬的精神追求。

刘勰是那个时代文艺理论的集大成者，他对当时社会上流行的各种思想都加以借鉴、吸收。他是一个储水池，他以前的文化之源，都被他吸收，汇入他的池中；他之后的文艺之流也都从他的池中流出，《文心雕龙》对后人产生了极大的影响。因此，在《文心雕龙》中找出一些儒、释、道或其他各家的思想成分来并不困难，这是一切集大成者的共同之处。我们不能因在《文心雕龙》中找出一点某种思想的成分，便确定其思想的主流与倾向；也不能因为刘勰思想中鲜明的儒家思想，而否定刘勰受过其他哲学思想的影响。正是由于有了“振叶以寻根，观澜而索源”的愿望，他才能博采各家之长，广泛地学习前人的思想成果，成为一位集大成的宗师。

生活经历的变化，促使刘勰的思想发生了转变，这种转变是十分正常的。刘勰写《文心雕龙》时还不到40岁，与慧震沙门一起撰经时已60多岁，经过二十来年的时间，人的思想怎么可能不发生变化。“人们的观念、观点和概念，一句话，人们的意识，随着人们的生活条件、人们的社会关系、人们的社会存在的改变而改变。”① 从刘勰家贫早孤，依沙门僧佑，到他起家奉朝请，再到与慧震沙门撰经，半个多世纪的风风雨雨，他的生活条件、社会关系不知发生了多么巨大的变化，这些变化怎么可能不使他的

① 马克思、恩格斯：《共产党宣言》，转引自黎澍：《马克思恩格斯列宁斯大林论历史科学》，人民出版社1980年版，第108页。

思想发生转变呢？刘勰改名慧地时，他已不是撰写《文心雕龙》时的刘勰了，应当用发展变化的眼光来研究刘勰的思想，看待这一艺术家的思想轨迹。

《文心雕龙》一书的思想是丰富的，刘勰一生的思想发展也是十分复杂的。著作思想的丰富性与经历的复杂性，为我们的研究增添了许多困难，也使这种研究更具挑战意义。只要我们以科学的精神探究这些现象背后的规律性，龙学的研究一定会硕果累累。

四、钟嵘诗歌批评的标准新论

清人章学诚语："《诗品》之于论诗，视《文心雕龙》之于论文，皆专门名家勒为成书之初祖也。"[①] 既然《诗品》为论诗之"初祖"，那么它用什么标准来衡量诗之工拙与优劣呢？

（一）"滋味说"不是钟嵘诗歌批评的标准

有的学者认为"钟嵘以'滋味'为诗歌批评的最高标尺"[②]，"显然，这'味之无极'的滋味，就是钟嵘衡量诗歌作品艺术水平高低的最高标尺。事实上，钟嵘在诗歌批评实践中，也都是以这个标尺作为对创作和鉴赏的审美要求。从品味作品给予人们的美感程度入手，去辨别作品艺术美的高低，进而评定其品味'的"[③]。笔者认为这种把"滋味"当作钟嵘诗歌批评标准的观点，是值得商榷的。

钟嵘在《诗品》序中是这样说的："夫四言，文约意广，取效风骚，便可多得；每苦文繁而意少，故世罕习焉。五言居文词之要，是众作之有滋味者也，故云会于流俗。"[④] 这里钟嵘的目的，只是在分别五言诗和四言诗，并在此基础上，提出有"滋味"是五言诗的优点。《说文》段注："滋，言多也。"滋味，就是内容深厚而丰富，和它相对的就是寡味。四言

---

① 章学诚：《文史通义·诗话》，上海古籍出版社 2008 年版，第 98 页。

② 罗立乾：《钟嵘诗歌美学》，武汉大学出版社 1987 年版，第 37 页。

③ 罗立乾：《钟嵘诗歌美学》，武汉大学出版社 1987 年版，第 38 页。

④ 周振甫：《诗品译注》，中华书局 1998 年版，第 19 页。

诗虽然取效风骚，文约意广，但它和五言诗相比，就又显得文繁意少了，它的缺点就是寡味；而五言诗则没有文繁意少的缺点，它就是众作之中有“滋味”者。如果不这样来理解，那么就会出现自相矛盾之处。钟嵘先说四言文约意广，又说五言是众作之中有滋味者。两者都内容丰富，为什么五言要居文词之要呢？五言居文词之要，并不是四言诗本身意不广，而是它和五言诗相比较文繁而意少。所以“滋味”一词只在说明，和四言诗相比，五言诗有“滋味”。所以，“滋味”只是区分五言和四言诗的标准，而不是钟嵘文学批评的标准。

一旦这种区分、对比完成之后，就能把五言诗作为一个整体、独立的单位，从众作中切分出来。当注意力放在五言诗的范围内时，这个用来划分五言与四言优缺点的标准就不起作用了。钟嵘论诗，以五言为断限，故曰：“嵘今所录，止乎五言。”① 如果在五言诗内定品第、评风格、溯流别时，再用这个标准就无任何效果了。因为“五言居文词之要，是众作之有滋味者也”，这句话也就等同于“五言是众作之中有滋味者也”。那么《诗品》中122个作家，都长于五言，而且钟嵘也只论他们的五言诗，这些作品都有滋味，这种不具有区别性的尺度，怎么能用来定品第呢？又怎么能作为诗歌批评的最高标尺呢？

所谓的尺度和标准一定是满足该标准就应是上品，而不满足这个标准就应是中下品。而批阅一下《诗品》中的众多作家，就可以发现：上品中的五言诗有滋味，而被列为中下的作家作品，钟嵘在评价时，也认为它们是有滋味的。如下品中的齐高帝，“齐高帝词藻意深，无所云少”②，钟嵘赞扬他词有藻饰，诗篇有文采，含义深远，内容上不缺少什么。郦炎则是“方胜托咏‘灵芝’，怀寄不浅”③。陈祚明也说他的诗“大致古劲，结句质言然固慨深”④。光禄大夫谢庄“兴属闲长，良无鄙促也”⑤，吕德申注：“兴属：兴味。”⑥ 成倬云曰：“笔清丽，兴致不成，盖与鄙促之体适相反造矣。”⑦ 这都说明这些作品是有滋味的。中品中的颜延之，钟嵘赞扬他“体

① 周振甫：《诗品译注》，中华书局1998年版，第26页。
② 周振甫：《诗品译注》，中华书局1998年版，第97页。
③ 周振甫：《诗品译注》，中华书局1998年版，第77页。
④ 陈祚明：《采菽堂古诗选》，上海古籍出版社2008年版，第412页。
⑤ 周振甫：《诗品译注》，中华书局1998年版，第88页。
⑥ 吕德申：《诗品校释》，北京大学出版社1986年版，第187页。
⑦ 许文雨：《诗品讲疏》，成都古籍出版社1983年版，第126页。

裁绮密，情喻源深。功元虚散，一句一字，皆致意”①。郭璞的诗作“词多慷慨，乖远玄宗”②。这些“渊深”、“深笃”、“多慷慨”的作品，钟嵘也认为它们是没滋味的吗？

可见无论在上品，还是中下品，都有作品内容丰富的作者，都有“滋味”而不是“寡味”，用这样的标准根本无法对诗人定品第，钟嵘也根本没有以“味”的多寡来作为定品的充分条件，来对作家评判高低。评判五言诗的工拙也就是批判“有滋味的五言诗”，“滋味”不能再作为一个评判标准，必须更换标准。

再者，“滋味”是多味，指内容丰富，钟嵘并未指出多的味，应是什么样的味。这是一个内涵不具体而外延很宽泛的概念。而在进行文学批评时，作者所持的思想却是十分具体的，合乎这一种文艺思想，就合乎尺度，可以入上品；不合乎这种文艺思想就不是好作品，入中下品。而“滋味”这个概念内涵极虚，这样模糊的概念，作为批评的标准势必影响评风格、溯流别、定品第等。

所以我认为“滋味”只是在区分五言诗和四言诗时的一个划分标准，钟嵘只用它来辨五言与四言孰优孰劣，五言诗有滋味，而四言诗相对五言诗则“寡味”。

这样会不会降低钟嵘“滋味说”的历史地位呢？我看不会。因为，在人们普遍认为“五言流调”、“四言正体”③，蔑视五言诗时，钟嵘就是以“滋味”这个武器为五言诗争得了地位。在文学发展史上，这是首次以旗帜鲜明的理论鼓吹五言诗，这对推动后来五言诗的迅猛发展是有极大的历史贡献的。

另外，钟嵘反对“质木无文”，“理过其辞”，“竟须新事，文多拘忌”。他要恢复建安的优秀传统，弘扬五言古诗的艺术成就。而人们当时普遍认为五言诗为“流调”，钟嵘要翻这个文学的案，必须要将“流调”来个“本末倒置”。只有先肯定了五言诗，然后才能评五言古诗。所以，“滋味说”对反对形式主义文风，恢复古诗和以建安文学代表的现实主义传统有重要的作用。

---

① 周振甫：《诗品译注》，中华书局 1998 年版，第 66 页。
② 周振甫：《诗品译注》，中华书局 1998 年版，第 62 页。
③ 祖保泉：《文心雕龙解说》，安徽教育出版社 1993 年版，第 110 页。

（二）钟嵘诗歌批评的标准——有风力、有丹彩、出语自然

那么，钟嵘文学批评的标准是什么呢？我们应当结合他的整个文艺观来看这个问题。

任何诗论家遇到的首要问题就是，诗是什么？诗有怎样的本质属性？在这些问题上，钟嵘坚持的是朴素的唯物主义感应论。“气之动物，物之感人，故摇荡性情，形诸舞咏。”① 既然人之舞咏是由于物感人，是人性情摇荡的产物，那么诗必然是要“吟咏性情”的，这可以得出第一个命题：诗是用来吟咏性情的。那么应当怎样吟咏性情呢？他设想“故诗有三义焉：一曰兴，二曰比，三曰赋。文已尽而意有余，兴也；因物喻志，比也；直书其事，寓言写物，赋也。宏斯三义，酌而用之，干之以风力，润之以丹彩，使味之者无极，闻之者动心，是诗之至也”②。诗的标准一定会体现在最好的诗中，即在“诗之至”中体现出来。在他看来，最标准的诗，是要有风力和丹彩的，并且要用兴、比、赋的手法来表现。什么是他要求的“风力”呢？就是“诗的现实性、抒情性和气壮之美的结合”③。所谓“丹彩”就是用精粹的词彩去润色诗篇。

为防止矫情和矫饰，“伤其真美”，他又主张用“直寻”的方法，使丹彩和风力有机地统一在一起，使吟诗的性情这种“陶土”对象化为有“自然英旨”的“陶器”。这时才会有“五言之警策，篇章之珠泽，文彩之邓林”④。

钟嵘文学批评的标准，一言以蔽之：用比兴和直寻的方法，用华美的文辞，自然地表现深厚、宽广的社会思想感情。这就是衡量作品的最高尺度，也是《诗品》的纲。同时具有这几个条件的才算是上乘之作，可以进入上品；不合乎这几个条件之中的一个，就只能是中品或下品。

从《诗品》全书的内容看，古诗是合乎这些标准的，所以被列为上品。从流传至今的《古诗十九首》可以看出，古诗“感于哀乐，缘事而发”⑤。游子和思妇构成了《古诗十九首》的基本内容，有着极其现实的社

---

① 周振甫：《诗品译注》，中华书局 1998 年版，第 15 页。

② 周振甫：《诗品译注》，中华书局 1998 年版，第 19 页。

③ 梅云生：《钟嵘和诗品》，上海古籍出版社 1982 年版，第 6 页。

④ 周振甫：《诗品译注》，中华书局 1998 年版，第 29 页。

⑤ 郭绍虞、王文生：《中国历代文论选》（一卷本），上海古籍出版社 1980 年版，第 141 页。

会历史意义，充满了最浓厚的生活气息。它不是生活现象的简单叙述，而是表达了人生中某些最动人的感觉和经验，是有风力的典范。

《古诗十九首》中也有不少关于自然景物和环境的描写。但它和晋宋以后的山水诗、咏物诗大相径庭，它只是为了吟咏性情而作出必要的渲染与衬托，所以大量巧妙的比兴句式，平平道来，深衷浅貌。正如胡应麟所说："《古诗十九首》及诸杂诗，随语成韵，随韵成趣，词藻气骨，略无可寻，而兴象玲珑，意致深婉。"①

有风力、有丹彩，而且还能出语自然，不饰雕虫之工。"《古诗十九首》格古调高，句平意远，不尚难字，而自然过人矣。"② 自然，是蕴藏在心底的人生经验和感觉在一定场合中的触发和流露，而不是单凭文字技巧雕琢出来的东西。它是青枝头开放的蓓蕾，而不是人工暖房培植的花朵，它是现实生活中蓬勃生气的具体表现。这便是自然英旨。

钟嵘称曹植为"臂人伦之有周孔"③。一方面因为他的诗"文彩缤纷"，有丹彩；另一方面也因为他"不离巷歌谣之质"④，也就是具有"感于衷乐，缘事而发"的特点。具有真实的生活内容，有风力；由于"缘事"，又很自然，于是骨、彩、情、体四者俱优。

古诗很动人，曹植的诗作也精美动人，但钟嵘认为曹植更好一些。这种不同，钟嵘还是依据风力、丹彩和自然英旨来判定的。古诗是曹公父子的前驱，曹公父子的诗歌创作是古诗高度发展的结果。平原兄弟的诗作和古诗相比，则表现趋向于集中，语言锤炼得更为精粹，融情于事，概括而为人生的咏叹，成为"慷慨以任气，磊落以使才"⑤ 的建安风力，因此在风力上更加深重博大，在丹彩上更加精粹。可见，钟嵘这一看法和他的批评标准有关，并且是正确的。

所以从艺术内容上看，他讲求风力，要求文学作品要有真实的社会生活基础。从艺术形式上看，他要求巧构形似，重视比兴，要有华美的词藻润色诗篇，并使作品有音韵美，而又不能"口吻不调利"，"伤其真美"。内容与形式在不"伤其真美"的基础上统一起来，才能使"吟咏性情"成为"自然英旨"。

---

① 胡应麟：《诗薮》，中华书局1962年版，第25页。
② 胡应麟：《诗薮》，中华书局1962年版，第28页。
③ 周振甫：《诗品译注》，中华书局1998年版，第63页。
④ 周振甫：《诗品译注》，中华书局1998年版，第29页。
⑤ 祖保泉：《文心雕龙解说》，安徽教育出版社1993年版，第103页。

从以上论述可以看出，文艺批评标准是文艺观的集中体现。从“滋味说”中，我们只能感到两种诗体的不同和五言诗的长处，看不出一个完整的文艺观。而从吟诗性情、风力、丹彩、比兴、直寻、自然之英旨中，却可以完整地勾勒出钟嵘的文艺观，并且还具有一定的普遍性和稳定性。不是仅局限于五言诗内，而是适合各种体裁的文学作品，它涉及内容、形式、表现方法和审美要求，比较完整全面。可以用它来衡量所有的五言诗，并进而评风格、溯流别、定品第等。以此标准推举出优秀篇什，供人们学习，借以推行一种文艺思想。

（三）钟嵘诗歌批评的功绩

钟嵘的《诗品》是中国历史上第一部系统的论诗专著，其历史功绩和地位十分突出。

首先，钟嵘抨击了事类诗和以永明体为代表的形式主义文风，倡导建安以来的现实主义传统。他说：“降及建安，曹公父子，笃好斯文；平原兄弟，郁为文栋；刘祯、王粲为其羽翼。次有攀龙托凤，自致于属车者，盖将百计。彬彬之盛，大备于时。尔后凌迟衰微，迄于有晋。太康中，三张、二陆、两潘、一左，勃尔俱兴，踵武前王，风流未沫，亦文章之中兴也。永嘉时，贵黄、老，稍尚虚谈，于时篇什，理过其词，淡乎寡味。爰及江左，微波尚传，孙绰、许询、桓、庾诸公诗，皆平典似《道德论》，建安风力尽矣。”①

钟嵘考察了同时代的文坛后，又进一步指出当代文坛上的弊端：“故大明、泰始中，文章殆同书抄。近任昉、王元长等，辞不贵奇，竟须新事。尔来作者，浸以成俗。遂乃句无虚语，语无虚字，拘挛补衲，蠹文已甚。”②

这种形式主义文风的盛行，带来了更恶劣的现象，“次有轻薄之徒，笑曹、刘为古拙，谓鲍照为羲皇上人，谢朓今古独步。师鲍照，终不及‘日中朝市满’，学谢朓劣得‘黄鸟度青枝’”。他大力提倡建安诗人的诗作，他们的诗饱经沧桑，述丧乱之事，发慷慨不平之音，形成了自然、真挚、慷慨的特点，铸就了“志深而笔长，慷慨而多气”的美学风格。

---

① 周振甫：《诗品译注》，中华书局1998年版，第17页。

② 周振甫：《诗品译注》，中华书局1998年版，第24页。

其次，钟嵘提倡有风力、有丹彩、有自然之英旨的诗风。他评陶潜“又协左思风力”，由于左思的诗有风力，陶诗在这一点上非常类似左诗，而陶潜的诗也有气骨峥嵘的特点。评刘琨诗时他说，“刘越石仗清刚之气”，“善为凄戾之词，自有清拔之气”，赞美其诗体清拔、刚劲，具有风力之美。评鲍照诗说，“骨节强于谢鲲，驱迈疾于颜延”，实际上就是赞美鲍照诗的骨力之美。这些思想在他的理论体系中被总结成为“自然英旨”的创作原则，钟嵘提出了“干之以风力，润之以丹彩”作为诗的最高境界，同时又提出了符合“自然英旨”的“直寻”的创作原则。他说：“夫属词比事，乃为通谈。若乃经国文符，应资博古；撰德驳奏，宜穷往烈。至于吟咏性情，亦何贵于用事？‘思君如流水’，既是即目；‘高台多北风’，亦惟所见；‘清晨登陇首’，羌无故实；‘明月照积雪’，讵出经史。观古今胜语，多非补假，皆由直寻。颜延、谢庄，尤为繁密。……拘挛补衲，蠹文已甚。但自然英旨，罕值其人。”①

在钟嵘看来，好诗应是符合“自然英旨”和“直寻”标准的，“自然英旨”是要求诗的内容和形式既要精美又要出语自然，是真纯的表现，无丝毫的矫揉造作之处，是真善美的统一体。

最后，《诗品》开创了评风格、溯流别、定品第的诗歌批评模式。在钟嵘之前，我国已有诗歌欣赏和批评的思想，虽然有的观点对后世影响很大，但一直都不系统。钟嵘在继承前人诗歌批评的基础上对诗歌批评进行了深入系统的研究，形成了集风格、流派与质量为一体的诗歌批评模式，这三个关键性的切入点，恰恰把握了一个诗人诗歌创作的根本特征。评风格重在评析诗体特征，并掎摭利病，对诗歌特点的得失进行深入的研究，把握的是一个作家的根本特性和成熟标志，把握住了风格也就认清了作家。溯流别则从传统的继承和革新中，探讨诗体的形成原因，并划分其流派，对诗人的认识更加深入。定品第是明确诗人的优劣和作家在文艺界的地位。评风格、溯流别、定品第三位一体，构成了钟嵘对诗人进行批评的模式和套路，为文学批评的发展和批评家的成长指明了发展之路。

钟嵘通过品评诗人品第的方式，推举出优秀篇什，供人们学习，借以推行一种文艺思想，这种文艺批评的方式值得肯定。

---

① 周振甫：《诗品译注》，中华书局1998年版，第24页。

五、刘勰“陆赋巧而碎乱”新论

刘勰在《文心雕龙·序志》中，简要地评价了当时文艺理论家在文艺理论上的得失。他说：“详观近代之文论者多矣，至于魏文述典，陈思序书，应玚文论，陆机《文赋》，仲洽《流别》，宏范《翰林》，各照隅隙，鲜观衢路，或臧否当时之才，或铨品前修之文，或泛举雅俗之旨，或撮题篇章之意。魏典密而不周，陈书辩而无当，应论华而疏略，陆赋巧而碎乱，《流别》精而少功，《翰林》浅而寡要。又君山、公斡之徒，吉甫、士龙之辈，泛议文意，往往间出，并未能振叶以寻根，观澜而索源。”① 可以看出刘勰对当时文艺理论状况的评价从总体上说是客观、准确的，正是他发现了各家之优劣，并有意地吸取众家之长，努力地“振叶以寻根，观澜而索源”，才使《文心雕龙》体大而虑周。他对陆机《文赋》的评价是“陆赋巧而碎乱”，这句评语非常的精练概括，的确是精当之论。

（一）陆赋“巧”在何处

陆机是我国西晋时著名的文学家和文学理论家，吴景帝永安四年（261），他出生在东吴一个世族大家庭里，童年和少年时代，他过着优裕的生活，接受了深厚的文化熏陶。《晋书》本传中说他：“少有异才，文章冠世，伏膺儒术，非礼勿动。”② 入洛阳（283）之前，便以文学名世，他能文学，善书画，他所写的章草《平复帖》至今尚流传，是书法中的精品。他还有画论，唐张彦远《历代名画记》引：“丹青之兴，比《雅》、《颂》之述作，美大业之馨香。宣物莫大于言，存形莫善于画。”③ 他所作诗文有三百多篇，我们现在能看到的《陆士衡文集》是后人的辑本，足见陆机是个多才多艺、创作甚丰的艺术家。晋武帝太康时代，西晋社会出现了短暂的繁荣景象，在此前后，文学方面有所谓“三张、二陆、两潘、一左”之说，其中的陆机，一时称盛，被后人誉为“太康之英”。正是由于

---

① 周振甫：《文心雕龙注释》，人民文学出版社 1981 年版，第 535 页。

② 房玄龄等：《晋书》，岳麓书社 1989 年版，第 446 页。

③ 张怀瑾：《文赋译注》，北京出版社 1984 年版，第 84 页。

个人大量的创作经验和对文学创作甘苦的独到见解，他对艺术有着敏锐的观察力，也正因如此，刘勰才称赞他“巧”，这个“巧”是因“熟”而生的巧。

（1）理论视角巧。陆机生活的时代，四言诗、五言诗都非常盛行，大赋和抒情小赋也广为流传，各类文体已十分丰富。如何总结前人的创作经验，找出写作的一般规律，指导作家的创作实践，这是当时文坛上一个突出的问题。两汉诸儒论文多从文学的社会作用入手，过分强调文学的教化作用，使文学成为政治的附庸。而针对创作的实践入手，探明文学创作的基本规律，却是前人从未触及的重要问题，陆机正是本着这一动机和视角进行《文赋》写作的。在《文赋》开篇，他说：“余每观才士之作，窃有以得其用心。夫放言遣辞，良多变矣，妍蚩好恶，可得而言。每自属文，尤见其情。恒患意不称物，文不逮意，盖非知之难，能之难也。故作《文赋》以述先士之盛藻，因论作文之利害所由，他日殆可谓曲尽其妙。”[①] 从这段开场白可以看出，他要解决的问题是“意不称物”和“文不逮意”，而这两个问题是所有作家都必须花毕生的精力解决的问题，我们知道“意称物”是一个观察社会、提炼主题、加工素材、孕育形象的物我交融的审美过程；而“文逮意”则是运用语言把心中的意念、神气、意象等准确、生动、形象地表现出来的艺术创作过程。这两个过程实际上体现了物、意、言三者之间的关系，言能准确地表意，意能形象地体物，物、意、言三者能融为一体，便是优秀的文学作品。从这三者入手谈文学，可谓抓住了文学创作的核心问题，这种文学理论是具有“可操作性”的文学理论，是能指导实践的文学理论，如果没有大量创作实践的甘苦，是总结不出这些有血有肉的宝贵经验的，陆机的文论，切中要害，非常精巧。

（2）理论的着眼点巧。这个着眼点便是对文学艺术本性的认识。关于文学的本性，陆机在论文体时曾概括道“诗缘情而绮靡”。在介绍自己创作的经验时，他说“悲缘情以自诱”，“哀缘情而来宅”[②]。他的这一观点首先在中国文学史上确立了创作主体的情感在创作中的地位，开启了中国古代文学理论注重情感的先河。正是如此，朱自清先生高度称赞“缘情说”，“缘情的五言诗发达了，言志以外迫切地需要一个新目标，于是陆机

① 张怀瑾：《文赋译注》，北京出版社 1984 年版，第 18 页。
② 严可均：《全晋文》，商务印书馆 1999 年版，第 964 页。

第一次铸成‘诗缘情而绮靡’这个新语”①。

在陆机之前，一直流行着“诗言志”的传统，至汉代儒家文论将“志”伦理道德化，把文学当作美刺讽喻的教化工具，美教化、移风俗变成文学的唯一功用。这不仅扼杀了作家创作的激情，也减弱了文学陶冶情操的艺术功能，使文学沦为政治的附庸。而陆机鲜明地提出“缘情说”，不仅正确地表述了创作发生的心理特征，而且深刻地揭示了文学创作的内在规律。臧荣绪在《晋书》中称赞道：“妙解情理，心识文体。”②

（3）描述构思过程巧。陆机在《文赋》中花了大量笔墨描述构思过程，在中国文艺理论发展史上，对艺术构思进行如此细致的描述，陆机应是开山始祖。现在谈到艺术构思，人们可以从形象思维、灵感和大脑神经生理学等心理发生过程上讲得非常科学，而在陆机的时代，这一切都是空白。只有将艺术生产的流程都弄清楚后，才有可能指导他人按这一流程去进行艺术生产，这种理论对作家的指导作用将会更大。曹丕也曾想解释这一构思过程，他将这一过程归为先天禀赋，“文以气为主，气之清浊有体，不可力强而至。譬诸音乐，曲度虽均，节奏同检，至于引气不起，巧拙有素，虽在父兄，不能以移子弟”③。如果艺术创作的经验、能力、修养“虽在父兄，不能以移子弟”的话，那么那些怀揣着作家梦的追求者，希望学习“父兄”辈艺术家成功经验的文学爱好者岂不是希望很渺茫？而陆机并不是一个神秘主义者，他从自己的创作经验和甘苦出发，总结和吸取了前人大量的创作经验，把创作准备过程、创作初始过程、创作发生过程写实地记录下来，希望这些经验“在父兄”的同时也能“以移子弟”。

陆机的创作论对艺术创作进行了精细的描述，他对艺术创作过程的讲述，虽然只是流水账式的记载，但由于他有着丰富的创作经验，他的论述“若排沙简金，往往见宝”④。这些创作经验的描述尚未上升到较高的理论层面，但是对长期将创作过程神秘主义化的文坛来说，无疑是巨大的进步。别人说不出、讲不清的东西，他能尝试着以写实的方式记录下来，这不是很巧么？

在对创作进行描述时，最难驾驭的莫过于构思理论，这种理论到今天

---

① 张怀瑾：《文赋译注》，北京出版社 1984 年版，第 80 页。

② 萧统编，李善注：《文选》，上海古籍出版社 1986 年版，第 217 页。

③ 郭绍虞、王文生：《中国历代文论选》卷一，上海古籍出版社 1979 年版，第 158 页。

④ 刘义庆著，余嘉锡笺疏：《世说新语笺疏》，上海古籍出版社 1996 年版，第 196 页。

为止，在一部分理论家的笔下，仍然异常神秘。而陆机从自己的创作经验出发，将创作的过程分解为几个可操作的程序。首先，要颐情志于典坟。通过颐情养志，使作家产生对周围事物、人物的情感，并不断地深化，开掘事件所包含的人生哲理，使作家自身情感高涨，开始孕育形象。紧接着进入第二个程序，情曈昽而弥鲜。当作家感情饱满时，情物交融，带着浓郁情感的形象络绎奔汇，所表现的物象越来越鲜明，待呼之欲出时，便进入下一个程序。第三个程序是，挫万物于笔端。将孕育于心、呼之欲出的形象用语言描述出来。艺术创作的过程经过梳理之后，便有一个先后顺序，不断地模仿这个程序，便能够完成一个创作过程。这样，艺术创作的过程不但可以"移子弟"，也可以"移"一切文学爱好者，能把神秘的事讲得很通俗，不可谓不巧。

（4）以赋论文，词采精巧。陆机的《文赋》是我国历史上第一篇系统的创作论，也是唯一用赋的体裁论文的名作。臧荣绪称赞他"天才绮练，当时独绝，心声妙句"[①]。读完《文赋》后，我们不但为陆机斐然的文采折腰，更为他才气逼人的艺术修养而叹服。《文赋》用精美的语句把枯燥的创作过程描述得如此华美，堪称"精微而畅朗"，实在是匠心独运。陆机对艺术创作的精彩见解，都用精巧的丽句尽善尽美地表现了出来。

创作激情来临之际，是一个艺术家创作的宝贵时机，陆机用对仗的语句将之描绘得非常形象。"方天机之骏利，夫何纷而不理，思风发于胸臆，言泉流于唇齿。纷葳蕤以馺遝，唯素毫之所拟。"[②] 陆机在这段文字中很形象地描述了作家激情来临之际的亢奋状态，它不仅音律和谐、朗朗上口，而且形象传神。

将揭示主题的语句放在显著的位置上，或开门见山，或卒章显志，是作家们在谋篇布局时非常关心的事。陆机对这一现象非常感兴趣，他用精短的句子加以描述，"立片言以居要，乃一篇之警策也"[③]。其后人刘勰在《文心雕龙·诠赋》中说："物以情观，故词必巧丽。丽词雅义，符采相胜，如组织之品朱紫，绘画之著玄黄，文虽新而有质，色虽糅而有本，此立赋之大体也。"[④] 一方面，丽词雅义是赋之大体，另一方面，陆机的《文

① 萧统编，李善注：《文选》，上海古籍出版社1986年版，第237页。
② 张怀瑾：《文赋译注》，北京出版社1984年版，第46页。
③ 张怀瑾：《文赋译注》，北京出版社1984年版，第34页。
④ 周振甫：《文心雕龙注释》，人民文学出版社1981年版，第81页。

赋》由于用词精美，句式工整，便更显得词采精美。

（二）陆赋为何“碎乱”

陆赋的“碎乱”表现在这样几个方面：

一是琐屑。陆机在《文赋》中，从创作的准备阶段开始，描述创作的整个过程，这个过程是一个很复杂的形象思维过程，与作者的阅历、创作经验有着密切的关系。而陆机将这个生活积累的创作准备过程简单化为“悲落叶于劲秋，喜柔条于芳春。心懔懔以怀霜，志眇眇而临云”①，这样的生活场景在作家的生活中肯定是有的，但创作的积累并不是这么简单，这只是生活中的小事。

一篇优美的文章应是全篇一贯的，只有全篇成为一个和谐的整体，文章才是上品。而陆机过分地看中文章中的一两个警句，“立片言以居要，乃一篇之警策也”，仿佛文章有一两个警句，便能成为传世佳作，如他所说的“石韫玉而生辉，水怀珠而川媚”。这样过分地看中一两个警句，势必影响文章的和谐美，有因小失大之嫌，显得琐屑。

二是不完整。艺术创作的构思问题是陆机研究的重点，许多见解都是他首次提出，既然是首次提出，就是全新的。所谓不完整，是陆机站在自己所处的时代和一定的理论成果基础之上看他的前人，不完整是和陆机的时代相比不完整，并不是说一出现就是不完整的理论。

陆机要解决“意不称物”、“文不逮意”的问题，这一问题既与艺术构思、创作方法、修辞手法、素材提炼有关，也与文艺思潮、作家流派有关，而陆机仅从个体的创作过程出发，寻求解决问题的办法，这种做法自然显得狭小，很不完整。至刘勰之时，他将创作放在广阔的背景中研究，他的文艺思想“本乎道，师乎圣，体乎经，酌乎纬，变乎骚”②，这是文之枢纽；同时他还“论文述笔”，“剖情析采，笼圈条贯，摛神性，图风势，苞会通，阅声字，崇替于时序，褒贬于才略，怊怅于知音，长怀于序志，以驭群篇”③。《文心雕龙》是体大虑周的，而陆机的《文赋》显得相对碎乱。但是，如果没有先出的陆赋的碎乱，又怎么会促使《文心雕龙》变得

---

① 张怀瑾：《文赋译注》，北京出版社 1984 年版。
② 刘勰著，周振甫注：《文心雕龙》，人民文学出版社 1981 年版。
③ 刘勰著，周振甫注：《文心雕龙》，人民文学出版社 1981 年版。

体大虑周呢?

陆赋的碎乱是论述时秩序不清晰，陆机十分注重词语的推敲，这一问题，陆机始终是一有机会便提出来。纵观《文赋》全文，陆机是按创作的准备阶段，到创作的初始阶段，到创作的发生阶段，到文章的修改，再到创作过程结束这一顺序写的。在论述的过程中，陆机经常跳出几句评论语言与修辞的句子，显得有些错乱。例如，他在表述创作的初始阶段时说“其始也，皆收视反听，耽思傍讯，精骛八极，心游万仞”①，这一问题尚未说完，紧接着又跳出“于是沈辞怫悦，若游鱼衔钩而出重渊之深，浮藻联翩，若翰鸟缨缴而坠曾云之峻”②。讲到写作的布局时，他说“或仰逼于先条，或俯侵于后章”③，马上又冒出几句如何遣词造句的句子，“或辞害而理比，或言顺而义妨。离之则双美，合之则两伤。考殿最于锱铢，定去留于毫芒”④。一个问题尚未谈清，第二个问题又跳出来，造成了陆赋内容安排秩序混乱。

这些不足之处是开山者的历史局限，是在当时的历史条件下难以避免的，但这种探索却给后来的刘勰提供了研究的经验，正是由于刘勰发现了这些不足，才使《文心雕龙》体大虑周。

(三)“巧”是主流，“碎乱”是局限

陆赋的巧是历史公认的，这个巧是陆机用敢为天下先的雄心和大量创作的经验、甘苦换来的，这是陆赋的价值所在，是陆赋的主流。但是陆赋的碎乱也是非常明显的，这是历史的局限。刘勰正是在吸收前人“巧”的精华基础上，剔除其“碎乱”的糟粕，才能有《文心雕龙》的体大思精。虽然刘勰评价陆机的《文赋》是“巧而碎乱”，但从《文心雕龙》一书来看，刘勰还是非常推崇陆机这篇赋的，他在《文心雕龙》的《书记》、《镕裁》、《声律》、《总术》、《序志》等篇章中，先后六次提到陆机的《文赋》，对《文赋》赞不绝口。清人章学诚说“刘勰氏出，本陆机说而昌文论”是符合实际的。

---

① 张怀瑾:《文赋译注》，北京出版社 1984 年版，第 22 页。
② 张怀瑾:《文赋译注》，北京出版社 1984 年版，第 22 页。
③ 张怀瑾:《文赋译注》，北京出版社 1984 年版，第 34 页。
④ 张怀瑾:《文赋译注》，北京出版社 1984 年版，第 34 页。

六、嵇康的美学思想新论

嵇康（23—262），字叔夜，是魏晋之际著名的诗人、思想家和音乐家。他“思想新颖，往往与古时旧说反对”①，在短暂的一生中留下了大量精辟的美学思想，特别是他的《声无哀乐论》一扫古人陈说。李泽厚同志论及此书时说：“嵇康的《声无哀乐论》是中国美学史上第一篇具有浓厚思辨色彩的专门性的美学论文，包含着对美和美感的关切考察，极大地强调主体的审美感受和审美态度的重要作用。”② 毫无疑问，这段评价没有任何溢美之词。可是就这样一个著名的美学家，在美学界并没有引起研究者多大的重视，20 世纪初以来研究嵇康美学理论的论文不过寥寥数篇，与这位大思想家、艺术家的成就实难相符。

（一）以玄学为基础的美学观

魏晋无疑是中国历史上一个最黑暗的时期，但在思想史、艺术史、美学史上却是一个光彩夺目的时期，上述每一个领域都有独特的发现和创新。两汉的经学在地主阶级政权初创不久起到维护统治、巩固政权的作用，但魏晋玄学就对此作了总结，冲破了长期以来陈腐的藩篱。这不仅仅由于魏晋的“浮华少年”早慧聪颖，胜过“皓首穷经”的章句之徒，更因为重要的社会现实，即当时的经济、生产发生了变革，而社会实践的更新必然要在审美意识上有其反应，于是以玄学为基础的美学观便应运而生了。玄学即所谓“三玄”，“庄、老、周易总谓三玄”。

对此，侯外庐先生有精当之论：“中国历史自公元三世纪初至七世纪初的四百年，史家称为魏晋南北朝，在此时期的支配思想称为‘清谈’或‘玄学’。所谓‘清谈’与‘玄学’，历史论者多未指明其含义所在，简言之，清谈与玄学即繁琐的三玄与名辨之综合复古。”③

玄学并不像佛学、儒学那样系统、精粹，它的内容十分庞杂，从玄学

① 鲁迅：《鲁迅全集》卷三，人民文学出版社 1956 年版，第 390 页。
② 李泽厚、刘刚纪：《中国美学史》卷一，中国社会科学出版社 1987 年版，第 38 页。
③ 侯外庐：《中国思想通史》卷三，人民出版社 1957 年版，第 26 页。

家们的论著中看，几乎先秦诸子之学都得以复兴。曹孟德、孔明都尚刑名，以法术经国，“魏之初霸，术兼名法”①。除名法之外，还有刘陶、王衍善纵横之术，曹孟德、孔明有谈兵法之著，鲁胜重《墨辨》，王弼、何晏尤好老庄，佛家般若空宗学也极盛，足见魏晋思想的繁荣。正始之际老庄之学又勃然兴起，“至正始之际，而一二浮诞之徒，骋其智识，蔑周孔之书，习老庄之教，风俗又为一变”②。可见，玄学不是单独的哪一家学说，而是杂取各家成分的社会学说，在新的历史条件下，它为时人吸收、修改，发挥其新的作用。两汉经学奉孔子为圣人，以董仲舒为代表的神学目地论迷信色彩又很浓。而魏晋名士则大相径庭，他们“每非汤武而薄周孔”③。如果说两汉思想的特点是唯物主义的元气自然论，反对宗教唯心主义的目的论，唯物主义居于优势地位，那么魏晋之时，却是体大思精，更高级、更完善的玄学唯心主义盛行一时。但是，在众多的魏晋名士中，嵇康却与众不同，他的思想以一种扭曲、复杂的形式表现出来。

关于嵇康的宇宙观，学术界传统而流行的说法是唯心主义“二元论”，“现在我们先从根本上考察嵇康的世界观，可以用他自己的话来说，就是‘心声二物’的二元论”④。笔者认为嵇康从世界观上来讲是一个朴素唯物主义者，他承袭了自老子、王充以来的元气自然论的唯物主义思想。

世界观作为哲学的一个概念，其内涵就是人们对外部世界的看法。嵇康关于外部世界的看法在他的著作中表现得非常清楚。他认为“夫元气陶铄，众生禀焉”⑤，万物都是受“元气”而产生的，并且，由于阴阳的矛盾运动，“元气”便产生其有形质的状态——太素，之后才变为“二仪”（天地）、“人伦”（人类）。“浩浩太素，阳曜阴凝。二仪陶化，人伦肇兴。”⑥

嵇康诗文中常有“太素”一词，如“流咏太素，俯赞玄虚”⑦。人们往往将“太素”与玄虚、神秘等同起来，其实“太素”并不神秘。《易经·乾凿度》曰：“太初者，气之始也；太始者，形之始也；太素者，质之始也。”可见“太素”一词在我国古代哲学中是一个表物质的范畴，有

① 周振甫：《文心雕龙注释》，人民文学出版社1981年版，第200页。
② 黄汝成：《日知录集释》，上海古籍出版社1985年版，第243页。
③ 殷翔、郭全芝：《嵇康集注》，黄山书社1986年版，第122页。
④ 侯外庐：《中国思想通史》卷三，人民出版社1957年版，第167页。
⑤ 殷翔、郭全芝：《嵇康集注》，黄山书社1986年版，第250页。
⑥ 殷翔、郭全芝：《嵇康集注》，黄山书社1986年版，第329页。
⑦ 殷翔、郭全芝：《嵇康集注》，黄山书社1986年版，第87页。

其实在的内容。他还认为："夫天地合德，万物资生，寒暑代往，五行以成。章为五色，发为五音。"① 这里他坚信宇宙万物的发生是自然界自身运动和变化的结果。从以上引文中，我们可以看出，在嵇康哲学世界观中，有老子之元气论，有易之阴阳论，有书之五行论，而此三者皆有明显的唯物主义倾向，开我国古典主义本体论之先河。所以将嵇康列在唯物主义之列，是有案可稽的。

在认识论上，他坚持唯物主义，反对"多恃前言，以为谈证"的名教桎梏，主张"推类辨物，当先求自然之理，理已足，然借故义以明之耳"②。在他的认识论中，"自然"是本源，"故义"是丛生。不可否认，在认识论上，嵇康并不是一个坚定的唯物主义者。在古典哲学中，由于阶级对立为纷繁的社会现象掩盖，为狭隘的生产方式所笼罩，先哲们无法科学观察社会间阶级的矛盾，并形成科学的认识论，无论东方还是西方，在古典哲学中找不到一个百分之百的唯物主义哲学家。这已为一般史家们公认，如果强人所难，那么只会将哲学引入歧途。

这里有两个问题要弄清楚。一是玄学怎么还包含着唯物主义？真正的哲学在任何一个时代都是时代思潮中的精华，玄学亦然。先秦之诸子学、两汉之经学、魏晋之玄学、隋唐之佛学、宋明之理学汇集一体，才构成中国哲学思想的链条，而两个阶级的斗争，体现于两种哲学观——唯物、唯心主义的斗争，在任何一个环节都未停止过。二是嵇康讲玄学，但骨子里尚礼教，正如鲁迅先生所说："甚至于反对礼教——但其实不过是态度。至于他们的本心，恐怕是相信礼教，当做宝贝。"③ 鲁迅先生所说的"态度"实际上是一种"偏激"行为，司马氏集团打击曹氏集团，嵇康身为曹家的女婿，自然逃脱不了遭受迫害，他反抗迫害的方式是不合作和消极对抗，你司马氏集团用礼教来禁锢人们的思想，那我就要与你不同，并口诛笔伐。

（二）以"和"为美

魏晋时各种艺术空前繁荣，人们对各种艺术特征的认识也与日俱进，

---

① 吉联抗：《嵇康·声无哀乐论》，人民音乐出版社 1964 年版，第 12 页。
② 吉联抗：《嵇康·声无哀乐论》，人民音乐出版社 1964 年版，第 20 页。
③ 鲁迅：《鲁迅全集》卷三，人民文学出版社 1956 年版，第 390 页。

进一步发展了先秦、两汉以来的艺术理论。魏晋时的艺术理论无论从体系上，还是就诸范畴来讲，其科学性、体系性、严密性都胜过了前人。山水诗、山水画都极盛一时，日臻完善，佳作林立，名流辈出，蔚为大观。由“比德”之说转而为“畅神”之说；由“发乎情，止乎礼义”，论诗“不过美刺两端”转而为标举自然，崇尚神韵、情致，开始注重艺术作品的内部规律。刘勰“为情而造文”①，顾虎头要“传神写照”②，音乐家们则要“弹筝奋逸响，新声妙入神”③。陆机将“诗言志”④ 化而为“诗缘情”⑤；嵇康则将“舞，动其容也”⑥ 变为“舞以渲情”⑦。足见艺术家们对艺术本质认识的深度。随着艺术实践的日益丰富，人们对美的认识也显出新时代的特点。此时的艺术在继承先秦、两汉注重文艺社会功利性的基础上，更加强调文艺表情达意功能，更加注重文艺自身的特点和规律性，嵇康以文艺为武器反对司马氏集团的突破口，正是强调文艺的自身特点，反对把文艺当成集权政治的工具。嵇康强调文艺的自身特点，观点有些偏激，这使其美学思想深深地打上了“魏晋风度”的印记。

嵇康认为美的事物如美声、美色及美味等首先生于自然，即自然之和。他说：“天地合德，万物资生。寒暑代往，五行以成。章为五色，发为五音。”⑧ 这样他就将美学观建立在唯物主义本体论的基础上，并且承认自然界的运动、变化，而且只有在矛盾中能够处于“和谐”的事物才是美的，“即美声将兴，固以和畅而足耽矣”⑨。只要我们留心一些，就不难发现，在嵇康的论著中，“和”就是美的同义语。这两个概念在嵇康那里一直都处于同一关系之中。如“五味万殊，而大同于美；曲变虽众，亦大同于和。美有甘，和有乐；然随曲之情，尽于和域，应美之口，绝于甘境”⑩，“姣弄之音，挹众声之美，会五音之和”⑪。他将“美”、“和”对

① 周振甫：《文心雕龙注释》，人民文学出版社 1981 年版，第 347 页。
② 张为之：《世说新语译注》，上海古籍出版社 1996 年版，第 236 页。
③ 王世舜：《尚书译注》，四川人民出版社 1982 年版，第 114 页。
④ 郭绍虞、王文生：《中国历代文论选》卷一，上海古籍出版社 1979 年版，第 1 页。
⑤ 郭绍虞、王文生：《中国历代文论选》卷一，上海古籍出版社 1979 年版，第 171 页。
⑥ 吕骥：《乐记理论探新》，人民音乐出版社 1998 年版，第 46 页。
⑦ 吉联抗：《嵇康·声无哀乐论》，人民音乐出版社 1964 年版。
⑧ 吉联抗：《嵇康·声无哀乐论》，人民音乐出版社 1964 年版。
⑨ 吉联抗：《嵇康·声无哀乐论》，人民音乐出版社 1964 年版。
⑩ 吉联抗：《嵇康·声无哀乐论》，人民音乐出版社 1964 年版，第 40 页。
⑪ 吉联抗：《嵇康·声无哀乐论》，人民音乐出版社 1964 年版，第 39 页。

举、并用，并非偶然之事，在他看来，只有“和”才是美，才能打动人。“诚动于言，心感于和”[①]，“和声之感人，亦犹醞酒之发人性也”[②]，“心动于和声，情感于苦言，嗟叹未绝，而泣涕流涟矣”[③]，“若以大和为至乐，则荣华不足顾也”[④]。那么，“和”又有什么具体内涵呢？在这个问题上，嵇康表现出了鲜明的唯物主义倾向，他认为只有“五音会”，才能“欢放而欲惬”[⑤] 并且“克谐之音，成于金石；至和之声，得之于管弦也”[⑥]。在《琴赋》中，他说：“及宫商集比，声音克谐，此人之至愿，情之所钟。”[⑦]“和”是美的，并且这种美人们也是能够通过“金石”、“管弦”，利用“宫商”来把握的。

从以上论述可以看出，嵇康以和为美的思想是以自然为基础的朴素唯物主义美学，“声有自然之和，而无系于人情”[⑧]。“和”不过就是“五音会”，中国古代有五声音乐，即宫、商、角、徵、羽。所谓“太和”就是艺术家运用精湛的艺术处理手法，将五音组成一定的节拍、节奏，形成一定的调式，构成一定的旋律，尔后播之以八音，成之于金石，这样“和”便产生了。

嵇康以“和”为美，是承袭了儒家美学的衣钵，尽管他“轻贱唐虞而笑大禹……每非汤武而薄周孔”[⑨]，但从他的著作中我们可以发现，他时常流露出儒学之语。从他去世前所作的《家戒》更能看出这一点。鲁迅先生说：“嵇康的罪名，一向说他毁坏礼教，但据我个人的意见，这判断是错误的。”[⑩] 毫无疑问，鲁迅先生的见解是很精辟的。嵇康的美学思想是复杂的，之所以复杂，是因为他用一种儒学反对另一种儒学。他的美学是和名教笼罩的社会统治者意识大相径庭的，他强烈反对假儒学。他“越名任

---

① 吉联抗：《嵇康·声无哀乐论》，人民音乐出版社 1964 年版，第 51 页。
② 吉联抗：《嵇康·声无哀乐论》，人民音乐出版社 1964 年版，第 20 页。
③ 吉联抗：《嵇康·声无哀乐论》，人民音乐出版社 1964 年版，第 13 页。
④ 殷翔、郭全芝：《嵇康集注》，黄山书社 1986 年版，第 188 页。
⑤ 吉联抗：《嵇康·声无哀乐论》，人民音乐出版社 1964 年版，第 39 页。
⑥ 吉联抗：《嵇康·声无哀乐论》，人民音乐出版社 1964 年版，第 26 页。
⑦ 吉联抗：《嵇康·声无哀乐论》，人民音乐出版社 1964 年版，第 26 页。
⑧ 殷翔、郭全芝：《嵇康集注》，黄山书社 1986 年版，第 122 页。
⑨ 殷翔、郭全芝：《嵇康集注》，黄山书社 1986 年版，第 122 页。
⑩ 鲁迅：《鲁迅全集》卷三，人民文学出版社 1956 年版，第 390 页。

心"[①]，"越名教而任自然"[②]，认为在"不自得"之境是没有美可言的。所谓"不自得"之世正是他不满意的司马氏集团的黑暗统治，"上失其道，国丧其纪"[③]，"季氏凌迟，继体承资。凭尊恃势，不友不师。宰割天下，以奉其私"[④]，还有"刑本惩暴，今以胁贤。昔为天下，今为一身。下疾其上，君猜其臣。丧乱弘多，国乃陨颠"[⑤]。在司马氏统治时期，门阀之风猖獗，"上品无寒门，下品无士族"[⑥]。而且，统治者大肆屠杀劳动人民，"属魏晋之际，天下多故，名士少有全者"[⑦]。在这样的社会中哪里有美可谈呢？在这样惶惶不可终日的社会中，找美不是很渺茫吗？"今不可求乐于自得之域……岂不知哀而不识乐乎？"[⑧] 要找寻美就必须脱离这个黑暗的现实，为自己另辟一块非现实的处女地，正像他所说的那样，"夫气静神虚者，心不存乎矜尚，情不系乎所欲，故能审贵贱而通物情"[⑨]。在现实找不到美、希望，而不得不到观念中寻求解脱。首先要抛弃"所欲"，然后忘却贵贱，以达到"气静神虚"，对于社会上的一切杂念、名利、爵禄都"心不存"，这样方可达到一种美的境界——"通物"。他所理想的社会就是集中体现"和"的盛世。"君臣相忘于上，蒸民家居于下。"[⑩] 他要统治者"虽居君位，食万国，恬若素士接宾客。虽建龙旗服华衮，忽若布衣在身也"[⑪]。在社会制度上，他主张"崇简易之教，御无为之治，君静于上，臣顺于下，玄化潜通，天人交泰"[⑫]。只要"上下"、"君臣"、"君王"与"万国"能够"静顺"、"相忘"、"相接"，则"太和"的美好社会就产生了。不难看出他这一套社会美的政治观点是老庄"无为"的政治。嵇康在自然观上是朴素的唯物主义。但一转向历史观，就陷入了唯心主义的泥潭。于是他便幻想能有济世的至人临世。"维至人特钟唯美，兼周内外，

① 殷翔、郭全芝：《嵇康集注》，黄山书社 1986 年版，第 231 页。
② 殷翔、郭全芝：《嵇康集注》，黄山书社 1986 年版，第 231 页。
③ 吉联抗：《嵇康·声无哀乐论》，人民音乐出版社 1964 年版，第 51 页。
④ 殷翔、郭全芝：《嵇康集注》，黄山书社 1986 年版，第 331 页。
⑤ 殷翔、郭全芝：《嵇康集注》，黄山书社 1986 年版，第 331 页。
⑥ 房玄龄等：《晋书》，中华书局 1974 年版，第 371 页。
⑦ 房玄龄等：《晋书》，中华书局 1974 年版，第 96 页。
⑧ 吉联抗：《嵇康·声无哀乐论》，人民音乐出版社 1964 年版，第 47 页。
⑨ 殷翔、郭全芝：《嵇康集注》，黄山书社 1986 年版，第 231 页。
⑩ 殷翔、郭全芝：《嵇康集注》，黄山书社 1986 年版，第 166 页。
⑪ 殷翔、郭全芝：《嵇康集注》，黄山书社 1986 年版，第 166 页。
⑫ 吉联抗：《嵇康·声无哀乐论》，人民音乐出版社 1964 年版，第 49 页。

无不必备。降世以往，盖厥如也。”[①] 这是嵇康思想中唯心的成分。上古时代的哲学家、美学家在社会历史观上，充其量不过是一种民本思想或进步的人性论，要求其有一种唯物主义的历史观，实在是强人所难。尽管这套社会美的政治理论有其消极的避世倾向，并采取“不合作”的方式，但其斗争的革命性、进步性仍不可低估。

（三）声无哀乐论

嵇康是文人，也是音乐家。他自叙道：“余少好音声，长而玩之。”[②] 并幻想着“顾守陋巷，教养子孙；时与亲旧叙阔，陈悦平生。浊酒一杯，弹琴一曲，志愿毕矣”[③]。更有甚者是“嵇中散临刑东市，神色不变，索琴弹之，奏《广陵曲》。曲终，曰……《广陵散》于今绝矣”。真可谓热爱艺术，对艺术贞守不渝。他的诗文中经常记下自己的音乐活动，如“弹琴咏诗，聊以忘忧”[④]，“素琴挥雅操，清声随风起”[⑤]，“手挥五弦，俯仰自得”[⑥]。他精通音乐，熟知乐理，造诣之高，可想而知。

在音乐理论上，他坚持声无哀乐的反传统理论，风靡一时，成为玄学家们经常谈论的话题。当时“才性四本，声无哀乐，皆言家口实”[⑦]，可见其社会影响。

嵇康所称声无哀乐者，就我个人的理解应是：声音和人的感情是没有什么联系的。“音声之作，其犹臭味在于天地之间。其善与不善，虽遭离乱，其体自若而无变也——岂以爱憎易操，哀乐改变哉。”[⑧] “声音自当以善恶为主，则无关哀乐；哀乐自当以情感而后发，则无系于声音。”[⑨] 声是不包含人的情感的，就其本身而言没有任何社会意义，其价值不过在声波好听。可是他也承认人们听音乐时有感情变化，“然声音和比，感人之最

① 殷翔、郭全芝：《嵇康集注》，黄山书社 1986 年版，第 251 页。
② 吉联抗：《嵇康·声无哀乐论》，人民音乐出版社 1964 年版，第 56 页。
③ 殷翔、郭全芝：《嵇康集注》，黄山书社 1986 年版，第 128 页。
④ 殷翔、郭全芝：《嵇康集注》，黄山书社 1986 年版，第 14 页。
⑤ 殷翔、郭全芝：《嵇康集注》，黄山书社 1986 年版，第 77 页。
⑥ 殷翔、郭全芝：《嵇康集注》，黄山书社 1986 年版，第 12 页。
⑦ 王僧虔：《南齐书》卷三十三，中华书局 1972 年版，第 381 页。
⑧ 吉联抗：《嵇康·声无哀乐论》，人民音乐出版社 1964 年版，第 12 页。
⑨ 吉联抗：《嵇康·声无哀乐论》，人民音乐出版社 1964 年版，第 13 页。

深者也”[①]。但这种变化并非美妙的音乐所致，而是人心中先有了一定的感情，遇到音乐，人的感情便自然而发，“听音乐而流涕者，斯非和之所感，莫不自发也”[②]。其理论是“心之与声，明为二物。二物诚然，则求情者不留观于形貌，揆心者不假听于声音也。定者欲因声以知心，不亦外乎?”[③]这就是说，人的感情之与声，显然是两回事．既然是两回事，那么探求情感并不局限于观察外形状貌，考察内心的并不借助于听辨声音。如果要想通过声音知道人的思想感情，不是太因难了吗？还有“然则声之与心殊途异轨，不相经纬”[④]。

在嵇康看来，音乐的好坏无关乎人，而是音乐本身的“和”所至，并且音乐不因人的能动作用而有任何变化，他的体会是“余少好音声，长而玩之，以为物有盛衰，而此无变；滋味有厌，而此不倦”[⑤]。在反斥“秦客”时，他说：“啼声之善恶不由儿口吉凶，犹琴瑟之清浊不在操者之工拙也。心能辨理善谈，而不能令器、令内龠调利，犹瞽者能善其曲度，而不能必清和也。器不假妙瞽而良，龠不因慧心而调。”[⑥] 在音乐面前，人是无能为力的，决定音乐价值的只有“和”，即音乐本身的内质。这里便暴露出这个朴素唯物主义者的形而上学的弱点了。在本体论上他是坚定的，而一旦转到认识论上，他便否认人的主观能动性，过分地夸大客体自然，贬低主体人类。任何一位思想家在引导思维走向真理时，他所要解决的首要问题就是将主体和客体、人和客观实在区分开来。不区分它们，就找不到解决哲学与美学的基本矛盾的方法，因为关于人的意识与周围存在的关系这一基本问题的提法本身就必须以区别开人和存在于人之外的客观实在为前提条件。然而如果哲学仅停留在把一切现存的东西区分为主体与客体，并以为它们的存在都有自己特殊的规律，而不注重人类主体反映自然的能动活动，在客观上也就放弃了人类认识、改造、评价自然的活动，于是只好“彼亦一是非，此亦一是非也”。那么，这种哲学就难以避免不可知论。而嵇康对音乐的这种认识就是在朴素唯物主义的基础上，仅停留于区分主、客体，而找不到主、客体之间的矛盾变化，否认人的能动创造的

① 吉联抗：《嵇康·声无哀乐论》，人民音乐出版社 1964 年版，第 13 页。
② 吉联抗：《嵇康·声无哀乐论》，人民音乐出版社 1964 年版，第 40 页。
③ 吉联抗：《嵇康·声无哀乐论》，人民音乐出版社 1964 年版，第 33 页。
④ 吉联抗：《嵇康·声无哀乐论》，人民音乐出版社 1964 年版，第 40 页。
⑤ 吉联抗：《嵇康·声无哀乐论》，人民音乐出版社 1964 年版，第 56 页。
⑥ 吉联抗：《嵇康·声无哀乐论》，人民音乐出版社 1964 年版，第 33 页。

可能性和现实性，才落入不可知论的，在不可知论的基础上又推绎出“声无哀乐”的自然主义观点。

这时，他的认识论的弱点便明显地暴露出来了。他抛弃实践这个认识论逻辑起点，夸大感觉。他以物质的感觉为基础，如此所认识的客观，难免是谬误的，“常人以多自证，以同自慰，谓天地之理，仅此而已矣，纵闻养生之事，则断以所见，谓之不然。”① “常人”在众多的实践中，逐渐产生相同的认识，这实际上是客观事物的质——决定一事物是该事物的规定性，在人的头脑中的反映，是人类获得真理的前提。而嵇康却认为它们是有局限的，人类的认识并不能将人们的实践导向真理。

“天地广远，品物多方，知之所质，未若所不知者众也。”② “所见”犹不及“所不见者众”，“所知”犹不及“所不知者众”。人类在自然界面前，是无法把握其好恶、美丑的，人类无法认识自然，那么认识的可靠性也就很让人怀疑。于是只好以感觉来把握整个自然界，这就必然陷入不可知论。这反映在嵇康美学理论中，就是否认美的客观标准，否认美感的客观标准，任意地、无条件地夸大审美活动中的个性差异。“殊方异俗，歌哭不同，使错而用之，或闻歌而欢，或听歌而戚。然其哀乐之怀均也。”③由相对地肯定其差异，到绝对地否定其差异，结果落到虚无主义、不可知论的泥潭里去了。

“夫味以甘苦为称，今以甲贤而心爱，以乙愚而情憎。则爱憎易属我，而贤愚易属彼。可以我爱而谓之爱人，我憎则谓之憎人，所喜之谓喜，所怒则谓之怒味哉？由此言之，则外内殊用，彼我异名。声音自当以善恶为主，则无关于哀乐；哀乐自然以情感而后发，则无系于声音；名实俱去，则尽然可见矣。”④ 他将思维与存在割裂开来，认为主、客观没有任何联系，于是他又得出这样的推论：“事亦有似非而非非，类是而非是。”⑤

这样，整个自然界、人类社会就处于一个无所谓是非、彼此、物我，混混沌沌、模模糊糊、没有质规定的境界了。提出这一套理论后，他的个性无差别观就有可傍依的理论了。他说：“今使瞽者遇室，则西施与嫫母（丑女）同情。聩者忘味，则糟糠与精粺等甘。岂识贤愚、好丑，以爱憎

① 殷翔、郭全芝：《嵇康集注》，黄山书社 1986 年版，第 150 页。
② 殷翔、郭全芝：《嵇康集注》，黄山书社 1986 年版，第 294 页。
③ 吉联抗：《嵇康·声无哀乐论》，人民音乐出版社 1964 年版，第 13 页。
④ 吉联抗：《嵇康·声无哀乐论》，人民音乐出版社 1964 年版，第 13 页。
⑤ 殷翔、郭全芝：《嵇康集注》，黄山书社 1986 年版，第 233 页。

乱心哉?"①

就嵇康的美感论来讲，他的美感论承袭了道家“贵无”派的理论。老子称尚“大音希声”，并且“听之不闻，名曰希”。庄子推举“得意忘言”。由“听之不闻”向前走一步，就是“得而忘之”，二者皆“贵无”。而嵇康更甚，干脆说音乐里什么都没有，“以无为术”，三者共同之点，便曲折地表现出来了，而其焦点就是“道”。古代美学的“通”与“变”在嵇康这里体现得淋漓尽致。造成这种相同之处的根本原因，我看是由于历史的连续性而产生的不同历史阶段社会状况的相似性。

所以在嵇康思想中有老庄的衣钵，也有孔孟的承袭。随着民族的发展，民族文化心理结构的形成、稳固，各文化流派日益交汇，水乳交融，使人难以辨别。这种情况在魏晋时非常明显，如出现很多“外儒内道”、“非儒非道”的思想家。

嵇康美学有一个非常突出，并且胜过儒、道师祖的特点，就是具有非常明显的斗争性。古之圣人，历来贬低“郑声”，如“放郑声。远佞人”②，“恶郑声之乱雅乐也”③。而嵇康却反其道而行之，特别推崇郑声，他说：“若夫郑声，是音声之至妙，妙音感人，犹美色惑志。耽槃荒酒，易以丧业，自非至人，孰能御之?”④ 与正统的名教之风分庭抗礼，生活在一千七百年以前的思想家能有这样大胆的思想是难能可贵的。

（四）嵇康美学思想的影响

在艺术史上声无哀乐论为嵇康最早提出，并且在世界音乐史上都居领先地位。这种理论虽未像孔孟、老庄思想那么有影响力，但在音乐史、美学史上非常突出，并且也有追随者。唐太宗李世民便是一个崇拜者。史书有记，“太宗曰：‘礼乐之作，盖圣人缘物设教，以为撙节，治之隆替，岂此之由?’御史大夫杜淹对曰：‘前代兴亡，实由于乐，陈将亡也，为《玉树后庭花》；齐将亡也，而为《伴侣曲》，行路闻之，莫不悲泣，所谓亡国之音也。以是观之，盖乐之由也。’太宗曰：‘不然，夫音声能感人，自然

---

① 殷翔、郭全芝：《嵇康集注》，黄山书社 1986 年版，第 171 页。

② 杨伯峻：《论语译注》（第 2 版），中华书局 1980 年版，第 164 页。

③ 杨伯峻：《论语译注》（第 2 版），中华书局 1980 年版，第 187 页。

④ 吉联抗：《嵇康·声无哀乐论》，人民音乐出版社 1964 年版，第 50 页。

之道也，故欢者闻之则悦，忧者听之则悲。悲欢之情，在于人心，非曲乐也。将亡之政，其民必苦，然苦心所感，故闻之则悲耳。何有乐声哀怨，能使悦者悲乎？今《玉树》、《伴侣》之曲，其声俱存，朕当为公奏之，知公必不悲矣。’尚书右承魏征进曰：‘古人称：礼云、礼云，玉帛云乎哉？乐云、乐云，钟鼓云乎哉？乐在人和，不由音调。’太宗然之。”①

由此可以说明，声无哀乐论尽管有其偏颇，但亦含有合理之因素。如他强调审美欣赏者的个性差异，审美欣赏受时空、主体情绪及社会因素的制约等，对当时人们个性解放、反对统治压迫、追求安定的生活都有进步意义。而且，嵇康对音乐创作、声乐演唱、乐器演奏都提出了珍贵的看法，这些都可为后人借鉴、利用并且创新。

① 北京大学哲学系美学教研室：《中国美学史资料选编》，中华书局1980年版，第237页。

第三章

唐宋——中国古代文学批评思想的繁盛

一、唐宋文学批评思想概说

唐宋是中国古代文艺批评思想的繁盛期，文学创作的繁荣、作家流派的辈出促进了文艺思想、文艺思潮的更新，从而带来了文学批评思想的繁盛。

伴随着唐诗、宋词的日渐完美，诗和词这两种文体都与它们所属的时代紧密联系在一起，成为“划时代”的文学形式。唐宋时期名家辈出，体制大备，作家反映社会生活的深度、广度都超过了前人，社会现实生活的各方面都在诗人、词人的笔下以各种体制和风格得到反映，从而形成我国古代诗歌发展史上极为繁荣的时代。唐宋八大家虽风格各异，但是各自都在自己的创作上达到了炉火纯青的艺术境界。唐宋时期的文艺批评思想有如下三个特点。

（一）对艺术形象性的研究获得重大发展

随着唐诗、宋词在文学创作中取得巨大成就，一方面，人们逐渐认识到艺术品成为艺术品的根本之处在于它的形象性，用形象说话的作品才是精品；另一方面，文学创作中也出现了“以文为诗”、“以理入诗”、“以议论为诗”的创作倾向，严重地影响了诗词表达感情、反映生活的功能。正反两方面的经验更加使理论家确信用形象反映生活、追求艺术作品的形象性才是文学创作的根本。国内学者很早就发现了这一特点，“唐代文学理论批评的发展和文学创作发展相比，总显得薄弱一些，也不如六朝那么繁荣，但是它在一些重要的、带有根本性的文学理论上，又有比六朝更为深入的地方，例如意境的问题是唐朝才正式提出来的……特别值得提出的是，唐宋金元时期在文学的审美特征的研究上有了很大的发展，对以意境和韵味为中心的文学创作和文学鉴赏理论从各个方面作了相当深入的探讨，出现了像皎然、司空图、苏轼那样的亖要的诗歌理论批评家，以及像严羽的《沧浪诗话》那样影响深远的著作。”[①] 诗词有了形象才有韵味，当理论家得到这一发现后，便试图从理论上找到寄托韵味的载体，并且成功

---

① 张少康：《中国文学理论批评史教程》，北京大学出版社1999年版，第155页。

地发现了这一载体的构成要件。关于这一载体，殷璠称为“兴象”，王昌龄称为“境”，中国古典诗歌理论中独具民族特色的“意境论”便滥觞于此。

王昌龄曾专门研究情景交融的问题，“诗一向言意，则不清及无味；一向言景，亦无味。事须景与意相兼始好。凡景语入理语，皆须相惬……其景与理不相惬，理通无味”①，情、兴、意、理等均指诗人的感情、思想，景、物色指外界景色。在王昌龄看来，诗歌要有诗味，必须兼写情意与景物，二者必须相惬，即结合得好。殷璠则用“兴象”标识诗歌的形象，诗歌形象的构成也由两者结合而成，兴是指诗人由外界事物触发而产生的情兴、兴致，象则是指诗中所描写的外界事物的具体形象，“兴象”这一概念实际包含了情景相兼的内涵。这一概念在内涵上逐步丰富的历程就是唐诗、宋词创作发展的历程。

伴随着创作的发展和理论研究的深入，理论家和作家的审美要求也逐步提高，迫切要求创作出“思与境偕”、“味外之旨”、“象外之象”的作品。“情景相兼论”、“兴象论”、“思与境偕论”的出现，表明了抒情写景诗词至唐宋有了显著的发展，在理论上产生了较高层次的审美标准，比起前人是一个巨大的进步。

（二）形象思维的研究获得重大发现

在“兴象”理论指导文学创作并取得辉煌成就时，新的、更加深入的问题又摆在作家、理论家的面前。这种“情景相兼”的“兴象”是怎样才会产生的呢？优秀的诗词作品是情景交融的，那么情景交融的作品，是艺术家靠什么创作出来的呢？当这些疑问被提出来时，就标志着理论家的研究又深入了一步，那就是找出创造出“兴象”的内在动因。当严羽发现这一“奥秘”时，他便大声疾呼，向世人宣告“仆之《诗辨》乃断千百年公案，诚惊世绝俗之谈，至当归一之论”②，仅从这一呐喊中就可以看出严羽对自己发现形象思维这一奥秘时的喜悦和兴奋。这一发现的确很有价值，它的价值就在于他抓住了“兴象”创作的内在机理，这个机理便是

---

① 霍松林：《中国诗论史》，黄山书社 2007 年版，第 502 页。
② 郭绍虞：《沧浪诗话校释》，人民文学出版社 1962 年版，第 234 页。

“诗有别裁，非关书也；诗有别趣，非关理也”①。那么诗词创作“关”什么呢？严羽的回答是“大抵禅道唯在妙悟，诗道亦在妙悟”②。“妙悟”能成为“诗之道”，正是由于在严羽看来，“妙悟”就是创造产生“兴象”的机理。虽然我们不能说“妙悟”这一概念就是形象思维的代名词，也不能把“妙悟”与形象思维当作同一个概念，但是我们可以肯定地说“妙悟”是与逻辑思维相对的一个概念，其在内涵上偏重于我们今天所说的形象思维。“妙悟”这一概念的出现，标志着中国古代文学批评开始探索创造“兴象”的内在动因，开始从主观上研究人创造“兴象”时大脑的机能。

（三）更加强调文艺作品对真实情感的抒发

中国古代诗论十分重视诗歌表达作家的真实情感，“诗言志”、“诗缘情”都是中国古代诗歌创作的纲领性原则。但是，两汉以后，“诗言志”、“诗缘情”的传统受到歪曲和削弱，被汉儒简单化为“美刺”两端。进入隋朝后，文坛上占统治地位的是“以综错婉媚为本”③ 的上官体。它属于继齐梁的颓靡遗风而又变本加厉的贵族形式主义文学，内容空泛，缺少可以打动人的力量。因此，陈子昂便举起“兴寄”的旗帜，明确提出了诗歌创作的两个标准，一是要有兴寄，另一个是要有风骨。而这两者都是要建立在作家真实的情感基础之上的，要求作家在作品中表现深沉的情感，达到情志充实的完美境界。

严羽则把表达情感当作诗歌的根本特征，“诗者，吟咏性情也，盛唐诸公惟在兴趣，羚羊挂角，无迹可求。故其妙处，透彻玲珑，不可凑泊，如空中之音、相中之色、水中之月、境中之象，言有尽而意无穷”④。

皎然则针对“大历十才子”过分沉溺于锤炼字句而忽略谋篇炼意、抒发感情，趋于浮响的倾向，提出要重视诗人的真实情感。他强调意境的“文外之旨”，将“真于性情，尚于作用，不顾词彩，而风流自然”⑤ 作为

---

① 郭绍虞：《沧浪诗话校释》，人民文学出版社 1962 年版，第 23 页。
② 郭绍虞：《沧浪诗话校释》，人民文学出版社 1962 年版，第 23 页。
③ 刘昫：《旧唐书·上官仪传》，中华书局 1975 年版，第 791 页。
④ 郭绍虞：《沧浪诗话校释》，人民文学出版社 1962 年版，第 24 页。
⑤ 李壮鹰：《诗式校注》，人民文学出版社 2003 年版，第 118 页。

文学批评的宗旨，提倡“但见性情，不睹文字”①。由于强调文学要表现真实情感，所以不能以辞害意，以不用事为上。他总结唐诗成功的奥秘为“情多、兴远、语丽为上，不问用事格之高下”②。而对于过于藻饰、偏爱用事、斧迹明显、伤其真美的作者，皎然称之为“拘忌之徒”而予以排斥。

虽然中国古代一直都重视“诗言志”、“诗缘情”的传统，但时弊所盛常常干扰这一优秀传统的发扬光大。唐宋时期的文艺理论强调兴寄和情景相兼，对诗词注重表达真实感情有着积极的促进作用。

二、“思与境偕”是中国古代诗歌形象理论成熟的标志新论

司空图是晚唐著名的诗人和理论家，他的《二十四诗品》和一些论诗杂著论述了诗的风格，提出了“思与境偕”的诗歌形象理论，在中国古代诗歌理论发展史上起到承前启后的作用。特别是“思与境偕”的诗歌形象理论，更是成一家之言，把中国古代诗歌形象理论推向一个新阶段，它不仅在理论上对后世影响很大，而且对创作的指导作用也是非常巨大的。“思与境偕”生动地揭示了诗歌形象的艺术特征，与“象外之象”、“味外之旨”共同形成了完整的理论体系。在司空图的诗歌理论体系中，先从“味”开始，要求诗歌要有内容，进而要求诗歌有“味外之旨”，这是在追求诗歌表现内容的极大值。要想满足有“味外之旨”这一要求，必须先有前提条件，这个前提条件就是“象外之象”，从要求作品要有内容、思想开始，到要求作品有“大于思想”的形象，这是一个巨大的进步。它抓住了诗歌的本质，也就是说要先有“形象”。先有典型形象，然后才能通过典型形象表达超越形象的思想，这就是“味外之味”。司空图以“思与境偕”为核心的诗歌形象理论在中国诗论史上有着重大影响和重要的历史地位。

① 李壮鹰：《诗式校注》，人民文学出版社2003年版，第42页。
② 李壮鹰：《诗式校注》，人民文学出版社2003年版，第205页。

(一)“味外之旨”是对诗歌表达思想内容最理想的要求

中国古代的诗歌产生于劳动之中，是上古时代社会政治经济的反映，它在劳动中一产生便作为意识形态对经济基础产生作用。因此，有寄托、有内容、有滋味便成为诗歌的特性。

中国诗歌理论的开山纲领便是“诗言志”①，所谓“言志”，就是要表达作者的内心情感，反映社会生活，这样诗就有了内容。孔子看了《诗经》后给出的评语是：“诗三百，一言以蔽之，曰‘思无邪’。”② 诗人屈原也说，“介眇志所惑兮，窃赋诗之所明”③，说明诗是用来明志的。在中国的上古时代，人们十分重视诗歌的社会功用，提倡诗歌“饥者歌其食，劳者歌其事”④，主张诗歌要“感于哀乐，缘事而发”⑤。随着诗歌创作的深入，人们对诗歌创作的规律性也有了更加深入的认识，从“诗言志”到“诗缘情而绮靡”，后者更准确地把诗歌表达感情的特征概括出来。后来孔颖达疏证“情志一也”，情与志本是同一类，都是诗歌的内容。看重诗歌的功利性，要求诗歌要有思想、有内容就成为中国古代诗歌品评的重要因素，并且成为中国古代诗歌品评的一个优良传统。这一传统不仅重视了诗歌的社会功用，同时还十分重视诗歌启发人、净化人的心灵的审美作用。

把“味”这一概念与艺术鉴赏活动首先联系在一起的是孔子。“子在齐闻韶，三月不知肉味，曰：‘不图乐之至于斯也。’”⑥ 欣赏音乐的美感令人陶醉，美到什么地步呢？美到以至于几个月都品尝不出肉味，而肉味在那个时代却是最高的美感。用“味”这个概念来描述艺术欣赏的美感，在当时是较为普遍的，这为把“味”概念引入艺术品赏领域，并演化成艺术品评的重要范畴奠定了基础。《乐记》云：“一唱而三叹，有遗味者矣。”⑦ 之后孟子更进一步用“味”这个概念来研究艺术品的品赏活动，他说：“口之于味，有同嗜也；易牙先得我口之所嗜者也。如使口之于味也，其

① 郭绍虞、王文生：《中国历代文论选》卷一，上海古籍出版社1979年版，第1页。

② 杨伯峻：《论语译注》(第2版)，中华书局1980年版，第11页。

③ 洪兴祖：《楚辞补注》，中华书局1977年版，第157页。

④ 郭绍虞、王文生：《中国历代文论选》卷一，上海古籍出版社1979年版，第5页。

⑤ 郭绍虞、王文生：《中国历代文论选》卷一，上海古籍出版社1979年版，第141页。

⑥ 杨伯峻：《论语译注》(第2版)，中华书局1980年版，第70页。

⑦ 潜苗金：《礼记译注》，浙江古籍出版社2007年版，第455页。

性与之殊，若犬马之与我不同类也，则天下之口相似也。”① 这是孟子首先提出人的口味是相同的，有了这个前提，他便推出了中国古代美学史上一个著名的结论，“故曰：口之于味也，有同嗜焉；耳之于声也，有同听焉；目之于色也，有同美焉。至于心，独无所同然乎？心之所同然者何也？谓理也，义也”②。孟子将“味”的概念引入艺术品赏领域后，首先发现了共同美。人们的审美习惯各异，之所以有共同美现象的发生，是由于在人们的心里有共同的理、义，共同的理、义构成了艺术品的思想与内容，使艺术品有“味”。我们可以由古人常用“味”做参照来品评艺术产生的美感，而推测“味”的美感在人类的审美能力中是最早形成的。因为“味美”这种审美能力最悠久、最深厚，所以它是当时人类审美能力中最原始、最发达的审美体验，因此，人们才常常用“味”来类比或描绘其他相对不够发达的审美能力涉及的领域。

第一个把“味”这个概念引入诗歌评赏，使该概念在内涵和外延上都发生了变化，并使之具有了文学的规定性的理论家是魏晋时期的陆机，他在《文赋》中首次在文学规定性上使用了这个概念，使该概念进入了文学范畴。他说：“或清虚以婉约，每除烦而去滥，阙大羹之遗味，同朱弦之清汜，虽一唱而三叹，固既雅而不绝。”③ 这里陆机用“味”这个概念来批评文章典雅而不美艳的缺点，即文章虽然摒弃了浮言碎语，但辞彩不华美，就像缺少不加五味的肉汁的余味，有了这个“余味”，文章就美艳。

刘勰在《文心雕龙》中说，“辞约而旨丰，事近而喻远，是以往者虽旧，余味日新”④。这时的“味”已经不是美食引起的口味了，而是佳作留下的想象和审美情思。

把“味”概念引入文学，使之在文学范畴的基础上形成理论体系的是钟嵘的“滋味说”。他说：“五言居文辞之要，是众作之有滋味者也，故会于流俗。岂不以指事造形，穷情写物，最为详切者耶？故诗有三义焉，一曰兴，二曰比，三曰赋。文已尽而意有余，兴也；因物喻志，比也；直书其事，寓言写物，赋也。宏斯三义，酌而用之，干之以风力，润之以丹彩，使味之者无极，闻之者动心，是诗之志也。”⑤ 优秀的作品是“众作之

① 杨伯峻：《孟子译注》，中华书局 1984 年版，第 261 页。
② 杨伯峻：《孟子译注》，中华书局 1984 年版，第 261 页。
③ 张怀瑾：《文赋译注》，北京出版社 1984 年版，第 39 页。
④ 祖保泉：《文心雕龙解说》，安徽教育出版社 1993 年版，第 46 页。
⑤ 周振甫：《诗品译注》，中华书局 1984 年版，第 19 页。

中有滋味”的，有“滋味”已不是简单的饮食口味感觉，而是一套完整的艺术创作技巧和方法，它首先要将赋、比、兴“酌而用之”，并且要有风力、有丹彩，这样的作品才是好作品，能“使味之者无极，闻之者动心”。“味”这一概念到了司空图诗论中被进一步发扬光大，他更加强调诗歌要有内容、有思想的优良传统。他说“文之难，而诗之尤难，古今之喻多矣，而愚以为辨于味，而后可以言诗也”①。什么是“辨于味”呢？他解释说，“即知味外之旨矣”。司空图继承了中国古代诗歌以“味”品评的传统，这一传统就是诗言志、诗缘情的发展，最终发展到钟嵘“滋味说”和司空图的“韵味说”。他们把这一表达口感的概念进行调整，使“味”这一概念原来的内涵和外延发生偏移，改变了原有概念，并将改变后的“味”概念变成文学品评的专业术语和基本范畴，而且在“滋味说”、“韵味说”的基础上形成独特的文学批评体系。

重视作品的味道，也就是重视文学作品的内容，这是对中国古代诗歌中现实主义传统的推动，对恢复诗歌现实主义精神有着积极的促进作用。“味”这一概念内涵和外延的变化是随着中国古代文化艺术不断繁荣而发展的，它是人们对于艺术本性的认识不断深化的结果。从诗言志，这个“志”只要“辞达而已矣”就行了；到诗言志，这个志要“干之以风力，润之以丹彩，使味之者无极，闻之者动心”；再到要求这个志不仅是“辞达而已矣”，还要有“象外之象”带来的“味外之旨”，都说明人们在追求“文已尽而意无穷”的艺术境界。当这种追求不断深入，并且更加迫切时，就会产生怎样才能使文章“文已尽而意无穷”的思索。

到了司空图时，他发现仅仅靠语言描述，只能是“辞达而已矣”，必须具备一种超出语言表意功能的因素才能做到“文已尽而意无穷”。这个重要的因素就是形象，就是“象外之象”，因为只有形象才能大于思想，有了形象，就可以比语言更好地发挥“大于思想”的优势。所以，“味外之旨”的提出是前人对于艺术内容表现性提出的更高要求，这一要求的提出，是在总结几百年唐诗创作经验的历史条件下，具备了艺术创新的主客观条件的。所以“象外之象”、“思与境偕”都是解决诗歌表达思想内容最大化问题的极佳手段。

---

① 祖保泉：《司空图诗品解说》，安徽人民出版社1993年版，第98页。

(二)“象外之象”是诗歌表现思想内容最充分的方式

用较少的文字表达更深广的思想内容，这是中国古代诗歌不懈追求的目标，为了实现这一目标，诗人们采用了各种各样的方式，以期突破对表意的限制。在他们的创作中，“言”与“意”的矛盾常常困扰着他们，陆机说：“夫放言遣词，良多变矣，妍媸好恶，可得而言。每自属文，尤见其情。恒患意不称物，文不逮意，盖非知之难，能之难也。”① 钟嵘也说，“每苦文繁而意少”②。诗人们为克服“文繁意少”的因难，在四言诗的基础上，创造了五言诗，希望通过增加一个字，扩大诗句的容量，来表达更多的思想。虽然五言诗和四言诗相比，可以扩大诗歌的思想内容，但多一个字所起的作用毕竟有限，司空图要求的是“不着一字，尽得风流”，要用极精简的文字表达出非常丰富的思想。那么，怎样运用现有的语言来表达更丰富的思想呢？这是当时的诗人和理论家普遍关注的问题。后来艺术家们找到了一个行之有效的方式，就是塑造形象，用形象来表达更深广的思想内容。

用“象”来表现艺术家的思想和情感，这在绘画中已经成为画家们的基本共识，但是在诗歌创作和诗论领域中，这个概念却极少在诗歌形象的含义上使用，更多的是运用在哲学上的意义。可是它对诗人和诗歌理论家是有启发的，这些观点概括起来有三种，“夫象者，出意者也；言者，明象者也，尽意莫若象”③，“取之于象外”④，“旨微于言象之外”⑤。这些观点逐渐形成了一个原则，即“立象以尽意”。正是由于“立象”可以“尽意”，能够克服“每苦文繁意少”的弊端，于是人们便把诗歌创作的注意力移到了对“象”的塑造上。

司空图在《与极浦书》中说：“戴容州云‘诗家之景，如蓝田暖日，良玉生烟，可望而不可置于眉睫之前也’，象外之象，景外之景，岂容易可谈哉?”⑥ 在这里司空图创造性地提出了“象外之象”和“景外之景”

① 张怀瑾：《文赋译注》，北京出版社 1984 年版，第 18 页。
② 周振甫：《诗品译注》，中华书局 1998 年版，第 19 页。
③ 楼宇烈：《王弼集校释》，中华书局 1980 年版，第 609 页。
④ 朱良志：《中国美学名著导读》，北京大学出版社 2004 年版，第 73 页。
⑤ 朱良志：《中国美学名著导读》，北京大学出版社 2004 年版，第 64 页。
⑥ 祖保泉：《文心雕龙解说》，安徽教育出版社 1993 年版，第 106 页。

的概念，这个“象外之象”和“景外之景”，具有“含不尽之意于言外”的功能，能触发人的想象，使读者在自己生活经验与欣赏经验的基础上进行再创造，从而得到无穷无尽的艺术享受。关于“象外之象”，学术界分歧不大。“我们说‘象外之象’中的第一个‘象’字，指读者借助于诗人所创造的艺术形象结合自己的生活经历，通过想象之后显现于心目中的意象。”[①] 也就是说，司空图已经发现了艺术形象表达思想感情的特点和优势，他从艺术形象创造的角度，告诫诗人们要借助于所描绘的有限的眼前的景，即艺术形象传达出超越艺术形象本身的无限意义。因此，诗必须先有“景”，然后才能有“象外之象”、“景外之景”，如果没有供人吟味的具体形象，那么“象外之象”、“景外之景”便毫无着落了。

有了“象外之象”、“景外之景”，便可以“不着一字，尽得风流”。这种想法钟嵘也曾提出过，他也追求“文已尽而意有余”，但是他实现这一目标的方法却并不明确。他是要将赋、比、兴“酌而用之”，并且要“干之以风力，润之以丹彩”。当然，使用赋、比、兴的方法，也可以塑造出生动的形象，但毕竟钟嵘强调的是方法，而不是形象。无可否认，赋、比、兴可以塑造出形象，但塑造形象的方法远远不止这“三义”，只有抓住形象这个核心，才算抓住诗的本性，才能真正做到“文已尽而意有余”。因此，“象外之象”中的第二个“象”更具有决定性，是原生的“象”，读者借助第一个“象”，结合自己生活经历，通过丰富的联想，才会有第二个“象”。所以先有象，然后才有“象外之象”，象的创造即典型形象的创造便成为其中的重要因素。什么样的象，或者说怎样塑造形象才能有“象外之象”呢？纵观《二十四诗品》，我们可以发现司空图有自己系统的想法。

首先，选材要严、精、深，要把那些能传神的素材选进来，并不断在形式上认真洗练，才能有典型形象。他说：“犹矿出金，如铅出银。超人炼冶，绝爱淄磷。空潭泻春，古镜照神，体素储洁，乘月返真。载瞻星辰，载歌幽人，流水今日，明月前身。”[②] 司空图用矿物冶炼提纯来比喻艺术形象的创作，告诉人们艺术形象的创造就像从金矿、铅矿中炼出金银一样，要选择最精纯的素材塑造形象，抛弃那些有杂质、不纯的素材，将纯正的素材有机地组织起来，如同“空潭泻纯，古镜照神”。司空图认为形

① 祖保泉：《司空图的诗歌理论》，上海古籍出版社1984年版，第210页。
② 祖保泉：《司空图诗品解说》，安徽人民出版社1964年版，第48页。

象的塑造要精于选材，同时还要运用各种艺术技巧把形象描绘得不仅要形似，而且还要传神，艺术的创作应像一面古镜，照出来的不只是形，更多的是神，这个有神之形已与原形大不相同了，但在传神上却是更加精粹、集中，这就是典型形象。

其次，“象外之象”要离开原有的形，它是“离形得似”。“俱似大道，妙契同尘。离形得似，庶几斯人”[①]，艺术形象的塑造，不是原有形象的复制，而是要在原形的基础上达到神似。对原有形象的简单摹写只是毫无生机的形准，而达到神似却是要进行艺术再创造的，要给原有的形注入生命力，使无生命的东西活起来。这种神似和生命力，需要艺术家去发现、开掘，并将自己对生活、人生的激情注入作品中，这样才能传神。所以传神是艺术家发现、开掘、提炼的结果，正如他所说的，“生气远出，不著死灰，妙造自然，伊谁与裁”[②]。诗要有了充沛的生气才能传神，不能如死火寒灰，诗思只有与自然同化，才可以显出生气来。这里所说“生气运出”，就是要求形象传神。

再次，他提倡“不著一字，尽得风流”，提倡含蓄蕴藉的艺术表现手法，通过曲笔，采用比喻、拟人、夸张等手法，用极减省的笔墨表达出更丰富的思想。可见，司空图采用的塑造形象的方法，实现了“立象以尽意”的目的。“象外之象”的核心就是塑造典型形象，让形象自然而然地体现主题，最后达到形象大于思想的目的，这种思想是深刻、广泛、丰富地表达思想内容的最佳方式。

（三）“思与境偕”是中国古代诗歌形象理论成熟的标志

诗歌创作与欣赏只有抓住诗歌形象的塑造这一核心问题，才算抓住了诗的根本，司空图的诗歌形象理论把“思与境偕”当作诗歌形象塑造的最高原则，可谓切中肯綮。“五言所得，长于思与境偕，乃诗家之所尚。”[③]祖保泉先生在谈到司空图这一观点时说：“‘思与境偕’即是说，诗人在创作过程中，必须使自己的思想感情和自己所描绘的客观事物、环境完全融合，成为主观与客观的统一体。显然，所谓‘思与境偕’与后人所说的融

① 祖保泉：《司空图诗品解说》，安徽人民出版社 1964 年版，第 79 页。
② 祖保泉：《司空图诗品解说》，安徽人民出版社 1964 年版，第 61 页。
③ 祖保泉：《司空图诗品解说》，安徽人民出版社 1964 年版，第 102 页。

情于景、情景交融没有什么不同。"[①] 祖先生的论断非常精当，"思与境偕"就是我们常说的情景交融。早在晚唐司空图就发现了诗歌形象应是"思与境偕"、情景交融的形象，这是前无古人的重大发现。在此之前，人们对诗歌创作的认识多侧重诗的音律、平仄、对偶、用事，即便是略有深入，也大多集中在神思、风力、比兴等方面。无可否认，这些论诗的范畴和创作的技巧对中国古代诗歌形象的创作都有极大的促进作用，也可以说，没有这些范畴和成熟的技巧，也不会有"思与境偕"的出现，但是它们毕竟不是对诗歌形象的内涵的准确揭示。只有把诗歌形象理论完整提出时，才标志着中国古代诗歌形象理论研究的深入，司空图"思与境偕"的理论标志着中国古代形象诗歌理论的成熟。

"思与境偕"的出现，极大地推动了中国古代诗歌创作的发展和诗歌形象理论研究的深入，其作用和功绩是非常突出的，有着深远的意义：

第一，他把中国传统的"诗言志"丰富为"诗用形象言志"。"诗言志"表达了中国古代诗歌把抒发内心世界的情思作为重要因素的选择，而"思与境偕"则说明了"诗用形象言志"的特点，只有用形象来言志，诗才能韵味深长，才有"象外之象"。

第二，把中国传统的"滋味说"丰富为"味外说"。中国诗歌开山的纲领是"诗言志"，要求诗要有"滋味"，根据"味"的多寡来区别诗的优劣，这里的"味"仅局限于语言所表达的内容，并没有涵盖语言以外的、通过联想所产生的内容。而司空图对"诗味"提出了更高的要求，要求诗歌在表达思想内容上，要从"味中"跳到"味外"，扩大了诗歌在表达思想上的深度与广度，加大了诗歌的容量。

第三，"思与境偕"就是要求画面与情思的完美统一，就是情景交融。诗人首先要描绘一个场景，这个场景是打动诗人感情的场所，这个经作家描绘出来且使作家触景生情的画面就是象。诗人经过艺术的剪裁、加工、提炼使诗中的画面更加丰富、精粹，并具有"近而不浮，远而不尽"的特点。这个画面不仅把形象描绘得更加具体，更富有感情特征，而且使该形象具有概括性，使读者通过个别而认识一般，达到共性与个性的统一。这种典型化的形象，由于具有概括性和生动性，因此可以把读者的思绪带到远方，产生"象外之象"。当读者的大脑中产生"象外之象"时，留在读者心头的就是"味外之味"。

---

① 祖保泉：《司空图的诗歌理论》，上海古籍出版社 1984 年版，第 22 页。

第四，“思与境偕”出现在晚唐，具有集大成的意义，是中国古代诗歌形象理论成熟的标志。在晚唐之前，我们的前人谈到诗歌，有许多精彩的论述，但是由于无法触及诗的最根本之处，所以常常只是围着诗歌典型形象这个核心徘徊。关于诗的本性，我们的前人提出了“诗言志”、“诗缘情”的根本特性；关于诗的技法，我们的前人发现了“比兴”之法；关于形象思维，我们的前人有“神思”的范畴；关于诗的语言，我们的前人有“四声八病”之说和“诗赋欲丽”的观点；关于文学体裁则更加丰富，有四言诗、五言诗、长短句，还有乐府，可是关于诗歌形象创造的理论则显得十分贫乏。虽然也有王昌龄“搜求于象，心入于境”①，刘禹锡“境生象外”②，皎然“假象见意”、“采奇于象外”③，殷璠“既有风骨，复备兴象”④ 等关于诗歌形象的论述，但这些理论都只涉及形象塑造的一个侧面，或者是关于诗歌形象朦胧的认识，都不及司空图的形象理论这么丰富、系统。只有司空图创造的由“思与境偕”、“象外之象”、“味外之味”等一系列概念组成的体系，才能完成将中国古代诗歌形象理论集大成的任务。

第五，建立在诗歌形象论基础之上的风格论，比从前更加丰富成熟。前人的风格论有从作家个性、禀赋不同来区分风格的，如曹丕就认为风格是由于作家本身的气质和个性不同造成的，“应玚和而不壮，刘桢壮而不密，孔融体气高妙，徐干时有齐气”⑤；陆机也说，“故夫夸目者尚奢，惬心者贵当，言穷者无隘，论达者唯旷”⑥；刘勰则从先天的习性和后天的学习入手，提出了自己关于风格的见解，他说：“夫情动而言形，理发而文见，盖沿隐以至显，因内而符外者也。然才有庸俊，气有柔刚，学有浅深，习有雅郑，并性情所铄，陶染所凝，是以笔区云谲，文苑波诡者矣。……则数穷八体：一曰典雅，二曰远奥，三曰精约，四曰显附，五曰繁缛，六曰壮丽，七曰新奇，八曰轻靡。”⑦ 这些关于诗文风格的论述形态各异，都从不同侧面论述了风格。但由于这些侧面都只是诗歌的一个方面，因此对风格的看法各有侧重，并不能从总体上把握作家的风格特征。

---

① 郭绍虞、王文生：《中国历代文论选》卷二，上海古籍出版社 1979 年版，第 89 页。
② 郭绍虞、王文生：《中国历代文论选》卷二，上海古籍出版社 1979 年版，第 90 页。
③ 郭绍虞、王文生：《中国历代文论选》卷二，上海古籍出版社 1979 年版，第 88 页。
④ 郭绍虞、王文生：《中国历代文论选》卷二，上海古籍出版社 1979 年版，第 67 页。
⑤ 郭绍虞、王文生：《中国历代文论选》卷一，上海古籍出版社 1979 年版，第 158 页。
⑥ 郭绍虞、王文生：《中国历代文论选》卷一，上海古籍出版社 1979 年版，第 170 页。
⑦ 郭绍虞、王文生：《中国历代文论选》卷一，上海古籍出版社 1979 年版，第 243 页。

而司空图的诗歌形象理论从诗的形式与内容的结合点——形象上入手，便能全面地而不是从一个侧面去把握诗的总体风格。他提出的“味外之味”，就是关于诗的总体感觉，他所提出的“象外之象”就是诗歌所涉及的技巧、方法、内容的统一体，从这里入手能抓住风格的核心和诗的本质。

综上所述，司空图是从追求诗歌表现思想内容最大化入手，先提出“味外之味”，进而发现“味外之味”不过是“象外之象”的产物，要想追求思想表现的最大化，一定要有形象，只有形象才能大于思想。至于诗歌的形象应是情与景的统一体，司空图将其概括为“思与境偕”，这是关于诗歌意境、情景交融的最早表述。这一理论的出现，标志着中国古代诗歌形象理论的成熟。在诗歌形象论的基础上，司空图又延展到风格论，从诗歌各种因素的综合点入手，便能全面地论述诗歌的根本特征。因此，我们说司空图继承了前人的“滋味说”，发扬了前人的风格论，创造了诗歌形象理论。

三、皎然诗歌批评标准和诗歌分类标准的矛盾性和统一性新论

皎然，字青昼，是中唐著名的诗人和诗论家。经国内外学者的考证，皎然生于开元八年（720）前后，卒于贞元九年（793）至贞元十四年(798)，享年七十四至七十九岁，他的诗论专著《诗式》完成于唐中期贞元年间。在这部诗论中，皎然总结了唐诗由兴而盛的成功经验，也反映出“安史之乱”之后，唐诗由盛而衰的过程，由于皎然长于诗歌创作，所以他的许多观点深得后人重视。

与他同时代并交游甚广的于頔在为皎然的诗文集《杼山集》作序时曾说：“有吴兴开士释皎然，字青昼，即康乐之十世孙，得诗人之奥旨，传乃祖之菁华，江南词人，莫不楷范。”[①] 清人叶梦在《石林诗话》中评皎然：“唐诗僧，自中叶以后，其名字班班为当时所称者甚多，然诗皆不传。如‘经来白马寺，僧到赤乌年’数联，仅见文士所录而已。凌迟至贯休、

① 李壮鹰：《皎然〈诗式〉校注》，人民文学出版社2003年版，第370页。

齐己之徒，其诗虽存，然无足言矣。中间唯皎然最为杰出，故其十卷独全。”[①]《唐才子传·皎然上人》记：“往时住西林寺，定于多暇，因撰序作诗体式，兼评古今诗人，为《昼公诗式》五卷，及撰《诗评》三卷，皆议论精当，取舍从公，整顿狂澜，出色骚雅。”[②]《围炉诗话自序》的作者也称：“皎然《诗式》持论甚高……皎然《诗式》叙置极详尽允当。”[③]

可见，历代论者都十分推崇皎然这部诗论著作，特别是书中那些很有见地的精辟之见，为后世诗歌评论的发展，提供了有益的养料。但是，只要我们认真审读《诗式》全书，便会发现，在皎然论诗五格体系中，既存在着论诗标准上的矛盾性，也表现出统一于文艺思想的倾向性。

（一）皎然关于诗歌分类的标准

从逻辑学的角度来说，诗歌分类的方法是明确诗歌外延的逻辑方法，即为便于研究，将诗歌分为不同的大类。用什么标准分类，将诗歌分为几类，则是由研究者根据研究的需要来决定的。西方的诗论家为便于研究，常将诗分为抒情诗、叙事诗和诗剧三类。这种分类的标准，以诗的表现内容为标准。在“五四”运动以后，我国理论家也常以诗歌的内容作为划分标准，将诗歌分为抒情诗和叙事诗，还有以诗歌写作时代为划分标准，将诗歌分为旧体诗和新体诗，这种常用的逻辑方法，即划分。

而文学批评的标准则是文学批评的一个基本问题，它是理论家和批评家对文学的本质、特征和社会作用的认识在文学批评中的具体表现，是理论家和批评家从所接触的文学现象中抽象出来的对文学创作的要求。在阶级社会里，文学批评的标准总是同人们的政治立场、思想观点和审美趣味紧密联系着，反映了评论家和批评者所属的集团、阶层对文学的要求。

对诗歌进行深入研究时，首先要明确所研究诗歌的范围，即明确所研究诗歌的外延；明确了所研究的诗歌的外延之后，才能针对具体的研究对象开展研究，进而揭示其内涵；把握了一定诗歌的内涵之后，便可以根据已经形成的诗歌批评的标准，评价诗歌的优劣，例如钟嵘在《诗品》中公

---

① 何文焕：《历代诗话》（上卷），中华书局1980年版，第425页。

② 许连军：《皎然〈诗式〉研究》，中华书局2007年版，第122页。

③ 许连军：《皎然〈诗式〉研究》，中华书局2007年版，第123页。

然申明只研究“五言诗”，“嵘今所录，止乎五言”①。

在文学批评中，诗歌分类的标准与诗歌批评的标准是相互影响的。有时诗歌分类的标准与诗歌批评的标准关系不大，如钟嵘的《诗品》，诗歌分类的标准是诗歌的形式，按诗歌每句字数多少为标准划分，先区分出五言诗，然后再用“干之以风力，润之以丹彩”② 的标准来“定品第、溯流别、评风格”，钟嵘的诗歌分类标准与诗歌批评的标准是关系不大的。而皎然的诗歌分类标准与诗歌批评标准却有着密切的关系。

从皎然五格论诗的方法来看，皎然是将诗歌分类标准与诗歌批评的标准交替使用，导致人们认为皎然诗论思想不统一。

在《诗式》卷二中，皎然谈到了他的五格论诗体系。“不用事第一格，评曰：古人于上格分三品等，有上上逸品，今不同此评，但以格情并高可称上，上品不合分三。又，虽有事非用事者，若论其功，合入上格；又有三字物名之句，仗语而成，用功殊少，如襄阳孟浩然云：‘气蒸云梦泽，波撼岳阳城。’自天地二气初分，即有此六字；假孟生之才加其四字，何功可伐，即欲索入上流邪？若情格极高，则不可屈；若稍下，吾请降之于高等之外，以惩后滥。如此，则诗人堂奥，非好手安可扪其枢哉？又，宫阙之句，或壮观可嘉，虽有功而情少，谓无含蓄之情也，宜入‘直用事’中，不入第二格，无作用故也。今所评不论时代近远，从国朝以降，其中无爵命有幽芳可采者，拔出于九泉之中，与两汉诸公并列，使攻言之子‘体变道丧’之谈，于兹绝矣。”③

从这里可以看出，皎然在进行诗歌评论时，先对诗歌进行了分类，这种分类方式是较为复杂的连续划分法。皎然先用“是否用事”为标准，将诗歌分为两类：一类是不用事，另一类是用事。接下来，皎然对用事的诗又进行了二次划分，划分的标准是“用事的效果”，将诗歌划分为三类：作用事、直用事、有事无事。最后，对有事无事进行了第三次划分，划分的标准是“是否情格俱下”，把有事无事分为两类：一是有事无事情格俱下，一类是有事无事（非情格俱下）。

用一个图表表示可看得更清楚：

① 周振甫：《诗品译注》，中华书局，第26页。

② 周振甫：《诗品译注》，中华书局1998年版，第19页。

③ 李壮鹰：《皎然〈诗式〉校注》，人民文学出版社2003年版，第93页。

- 诗歌
  - 不用事的诗
  - 用事的诗
    - 作用事的诗
    - 直用事的诗
    - 有事无事的诗
      - 非情格俱下的诗
      - 情格俱下的诗

从逻辑划分和《诗式》全书的思路上看，皎然这种诗歌分类的方法不失为一种科学的划分方法。主要体现在：

首先，这种方法有助于理论家对诗歌的研究。这种分类标准的选定体现了诗人对用事与不用事的不同看法，诗人提倡用通俗明了的语言，自然地表达情感，同时，也不反对在诗中运用典故，以增强诗歌的表现力。虽然，在皎然之前的钟嵘也谈到过典故运用，并批评当时“竞相用事”的风气，“近任昉、王元长等，辞不贵奇，须竞新事，尔来作者，浸以成俗。……词既失高，则宜加事义，虽谢天才，且表学问，亦一理乎。”[①] 刘勰在《文心雕龙》中也专列了《事类篇》，对用事进行了独特的研究。但是，像皎然这样把用事当作评判诗歌重要条件的，还是不多见。

其次，从逻辑划分的角度看，皎然将这种连续划分的方法使用得非常严密，划分后的子项外延和母项的外延相等，每次划分的标准同一，划分的层次也非常清楚，诗歌分类的科学性为后续研究、分析、评判诗歌打下了基础。可是，在五格论诗时，皎然并没有按照这类方法明确各类诗歌在五格中的排序，因而造成诗歌批评标准的混乱。

（二）皎然诗歌批评的标准

皎然在诗歌分类的基础上，把分好类的诗分别归入五格，“不用事”类的诗放在第一格，“作用事”类的诗放在第二格，“直用事”类的诗放在第三格，“有事无事”类的诗放在第四格，“有事无事情格俱下”类的诗放在第五格。这样很容易使人们形成一种一一对应关系的印象，似乎皎然的诗歌批评标准将“是否用事”或“用事的效果”作为诗歌批评的标准。但是，只要我们仔细审读皎然的《诗式》就会发现，在实际诗歌批评中，皎然并未严格按照这个标准评价诗歌。例如，在第一格中，他虽标明“不用

---

① 周振甫：《诗品译注》，中华书局 1998 年版，第 24 页。

事第一格”，将“不用事”的诗列为上品，但同时他又说“虽有事非用事者，若论其功合入上格”①。也就是说，在第一格中既有“不用事”的诗，也有“用事”的诗，只不过这些“用事”的诗具有“有事而非用事”的特点，这就造成了诗歌批评标准的混乱。

在第二格中，他标明“作用事第二格”，即告诉人们“作用事”的诗是仅次于“不用事”的诗，应当位列第二，可是他马上又说：“有不用事而措意不高，黜入第二格。”② 可见，在第二格中，除“作用事”的诗外，还有一部分“不用事而措意不高”的诗。那么人们就会问：属于第二格的诗，究竟是“作用事”的诗，还是“不用事”的诗？

在第三格中，他标明“直用事第三格”，即“直用事”的诗在他的诗评体系中属于第三个档次。可是，他马上又说“其中亦有不用事格稍弱，贬为第三”，可见，在第三格中既有“直用事”类的诗，也有“不用事格稍弱”的诗，而他已经将“不用事”的诗放在第一格，现在又将部分“不用事”的诗放在第三格，这在划分上毫无疑问存在着明显的逻辑错误。

在第四格中，皎然标明“有事无事第四格”，即“有事无事”类的诗在他的诗评体系中位列第四，之后他又说“于第三格情格稍下，故居第四”。这样他便将位列第三“直用事”的部分诗歌下放到第四格。

从对皎然五格论诗理论的剖析来看，我们可以看出一个明显的倾向：皎然论诗虽分五格，但五格中每一格的标准和内涵与皎然自己标明的并不是一回事。在第一格中既有“不用事”的诗，也有“有事而非用事”的诗。在第三格和第四格中都有“不用事”的诗，只是由于“措意不高”或“格稍弱”被“黜入下等”。由此我们可以得出一个结论：虽然皎然公开申明自己把“是否用事”和“用事的效果”作为五格论诗的一个重要标准，但在实际的诗歌批评中，他并没有彻底地坚持这一标准。由于没有坚持这一标准，他首先在逻辑上出现了明显的错误，一是犯了多标准划分的逻辑错误，二是由于多标准划分，造成划分后子项重叠，犯了“子项相容”的逻辑错误。这些逻辑错误的存在，致使他在诗歌批评中思维混乱，导致对诗歌的批评缺乏科学性。当然，这并不是说皎然的诗歌批评一无是处，只是证明了皎然诗歌批评的准确性、精确度不够。

只要仔细研读《诗式》全书，不难发现，皎然论诗的核心并不在“是

---

① 李壮鹰：《皎然〈诗式〉校注》，人民文学出版社 2003 年版，第 93 页。

② 李壮鹰：《皎然〈诗式〉校注》，人民文学出版社 2003 年版，第 93 页。

否用事”上，他自己也公开表明自己这一观点。“洎有唐以来，宋员外之问、沈给事佺期，盖有律诗之龟鉴也。但在矢不虚发，情多、兴远、语丽为上，不问用事格之高下。……凡此之流，尽是诗家射雕之手。假使曹、刘降格来作律诗，二子并驱，未知孰胜。”[①] 皎然给沈佺期、宋之问如此高的评价不是没有原因的，沈佺期和宋之问在唐代近体诗的格律、制式、意境等方面的开拓、发展上都作出了杰出的贡献，加之他们两人诗歌创作又成为后世盛唐诗歌的楷模，皎然便十分推崇他们，并极力赞赏他们。他们之所以优秀，皎然并不认为是“不用事”的原因，而恰恰相反，是“根本用事格之高下”，他们成功的根本原因是“情多、兴远、语丽为上”。

所以，我们不能把五格论诗的体系当作皎然诗歌批评的标准，“从字面上看，每一格都以‘用事’标目，皎然评诗似乎很重视‘用事’，其实皎然不光着眼于用事，更着眼于情意高下。在‘不用事第一格’条评语中，皎然说：‘古人于上格分三品等，有上上逸品。今不同此评，但以情格并高，可称上上品，不合分三。又虽有事非用事，若论其功，合入上格。’所以说，皎然评诗的根本标准是‘情’与‘格’。”[②] 此论十分精当，非常符合皎然《诗式》的原意。

（三）诗歌分类标准和诗歌批评标准的矛盾性与统一性

在皎然的《诗式》中，诗歌分类和诗歌批评两个标准同时存在，对诗歌分类是“诗有五格”，在对诗歌进行批评时则是“情格俱上”，由于两个标准的侧重点不同，于是便形成了两个标准之间的矛盾性和统一性。

首先，皎然用“是否用事”作为诗歌分类的标准，侧重于诗歌的外延，其主要目的是明确所研究对象的外延和范围，偏重于作品的形式因素。从《诗式》一书也可以看出，皎然是从外延入手，用这个标准把诗歌分成了几类，而对每一类，即“不用事”、“直用事”等的内涵并没有深入论述。而以“情格高下”作为论诗的标准，则侧重于诗歌的内涵，侧重于诗歌所表现的情感、意蕴和主题等内涵方面，其主要目的是把诗歌的情感和情感的格调抽出来重点评价。从皎然《诗式》一书也可以看出，皎然从头至尾都非常重视诗的情感表达以及表达出来的情感的格调。

---

① 李壮鹰：《皎然〈诗式〉校注》，人民文学出版社2003年版，第205页。

② 许连军：《皎然〈诗式〉研究》，中华书局2007年版，第43页。

如果这两个标准能建立起一一对称的关系，那么这个诗评理论体系将非常完美，即凡是“不用事”的诗都是情格极高的一流作品，凡是情格极高的一流作品也都是“不用事”的诗。而在《诗式》中这两个标准确是反对称的，即“不用事”的诗并不一定都是情格极高的一流作品，同时，情格极高的一流作品也并不都是“不用事”的，这样由这两个标准组成的文评体系，就带着很大的偶然性。实际上“不用事”的诗在第一格、第二格、第三格都有，此时，再提出“不用事第一”的判断，就没有多少实际意义。

其次，诗歌分类标准违反逻辑，致使诗歌批评标准混乱。皎然先对诗歌进行分类，分类后把各类诗歌根据其优劣归在不同的格中，这种思路本来是无可非议的，但是皎然在分类后的排序上却十分混乱。在《诗式》中皎然明确提出“不用事第一”的论断，那么在第二格、第三格中就不应当有“不用事”的诗，而实际上在皎然的诗论的第二格、第三格中都有“不用事”的诗，这样就出现“不用事第一”的命题，与“有些不用事第二”、“有些不用事第三”等命题同时并存。这样就造成了诗评标准的混乱，达不到准确评价诗歌的目的。可见，由于两个标准体系无法一一对称，这两个标准之间无法吻合，形成了皎然诗歌批评标准的内在矛盾。这些违反逻辑的命题形式，虽然可以使用，但是会影响到他的文艺思想的科学性、逻辑性和简洁性。

再次，各个格之间的界限非常模糊，使用时随意性很大。除第一格不用事与其余四格有较大的区别外，其余四格之间的界限和区别非常模糊，没有十分明确的区分标准，特别是具体到某一作家的某一作品时，究竟是“直用事”还是“作用事”，很难辨别。加上有的诗句还是“语似用事，义非用事”，使人更难区分，只能是见仁见智，很难将作品排在某一格。所以，理论上说“直用事第三”，“作用事第二”，但实际上甲说是“直用事”的诗，乙却常常归为“作用事”，究竟第二还是第三仍然是无从判断，因此造成这个标准很难发挥作用。

即便是如此，皎然文艺思想的总倾向还是非常清楚的，皎然论诗倡导“风流自然”，“曩者诸公论康乐为文，真于性情，尚于作用，不顾辞采，而风流自然”[①]。他还说：“但古人后于语，先于意。因意成语，语不使

① 李壮鹰：《皎然〈诗式〉校注》，人民文学出版社2003年版，第118页。

意。"①"古诗以讽兴为宗，直而不俗，丽而不巧，格高而词温，语近而意远，情浮于语。"② 他推崇自然的真性情而不顾辞采，因此，他极力反对"拘忌之徒"，"拘而多忌，失于自然，吾常所病也"③，提倡"不用事"，赞赏曹植"不拘属对"，反对用典。虽然在诗歌分类的标准和诗歌批评的标准上有逻辑矛盾之处，但在文学总倾向上，还是统一于"情多、兴远、语丽"这一总方针的。

皎然在诗歌分类时以"是否用事"为标准，将诗分为"五格"，在诗歌批评时提倡"情格俱上"，追求自然、情多、兴远、语丽的文艺境界，所以单独将五格论诗法当作是皎然的诗歌批评标准，肯定是不正确的。

四、严羽《沧浪诗话》"断千百年公案"的真相和意义新论

严羽的《沧浪诗话》是一部在中国古代文学批评史上影响很大的理论著作，长期以来，人们常以"以禅喻诗"来一言以蔽之。其实《沧浪诗话》的价值并不重在"以禅喻诗"上，可以肯定地说，"以禅喻诗"既不是全书的核心内容，也不是全书的根本特征。严羽在《诗辨》中自诩"仆之《诗辨》乃断千百年公案"。《诗辨》的地位如此之高，能起到断千百年公案的作用，笔者认为这个公案才是构成全书核心的主要内容。

（一）严羽"断千百年之公案"的真相

严羽在《答出继叔临安吴景仙书》中，曾对表述自己文艺思想精华的《诗辨》倍加赞赏，他说："仆之《诗辨》乃断千百年公案，诚惊世绝俗之谈，至当归一之论。其间说江西诗病，直取心肝刽子手。以禅喻诗莫此亲切，是自家实证实悟者，是自家闭门凿破此片田地，即非旁人篱壁、拾

① 李壮鹰：《皎然〈诗式〉校注》，人民文学出版社2003年版，第377页。
② 李壮鹰：《皎然〈诗式〉校注》，人民文学出版社2003年版，第373页。
③ 李壮鹰：《皎然〈诗式〉校注》，人民文学出版社2003年版，第374页。

人涕唾得来者，虽李杜复生不易吾言矣。”[①] 这段话中，表达了严羽这样几层思想：

1.《诗辨》的主旨之一是“断千百年公案”，由于他断了千百年公案，所以在社会效果上是“诚惊世骇俗之谈”，成为“至当归一之论”。

2. 批评了江西诗派，击中要害，不留情面，如同“直取心肝刽子手”。

3. 以禅喻诗颇为自得，自称“莫此亲切”。

4. 此派学说是自己独创而来，“是自家闭门凿破此片田地，即非旁人篱壁、拾人涕唾得来者”。

5. 对自己的学说的正确性非常坚定、自信，即使“李杜复生，不易吾言矣”。

考其所述事件主要是两件：一是评江西诗派；二是以禅喻诗。其中能成为“千百年公案”，又能“惊世绝俗”的事件似乎没有，这两件事都不着边际。就算评江西诗派能算得上“公案”，但也不够“千百年公案”，就算“以禅喻诗”有千百年，但并没有构成“公案”。那么严羽所说“千百年公案”是指什么呢？如果《诗辨》中真有可以称为“千百年公案”的事件、思想、学说，那么它的价值也将是划时代的。《诗评》、《诗体》、《考证》等篇目都平平淡淡，没有称得上“惊世绝俗”的内容，只有在《诗辨》中闪烁着精彩的文艺思想，这闪光的思想正是严羽发现了形象思维和逻辑思维的区别。他用“妙悟”这一概念来表述自己发现的形象思维。“大抵沧浪于诗，约略体会到形象思维和逻辑思维的分别，但没有适当的名词指出这种分别，于是只能归之为妙悟，而创为别才、别趣说”[②]，毫无疑问，郭绍虞先生的看法是很精准的。

严羽用斩钉截铁的语气说道：“夫诗有别材，非关书也；诗有别趣，非关理也。然非多读书多穷理，则不能极其至。所谓不涉理路，不落言筌者上也。”[③] 诗歌创作要用形象思维，但是，当时人们对形象思维的认识不可能有那么深入。对形象思维的科学认识是在巴普罗夫大脑神经生理学问世之后，人们科学地了解到人的大脑由两个半球组成，其中人的右脑就具有形象思维的功能，巴普罗夫将其称为第二信号系统。可是在当时严羽只是“约略体会到”这种区别，尚不可能在科学解剖的基础上对形象思维有

① 郭绍虞：《沧浪诗话校释》，人民文学出版社 1962 年版，第 234 页。

② 郭绍虞、王文生：《中国历代文论选》，上海古籍出版社 1979 年版，第 429 页。

③ 郭绍虞：《沧浪诗话校释》，人民文学出版社 1962 年版，第 23 页。

一个全面的看法。

他对形象思维的界定只是用否定式的排除法来缩小其外延，诗有别材，非关书也、非关理也。但是诗“关”什么呢？他并没有直说，也并没有科学地揭示这一内涵。因此，我认为严羽“约略体会到”形象思维与抽象思维的区别，并用否定式的排除法缩小了它的外延，但他找了一个十分有特色的概念来表示这种朦胧的认识，这一概念就是“妙悟”，“大抵禅道惟在妙悟，诗道亦在妙悟”。

李泽厚先生也有同感，他说：“形象思维本是一个老问题，这个词虽然出现较晚，但问题很早就被注意和提到，在宋代而不满意宋诗，以盛唐气象作为诗的最高境界的著名的《沧浪诗话》便曾突出地提出‘夫诗有别材，非关书也；诗有别趣，非关理也……所谓不涉理路，不落言筌者上也’。又说‘盛唐诸公惟在兴趣，羚羊挂角，无迹可求……言有尽而意无穷’。就是说，诗有不同于读书、说理的自己的特殊性，它不是一般的概念、语言或思维（言筌、理路），而要求在有限的言词形象中包含极为丰富的内容和意味，这是针对当时宋人以议论为诗，在诗中大掉书袋，比兴缺如，弄得形象干瘪、意兴索然而发的。”① 从郭绍虞和李泽厚先生的论述中可以看出，他们都认为严羽在《诗辨》中发现了形象思维问题，从严羽自己的表述看，他得到这一发现后非常喜悦，令他喜悦的原因是他发现的这一领域是一个非常新鲜、重要的天地。

艺术要表达情感，诗要言志，言志不是空说道理，不是让诗成为政治的传声筒，而是要用形象，这一问题古人很早就发现了，并用“象”、“象外之象”、“兴象”、“意象”等概念来描述它。同时，运用语言塑造形象的方法和技巧，即形象化的方法也非常成熟，如比兴、隐秀、声律、夸饰等，但是对于综合运用形象化的方法创造“兴象”的思维活动的认识却十分简陋，严羽的诗歌理论正是发现了创造“兴象”的认识活动。

当他得到这种认识之后，便果断地作出结论：“诗有别材，非关书也；诗有别趣，非关理也。然非多读书，多穷理，则不能极其至。所谓不涉理路，不落言筌者上也。诗者，吟咏性情也。盛唐诸公惟在兴趣，羚羊挂角，无迹可求。故其妙处，透彻玲珑，不可凑泊，如空中之音、相中之色、水中之月、镜中之象，言有尽而意无穷。”② 这段文字可以看作是严羽

---

① 李泽厚：《美学论集》，上海文艺出版社 1980 年版，第 262 页。

② 郭绍虞：《沧浪诗话校释》，人民文学出版社 1962 年版，第 23 页。

“断千百年公案”的判决书，这一发现把人们的注意力从审美对象的形象和艺术技巧转移到创造形象的思维——人脑的产物上。

严羽所谓“断千百年公案”至少要有两个要件：

一是要恢复汉魏以来千百年的诗歌情景交融的光荣传统。南宋以后，重形象、重比兴的文学传统受到了严重的冲击。“近代诸公乃作奇特解会，遂以文字为诗，以才学为诗，以议论为诗，夫岂不工，终非古人之诗也。盖于一唱三叹之音，有所歉焉。且其作多务使事，不问兴致，用字必有来历，押韵必有出处，读之反覆终篇，不知著到何在。其末流甚者，叫噪怒张，殊乖忠厚之风，殆以骂詈为诗，诗而至此，可谓一厄也。”① 他大声疾呼：“嗟乎，正法眼之无传久矣。唐诗之说未唱，唐诗之道或有时而明也。今既唱其体曰唐诗矣，则学者谓唐诗诚止于是耳，得非诗道之重不幸邪。”②

他公开申明自己要努力恢复千百年优秀的诗歌传统，“故予不自量度，辄定诗之宗旨，且借禅以为喻，推原汉魏以来，而截然谓为当以盛唐为法（后舍汉魏而独立盛唐者，谓古律之体备也），虽然获罪于世之君子，不辞也”③。所以，严羽断千百年公案的目的是要恢复汉魏以来诗歌讲究情景交融的光荣传统，反对以文字为诗、以才学为诗、以议论为诗的流弊，所以他才很自负地说这是“千百年公案”。

二是发现了逻辑思维与形象思维的区别。严羽采用排除法的方式，在千百年的文学理论史上首次提出形象思维的独特性。“妙悟乃是艺术创作的根本途径，他以‘妙悟’为‘本色’、为‘行当’，强调‘一味妙悟’，以‘妙悟’作为创作和鉴赏的根本途径，并排斥其他认识方式可以达到艺术创作崇高境界的可能性。如此明晰的表达，在中国美学史上可以说是第一次。”④ 正是由于他在千百年的文学发展史上，首次发现了形象思维与其他认识方式的区别，所以将这一发现确定为“千百年公案”自然当之无愧。虽然，郭绍虞先生曾将严羽的理论概括为别才、别趣说，但只是叫法不同，因为郭绍虞先生也说，没有适当的名词指出这种分别，于是只能归之为“妙悟”，其核心仍是妙悟。

---

① 郭绍虞：《沧浪诗话校释》，人民文学出版社 1962 年版，第 24 页。
② 郭绍虞：《沧浪诗话校释》，人民文学出版社 1962 年版，第 24 页。
③ 郭绍虞：《沧浪诗话校释》，人民文学出版社 1962 年版，第 24 页。
④ 朱良志：《中国美学名著导读》，北京大学出版社 2004 年版，第 183 页。

（二）严羽"断千百年之公案"的价值

严羽"以禅喻诗"的学说，对后世影响很大，在这面旗帜之后，有些观点是极有创建性的，有的观点则仅仅是借来的"虎皮"，并无新意。他将禅理融入诗论，既有借鉴前人之处，也有创新之处。

我们先看其借鉴前人之处。禅家者流，乘有大小，宗有南北，道有邪正。反映在他的诗论中，具体化为：

1. 乘有大小，诗应有品第。"论诗如论禅，汉、魏、晋与盛唐的诗则第一义也；大历以还之诗小乘也，已落第二义矣；晚唐之诗则声闻辟支果也。学汉、魏、晋与盛唐诗者，临济下也；学大历以还之诗者，曹洞下也。"① 他从禅学中借了大小等次的观念，并借这些术语来说明历史上不同时代诗歌的艺术成就和艺术品第。

2. 宗有南北。严羽十分强调学习古人，他说"诗之是非不必争，试以己诗置之于古人诗中，与识者观之而不能辨，则真古人矣"②。他把溯流别、辨家数看作是谈诗的条件，"辨家数如辨苍白，方可言诗"③。为什么一定要明宗派、辨家数呢？因为在他看来，找到了家数、宗主才叫"须是本色、须是行当"④。

3. 道有邪正。由于学诗是"以识为主，入门须正，立志须高"，路子对了，"行有未至，可加工力"⑤。即使差距很大，只要努力前行即可，如果路子错了，"路头一差，愈骛愈远，由入门之不正也"⑥。

这些观点从禅学借来，其实只借了名词而已，并无新意，但是这些观点对于初学者来说，也不失为提高创作水平，进而登堂入室的精辟之见。简单地将其斥为"不通禅理"，也过于简单，因为他的目的并不在谈禅，而是在喻诗，只要喻诗喻得有水平，也应值得学习。

再看其创新之处。

妙悟与熟参，这一对概念所表达的思想，应是严羽"以禅喻诗"中富

---

① 郭绍虞：《沧浪诗话校释》，人民文学出版社 1962 年版，第 10 页。
② 郭绍虞：《沧浪诗话校释》，人民文学出版社 1962 年版，第 327 页。
③ 郭绍虞：《沧浪诗话校释》，人民文学出版社 1962 年版，第 125 页。
④ 郭绍虞：《沧浪诗话校释》，人民文学出版社 1962 年版，第 103 页。
⑤ 郭绍虞：《沧浪诗话校释》，人民文学出版社 1962 年版，第 1 页。
⑥ 郭绍虞：《沧浪诗话校释》，人民文学出版社 1962 年版，第 1 页。

有创建性的部分，在这一对旧概念的瓶子中，严羽装上了新酒。这对概念中，“妙悟”为原创性概念，“熟参”则为衍生性概念。“妙悟”是一个极富革命性的概念，郭绍虞先生说，“大抵沧浪于诗，约略体会到形象思维和逻辑思维的区别，但没有适当的名词指出这种分别，于是只能归之妙悟”①。严羽用一个禅家术语来喻指有别于逻辑思维的一种艺术思维，虽然我们不能说这一概念就是形象思维的代名词，也不能把“妙悟”与形象思维当作同一概念，但是，我们可以肯定地说“妙悟”是与逻辑思维相对的一个概念，其在内涵上偏重于我们后来所称的“形象思维”。

首先，“妙悟说”提倡从形象出发，强调艺术思维过程中的形象性。严羽非常推崇“妙悟说”，“故其妙处，透彻玲珑，不可凑泊，如空中之音、相中之色、水中之月、镜中之象，言有尽而意无穷”②。生活中的“音”、“色”、“月”、“象”要在“妙悟”的基础上注入作家的思想情感之后，才能变成“空中之音”、“相中之色”、“水中之月”和“镜中之象”。这里他十分强调创作要有具体的形象做基础，那么“妙悟”便成为对头脑中的形象进行抽象、概括，并成为新的艺术形象的思维过程。

其次，“妙悟说”十分强调思维中强烈的情感，形象思维的特征之一就是在形象思维过程中伴随着强烈的情感。严羽说“诗者吟咏性情也”③，应当“不涉理路，不落言筌”④。形象思维始终把强烈情感的抒发和形象思维的过程联系在一起，正是由于作家把强烈的感情灌注于文学形象中，文学作品才能“言有尽而意无穷”。严羽的“妙悟说”十分重视诗歌的情感，他在《诗评》中论及唐代诗人的作品时说“唐人好诗，多是征戍、迁谪、行旅、离别之作，往往能感动激发人意”⑤。论及蔡文姬时则说“《胡笳十八拍》浑然天成，绝无痕迹，如蔡文姬肺肝间流出”⑥。论及屈原的《离骚》时则说“读骚之久，方识其味，须歌之抑扬，涕洟满襟，然后为识离骚。否则如忧釜撞瓮耳”⑦。可见，严羽的“妙悟说”非常强调艺术思维的强烈情感。

---

① 郭绍虞、王文生：《中国历代文论选》，上海古籍出版社 1979 年版，第 429 页。

② 郭绍虞：《沧浪诗话校释》，人民文学出版社 1962 年版，第 24 页。

③ 郭绍虞：《沧浪诗话校释》，人民文学出版社 1962 年版，第 24 页。

④ 郭绍虞：《沧浪诗话校释》，人民文学出版社 1962 年版，第 24 页。

⑤ 郭绍虞：《沧浪诗话校释》，人民文学出版社 1962 年版，第 182 页。

⑥ 郭绍虞：《沧浪诗话校释》，人民文学出版社 1962 年版，第 174 页。

⑦ 郭绍虞：《沧浪诗话校释》，人民文学出版社 1962 年版，第 170 页。

再次，“妙悟”的基础是“熟参”。形象思维的培养需要注意积累形象材料，积极开展联想和想象活动，以锻炼形象思维的自觉性，推动形象思维的发展和成熟，只有在长期训练的基础上才能有真正意义上的形象思维。严羽十分重视形象思维的培养，他提出“妙悟”的基础是“熟参”，“熟参”就是一个长期不懈锻炼、训练的过程，经过一个锻炼、训练的过程，才会有“妙悟”，否则“则是野狐外道，蒙蔽其真识，不可救药，终不悟也”①。他告诫学诗者“试取汉魏之诗而熟参之，次取晋宋之诗而熟参之，次取南北朝之诗而熟参之，次取沈、宋、王、杨、卢、骆、陈拾遗之诗而熟参之，次取开元、天宝诸家之诗而熟参之，次独取李、杜二公之诗而熟参之，又尽取晚唐诸家之诗而熟参之，又取本朝苏、黄以下诸家之诗而熟参之，其真是非自有不能隐者”②。严羽开列的学习内容之多，几乎包含了宋以前中国诗歌的全部，因为在他看来，如不这样练习，则“终不悟也”。他为学诗者谈学诗的经验时也说：“先须熟读楚辞，朝夕风咏，以为之本；及读古诗十九首，乐府四篇，李陵、苏武、汉魏五言皆须熟读；即以李、杜二集枕藉观之，如今人之治经，然后博取盛唐名家，酝酿胸中，久之自然悟入。”③ 长期的学习熟参，“久之”才能“自然悟入”，悟入达到的境界，才是“非关书也”、“非关理也”的“妙悟”之境。

严羽在自身大量创作经验的基础上，总结了前人诗歌创作的经验，发现了“妙悟”这一现象的存在及其作用，特别是在对孟浩然和韩愈做了对比研究之后，他更加自信自己的发现，“且孟襄阳学力下韩退之远甚，而诗独出退之者，一味妙悟而已”④。孟浩然的学力其实就是书、理，比韩愈差很多，而诗却在韩愈之上，这是为什么呢？就是“一味妙悟而已”。因此好的诗作“非关书也”、“非关理也”，仅仅是“一味妙悟而已”，最后他得出结论“诗道亦在妙悟”。这样我们就可以弄清楚严羽“断千百年公案”的目的：告诉人们诗歌创作仅靠书和理是不行的，但没有书和理也是不行的，书和理只是诗歌创作的必要条件，要想写出好诗来，一定要用形象思维，即妙悟，而妙悟是要长期训练，通过熟参来培养的。这就是严羽“断千百年公案”的最后判决。

---

① 郭绍虞：《沧浪诗话校释》，人民文学出版社1962年版，第11页。
② 郭绍虞：《沧浪诗话校释》，人民文学出版社1962年版，第11页。
③ 郭绍虞：《沧浪诗话校释》，人民文学出版社1962年版，第1页。
④ 郭绍虞：《沧浪诗话校释》，人民文学出版社1962年版，第10页。

（三）严羽“断千百年之公案”的意义

严羽的诗论，学术界常用“以禅喻诗”来一言以蔽之，使很多来不及深入研究的人们以为“以禅喻诗”便概括了严羽诗论的本质和整体，其实这是片面的看法。严羽的诗论确实有“以禅喻诗”方面，但仅仅是“门面”而已。透过他“断千百年公案”的事件，我们则能更好地了解严羽诗论的本质和整体。并且，这一事件首先发现了逻辑思维与形象思维的区别，提出了妙悟在诗歌创作中的重要作用，在中国古代诗论史上有着突出的意义。

首先，通过“断千百年之公案”抨击江西诗派和四灵诗派的不良创作倾向，达到抨击“以文为诗”、“以理为诗”的目的。严羽要恢复汉魏以来的诗歌表情自然、善用兴象的光荣传统。严羽“断千百年之公案”这一愿望的产生是由于汉魏、盛唐以来的诗歌传统丧失殆尽，以文为诗、以理为诗的恶劣创作之风盛行。“唐人之风变矣，山谷用工尤为深刻，其后法席盛行，海内称为江西宗派。近世赵紫芝翁灵舒辈，独喜贾岛姚合之诗，稍稍复就清苦之风，江湖诗人多效其体，一时自谓之唐宗。不知止入声闻辟支之果，岂盛唐诸公大乘正法眼哉！嗟乎！正法眼之无传久矣。唐诗之说未唱，唐诗之道或有时而明也。今既唱其体曰唐诗矣，则学者谓唐诗诚止于是耳，得非诗道之重不幸邪！故予不自量度，辄定诗之宗旨，且借禅以为喻，推原汉魏以来，而截然谓当以盛唐为法，虽获罪于世之君子，不辞也。”[①] 严羽倡导汉魏、盛唐以来的优秀诗歌传统，力矫时弊，并把自己的这一做法上升为“断千百年之公案”，足见他对自己诗歌理论立场的坚定程度。

其次，通过“断千百年之公案”，提出新的理论体系，自出新意，成一家之言，促进了南宋以后诗人及诗论家的思想解放，对恢复中国传统的优秀诗风、开创文艺新局面有着杰出的历史贡献。在南宋以前，虽然文艺作品和一般应用性文体有了明显界限，诗人和理论家对文艺作品和一般记言记事的文章的不同特点有了深入的了解，但是对产生这种区别的思维方式的不同却知之甚少，即对逻辑思维与形象思维的不同不甚了解，没有从人脑的机能与各种不同认识世界的方式的关系上入手，去研究优秀作品之

① 郭绍虞：《沧浪诗话校释》，人民文学出版社 1962 年版，第 25 页。

所以成为优秀作品的主观因素。而严羽发现了逻辑思维和形象思维的区别，并用“妙悟”这一概念来明确与逻辑思维相对的形象思维的内涵，这一发现对作家自觉运用形象思维进行文艺创作，克服以文为诗、以理为诗的弊病都有着重大历史意义。

严羽提出“诗有别材，非关书也；诗有别趣，非关理也”，那么好诗“关”什么呢？“诗道亦在妙悟”，“关”的是妙悟。严羽利用“妙悟”这一概念，提出了“诗道亦在妙悟”的命题，纠正了诗人在艺术思维上的错误习惯，指明了书、理等因素对艺术创作固然重要，但是在诗歌创作中它们并非必然是诗歌创作出优秀诗歌作品的必要条件。这一判断纠正了存在于世人大脑中的一个错误判断，即书、理与优秀的诗歌创作之间是一一对应的。正是由于认为有这种一一对应的关系存在，人们才会产生书、理与优秀文学之间一一对应的错误认识；才会不假思索地以这种错误认识为大前提进行演绎推理；才会在创作中以理为诗、以文为诗。严羽的学说从逻辑上指出了以文为诗、以理为诗的弊端和错误，发现了书、理与诗歌创作之间这种非对应的逻辑关系，不但找出了以文为诗、以理为诗的逻辑错误，同时也发现了好诗成为好诗的充要条件——妙悟，即形象思维，这一发现为形象思维理论的产生提供了理论基础。

最后，在“断千百年之公案”中，严羽提出了一些新颖的范畴、命题，丰富了文学理论的思维空间，拓展了古代文艺理论研究的论域。他提出了“妙悟”、“熟参”、“兴趣”等概念，提出了“诗道亦在妙悟”，“诗有别材，非关书也”，“诗有别趣，非关理也”，“诗者，吟咏性情也”等命题，这些概念和命题的提出丰富了中国古代的诗歌批评理论，对中国古代诗歌批评理论体系的拓展和丰富有着积极的促进作用。严羽加深了人们对诗歌创作过程的认识，诗歌创作的最终目的是要“言有尽而意无穷”，要达到这一目的就必须用“妙悟”的方法，因为妙悟这种形象思维可以把“音”变成“空中音”，把“色”变成“相中色”，把“月”变成“水中月”，把“象”变成“镜中象”。那么，这一转变又是如何形成的呢？要“吟咏性情”，当诗人在“音”、“色”、“月”、“象”中注入自己的情感时，才有“空中音”、“相中色”、“水中月”、“镜中象”，一旦有了“镜中象”、“水中月”、“空中音”、“象中色”，原来普通的“音”、“色”、“月”、“象”就会有“兴趣”，而实现这一转变的过程就是“妙悟”。

我们的前人很早就发现文学作品的形象性特征，而且很早就不自觉地使用形象思维，但是，首先发现这一思维形式的就是严羽。他以“断千百年公案”提出了极有价值的“妙悟”理论，为后人自觉进行形象思维提供了初步的范畴和命题，同时，也为纠正文学“以文为诗”、“以理为诗”的弊病提供了强大的理论支持，作出了杰出的贡献。

第四章

明清——中国古代文学批评思想的蜕变

一、明清文学批评思想概说

明清是中国古代文学批评发展的一个特殊历史时期，该时期中国封建专制制度发展到了晚期，从旧的社会机体中逐步生长出新的社会现实关系。这一新的社会关系萌芽后迅速膨胀，产生出以雇佣劳动和工场手工业为主要形式的资产阶级萌芽，这种新生产关系的萌芽是对旧的生产关系的极大冲击。1840 年后，随着鸦片战争的爆发，西方列强的舰炮打开了封建旧中国的大门，中国社会从封建社会沦为半殖民地半封建社会。此时，由于西方资产阶级的意识形态的影响，单一的中国传统文化被多元的因素冲击，正逐步改良、蜕变。这种改良与蜕变是社会生产力迅猛发展、商品经济空前繁荣、资本主义萌芽突起的产物，随着这种改良与蜕变的发生，文艺领域也或快或慢地发生了质的飞跃。其主要特色有以下几点。

（一）肯定自我、尊重情感的倾向不断增强

明清社会正统的思想以儒家思想、程朱理学为主，随着新兴市民阶层的兴起，逐渐演变而为王守仁的阳明心学。王守仁认为，理学家们的“存天理，灭人欲”是违背人性的，“天理”与“人欲”其实无法分开，“天理”并非存在于人心之外的宇宙，而是存在于每个人的心中。所以他认为“心外无物，心外无理”，存在于人们心中的“理”，即是“良知”，因而，人们不必向外学习“天理”，而只需向内寻求良知，内心的“灵明”可以容纳整个世界。由于强调了内心求理，“致良知”，这在客观上为否定“天理”、反对封建礼教打开了通路。既然重在人们自身的内心省察，而人是各不相同的，人的内心又是千姿百态、瞬息万变的，因此对“天理”就可以有各种不同的认识和理解。这种思想不断演化，到了李贽就发展成为公开与“理学”对垒的“童心说”，李贽对以宋明理学为代表的官方正统思想进行了十分尖锐的揭露和批判，旗帜鲜明地要求维护“人欲”，主张男女平等。这种具有叛逆性的思想认为，真正的文学创作决不是道学家的传声筒，而是人们郁结于心的真情实感不得不发的产物，是内心“绝假纯真”的“童心”的流露。“且夫世之真能文者，比其初皆非有意于为文也。其胸中有如许多欲语而莫可所以告语之处，蓄极积久，势不能遏。一旦见

景生情，触目兴叹；夺他人之酒杯，浇自己之块垒；诉心中不平，感数于千载。”① 在李贽看来，文学应有真情，有真心的文学就是有“童心”的文学，这种文学是人物胸中真实感情的自然流露，这才是好作品。

尊情的传统一直延续到王国维那里，在整个清代也都传承着重视情感的传统。清初的王夫之就说，诗歌是人的“心之元声”的体现，是人的真实感情的流露。他在《古诗评选》中评李陵《与苏武诗》时曾说：“诗以道情，道之为言路也。诗之所至，情无不至。情之所至，诗以之至。”② 凡诗所到之处，皆有情感相伴，而情之所至，也必然要发而为诗。诗离不开情，情也离不开诗，诗以道情，是诗歌的本质。

王国维在深入研究了中国古代的诗歌后，提出了“境界说”，发表了“一切景语皆情语”的著名论断，更把诗歌用语言塑造画面同情感联系在一起，揭开了中国古代诗歌意境理论的本质。虽然明清两代社会本质有着很大的差别，但是在文艺上肯定自我、重视表情的传统却一直是有利于文学的发展的。

（二）小说、戏剧创作异军突起，促进了小说与戏剧批评的发展

明代以前，中国古典小说已经过漫长的演变，历经古代神话传说、魏晋南北朝志怪志人小说、唐代传奇、宋代话本小说等发展阶段，但直到明代万历年间前后，中国古典小说美学才真正开始发展。

明清时期大批作家的创作和理论家的研究，极大地提高了小说的地位，他们强调小说应当与传统诗文有同样的地位，认为小说是“六经国史之辅”，有益于“世道人心”。这时的小说如雨后春笋，佳作辈出。长篇小说有《三国演义》、《水浒传》、《西游记》、《金瓶梅》、《红楼梦》等，短篇白话小说有《三言》、《二拍》、《聊斋志异》、《儒林外史》等，这些小说展现了当时社会的风俗画卷，令世人争相传阅、爱不释手，潜移默化地改变着人们的思想。

理论家们通过小说序跋、笔记、点评等形式，对小说进行批评鉴赏，出现了一批具有真知灼见的小说评论家。叶昼曾经点评过《三国演义》、《西游记》、《水浒传》，金圣叹点评过《水浒传》，毛宗岗点评过《三国演

---

① 张少康：《中国文学理论批评史教程》，北京大学版社 1999 年版，经 297 页。

② 霍松林：《中国诗论史》，黄山书社 2007 年版，第 1001 页。

义》，张竹坡点评过《金瓶梅》，脂砚斋点评过《红楼梦》。这些点评大大地丰富了中国小说批评的理论，小说的真实性、小说的结构、小说的创作方法等先后成为理论家们研究的中心问题。这些理论与后来传入的西方小说理论融合成为中国近代的小说理论，丰富和完善了中国传统文艺批评的理论宝库。

戏剧批评自成一体，明清时的戏剧在元散曲的基础上大放异彩，不仅出现了汤显祖的《牡丹亭》，还有洪昇的《长生殿》和孔尚任的《桃花扇》，这些经典的作品既迎合着人们的审美趣味，也引领着人们的审美趣味。这时的戏剧评论家有李渔、王骥德、徐渭、凌濛初等，他们提出了大量创作与表演的理论观点，这些观点有着鲜明的时代性和开创意义。特别是关于戏剧的场幕设计、人物安排、台词表现、结构线索的穿插、情节的冲突性、主题与科诨等，都极大地丰富了中国古代文学批评的宝库，对戏剧正确处理舞台演出与剧本创作的矛盾、演员表演与人物角色的矛盾以及演员表演与其他舞台效果的矛盾都有着积极的促进作用。

由于小说戏剧创作的丰富和小说戏剧批评理论的成熟，中华民族在文学艺术领域中能自信地以一个底蕴深厚的大民族的形象进入世界文学舞台。

（三）西方文学理论的渗透和影响，加快了中国古代文学批评蜕变为现代文学批评的步伐

明清是封建制度分崩离析的时代，对封建制度致命一击的是鸦片战争，鸦片战争之后，中国社会从一个封建社会变成为一个半殖民地半封建的社会。近代的民族资产阶级从西方资产阶级的武器库里拿来了进化论、天赋人权和资产阶级共和的思想。西学东渐反映在文化上是文化中民主、科学与人性的思想不断深化。黄遵宪首先提出要向西方学习，“欲为树人计，所当师四夷”，“诗虽小道，然欧洲诗人出其鼓吹文明之笔，竟有左右世界之力”，主张“诗界革命”，主张“我手写我口”，反对摹古、复古等倾向。

梁启超把小说与救国救民联系在一起，提出“欲新一国之民，不可不先新一国之小说”，充分肯定文学与社会改革的关系。王国维更是把西方资产阶级的思想与中国传统文学思想熔为一炉，独树一帜，自成一家，通

过理论上的创新，推动着中国古代文艺批评前行。

二、《二拍》中宿命论思想的复杂性新论

凌濛初，字玄房，号初成，别号即空观主人，浙江乌程（今属湖州市）人，生于明万历八年，卒于明崇祯十七年，享年64岁。他出身于地主官僚家庭，12岁入学，似乎在科场上一直不得志，48岁时在南京编撰《拍案惊奇》，第二年小说刊行于世，刊行后在社会上造成了强烈的反响。在出版商人的多次促请下，加上自己生活抑郁无聊，对当时小说创作现状不满，五年后凌濛初又刊行了《二刻拍案惊奇》。两本小说集出版后，在很大程度上满足了读者的猎奇心理，也迎合了市民阶层日益膨胀的小说欣赏需要。

（一）作品中渗透着浓郁的宿命论思想

在晚明的小说中，《拍案惊奇》与《二刻拍案惊奇》（以下合称《二拍》）是两朵鲜艳夺目的奇葩，两部小说集都有一个共同的特点，即都充斥着浓郁的宿命论思想。一般来讲，宿命论思想是一种消极的唯心主义思想，它认为历史的发展由一种不可抗拒、不可避免的神秘力量所决定。但是《二拍》中的宿命论思想却十分复杂，其表现形式十分曲折隐晦，时常表现出一种积极进取的劝善惩恶的思想倾向。在作品中这种宿命论思想主要表现在两个大的方面。

一是姻缘前生定。在《二拍》中有大量以婚姻爱情为主题的故事，这些故事不仅宣传了封建社会的媒妁之言、父母之命，更多的是姻缘前生定的宿命论思想。在《拍案惊奇》卷五《感神媒张德容遇虎　凑吉日裴越客乘龙》中，作者就演绎了姻缘前世定的动人传说。“话说婚姻事皆系前定。从来月下老赤绳系足，虽千里之外，到底相合；若不是姻缘，眼面前也强求不得的。就是因缘了，时辰未到，要早一日也不能勾；时辰已到，要迟一日也不能勾。多是氤氲大使暗中主张，非人力可以安排也。”① 姻缘前生定，而且定得那么具体，连时辰都能确定，既不能早也不能晚，足见凌濛

① 凌濛初：《拍案惊奇》，浙江古籍出版社2009年版，第45页。

初的宿命论思想是怎样的彻底、坚决，以至于在婚姻大事上，连一点个人选择的余地都没有，只能彻头彻尾地由命运摆布。在《拍案惊奇》卷九《宣徽院仕女秋千会　清安寺夫妇笑啼缘》中，凌濛初写道："人世姻缘前定，难以强求。随你用尽机谋，坏尽心术，到底没有收场。及至该是姻缘的，虽是被人扳障，受人离间，却又散的弄出合来，死的弄出活来。"[①] 这里更加神奇，只要是前生定的姻缘，无论你"用尽机谋，坏尽心术"，就算联姻的一方死去，无处不在、无时无刻不发挥作用的"前世"都可以发挥作用，"前世"成为了不以人的意志为转移的铁律。同为大户人家的拜住和速哥失里，是一对正值谈婚论嫁的青年，两人情投意合。男女主人公定亲不久，男主人公身居要职的父亲遭人陷害，被捕入狱，因冤屈积愁，郁闷成疾，不久死去，男主人公家庭迅速败落。面对这种突如其来的不幸，女方家里悔约退婚，将女儿另许别家，女主人公不愿失节，在轿夫将花轿抬到男方家里时，女主人公在轿中偷解缠脚纱布，缢颈而死。女主人公死后，尸棺寄放在寺院里，男主人公闻讯后，前往哭拜，此时女主人公又复活了，于是两人终成眷属。这个结局不仅仅增加了作品的浪漫主义因素，同时也向读者表明："天定"的姻缘，就是人死了，也依然可以实现其结局。作者对"姻缘前世定"的认可到了坚定不移的地步。《二刻拍案惊奇》卷三十二《张福娘一心守贞　朱天赐万里符名》则更加神奇，未曾有的事，未曾生的人，几十年后，几千里外，竟然也应验发生。"天下凡事，皆由前定，如近在目前，远不过数年，预先算得出，还不足为奇；尽有世间未曾有这样事，未曾生这个人，几十年前先有前知的道破了，或是几千里外恰相凑着的，真令人梦想不到，可见数皆前定也。"[②] 主人公朱景先原是苏州一官人，后奉旨主管四川茶马使，公子孙逊年20岁，已聘下妻室范氏，也是门当户对的大家。当时未曾娶得过门，孙逊便随父亲前往四川赴任，到四川后，孙逊央人对父亲说，要先娶一妾，以侍枕席。父亲对儿子的要求先是指责，后一寻思，先有一妾，待后娶妻，也未尝不可，何况又是远在他乡，于是便同意先娶一妾。过了一年后，苏州范家女儿长成，女方父亲担心误了女儿的青春，便送女儿到四川成亲。快到四川时，闻知朱公子一年前已娶一妾，便留住行李，不往前行，要求朱家"必去骈枝，始谐连理"。朱家只好将此妾暂时赶出家门，此时该妾已怀有身孕，

① 凌濛初：《拍案惊奇》，浙江古籍出版社2009年版，第82页。
② 凌濛初：《二刻拍案惊奇》，浙江古籍出版社2009年版，第335页。

但是哭啼之后，也只能“自回家去守着”。可是天有不测风云，两年后朱公子病逝于苏州，与范氏膝下无子，朱老先生痛苦难忍，抑郁寡欢。数年后自己在四川的同僚来访，朱老先生说起儿子已经过世，朱家无人传后的痛苦，同僚便提醒朱老先生，原先朱公子的妾曾有一子，可以找到他来继承香火。朱老先生听后喜出望外，便应允找回。时逢朝廷南郊礼成，侍从官员可当荫一子，朱老先生便将儿子之妾所生的小孩填在册上，辗转一夜，才想出“天赐”的名字。待同僚将儿子之妾和孙子从四川带来时，报上姓名，朱老先生大惊道：“我因仪部恩荫之名，你每未到来，想了一夜，才取这两个字，预先填在册子上送去。岂知你每万里之外，两年之前，已取下这两个字做名字了？可见天数有定若此，真为奇怪之事。”[①] 中国人十分看重婚姻在人生中的价值和地位，茫茫人海之中，两个人结合而成的家庭影响着人的生活事业，所以中国人历来有修身、齐家、治国、平天下的不同境界，婚姻上的宿命论告诉人们：今世姻缘，是前世定的，是无法更改的。

二是命运天注定。在凌濛初看来，姻缘是前世定的，不仅如此，命运也是天注定的，老天让你走运，你就走运，老天让你背运，你就是怎样努力，也无济于事。《拍案惊奇》卷一《转运汉巧遇洞庭红　波斯胡指破鼍龙壳》完整地表达了他这种思想，他一开篇便写到“试看古往今来一部十七史中，多少英雄豪杰，该富的不富，该贵的不贵。能文的倚马千言，用不着时，几张纸盖不完酱瓿；能武的百步穿杨，用不着时，几竿箭煮不熟饭锅。极至那痴呆懵懂、生来有福分的，随他文学低浅，也会发科发甲；随他武艺庸常，也会大请大受。真所谓时也，运也，命也，俗语有两句道得好，命若穷，掘得黄金化作铜；命若富，拾得白纸变成布。……古语云‘万事分已定，浮生空自忙。’”[②] 小说中的主人公苏州人文若虚生来心思慧巧，又自恃才能，不去营术生产，结果坐吃山空。看见别人经常发财，他也试图做些生意，结果屡试屡败，被人讥笑为“倒运汉”。后来他碰上了时来运转的时机，随几个生意人“走海泛货”，航行海上，本意只是到海外看看海外风光，但苦于无钱置货，临走前用张大资助的一两银子买了百余斤太湖洞庭峰的橘子——洞庭红，以便在船上解渴和送人。不料到了吉零国，当地人以为是奇货，纷纷出大价钱争购，竟一下子赚了八九百两银子。返途中，他在荒岛上捡了个大龟壳，带到了福建，被识货的波斯商人

① 凌濛初：《二刻拍案惊奇》，浙江古籍出版社 2009 年版，第 343 页。

② 凌濛初：《拍案惊奇》，浙江古籍出版社 2009 年版，第 1 页。

认出是宝物鼍龙壳，以五万两银子买去，从此大富大贵，开始了新的人生之路。从游手好闲的“倒运汉”变成了“闽中富商”，人的生活境遇的改善、改变完全是命运的变化使然，人生的荣华富贵都是命中注定的，这是一种彻头彻尾的宿命论思想。《拍案惊奇》卷二十二《钱多处白丁横带　并运退时刺史当艄》中的主人公郭七郎，父亲是商人，父亲过世后，留下家资巨万，产业广延，有鸟飞不过的田野，贼扛不动的金银山，成为楚城的首富。后来他去京都，通过过去自己资助的张多保帮忙，花钱买到一个横州刺史的官职。可是，不久改朝换代，天灾人祸接连发生，他那张横州刺史的委任状也被大风吹入江水之中，无可奈何之下只好在长江上当个艄公来维持生计。由此，他得出结论：“人生荣华富贵，眼前的各是空花，不可认为实像，如今人一有了时势，便道是‘万年不拔之基’，旁边看的人也是一样见识，岂如转眼之间，灰飞烟灭，泰山化作冰山，极是不难的事。”① 人生走运或背运都是命中注定的常事，与人的主观愿望没有什么关系，富贵留不住，它是命里注定的，因此，有权有势只是表象，最终结果要看报应。所以“菀枯本是无常数，何必当风使尽帆”②。

（二）宿命论的终极结果——善恶皆有报应

在《拍案惊奇》与《二刻拍案惊奇》中，都渗透着浓郁的宿命论思想。一般说来，宿命论思想塑造的是消极悲观的人生状态，而在凌濛初的作品中它却并不消极，反而给人积极的感觉，并且是充满激情的。他的宿命论思想有如下特点：

首先，突出扬善惩恶的主题。好人定有好报，恶人不配有好命运，恶人没有好命运。这是一种宿命，是命中注定，如果恶人都没有好命运，好人都会有好命运，这样的主题在剥削社会里肯定是有积极意义的，这种宿命论已经发生了根本的变化，因为它已经成为一种被掩饰起来的理论武器。这种理论武器揭示的是恶人必有恶报，借一种世俗的理论否定了剥削和压迫的不合理性，在软弱无力的宿命论框架中，包藏着强烈的革命性因素，表达了作者对现存社会的强烈不满。《拍案惊奇》卷十一《恶船家计赚假尸银　狠仆人误投真命状》反映的便是善恶到头终有报，只争来早与

① 凌濛初：《拍案惊奇》，浙江古籍出版社 2009 年版，第 217 页。
② 凌濛初：《拍案惊奇》，浙江古籍出版社 2009 年版，第 217 页。

来迟，并且作恶之人肯定有报，非常灵验。“善人终自善，恶计总徒然”，他十分坚定地表达了自己对社会公平的要求，他认为公平的社会，必须有一个超乎社会之上的主宰。主宰本身具有公平、公正的本性，由于它能够扬善惩恶，因此社会只有被这种宿命所主宰，才能克服不公平和不合理。“那冤屈死的，与那杀人逃脱的，大概都是前世的事。若不是前世缘故，杀人竟不偿命，不杀人则要偿命，死者、生者，怨气冲天，纵然官府不明，皇天自然鉴查，千奇百怪的巧生机会来了此案。所以说：‘人恶人怕天不怕，人善人欺天不欺。’又道是‘天网恢恢，疏而不漏’。……如今为官的人，贪爱的是钱财，奉承的是富贵，把那‘正直公平’四字抛却东洋大海。”[①] 凌濛初所追求的宿命论其实就是一个能够维护“正直公平”的铁律，而这个铁律本是没有的，凌濛初一定要把它演绎成为“颠扑不破”、“放之四海而皆准”、“屡试屡验”的规律，这就是他的宿命论的实质。

面对剥削阶级的横征暴敛与达官贵人的巧取豪夺，凌濛初也用这种积极的宿命论来警告世人。“人生财物，皆有定分，若不是你的东西，纵然勉强哄得到手，原要一分一毫还别人的。”[②] 这种“人生财物，皆有定分”的理论，毫无疑问是宿命论的一种表现形式，人拥有的财产是命中注定的“定分”，因为是“定分”，所以便不可巧取豪夺。这种思想与理论在当时的社会中有着积极的进步因素，因为它是借着宿命论的“旧瓶”，装入了“反对巧取豪夺与横征暴敛”的“新酒”，这样的宿命论已再不是逆来顺受，而是举起一面旗帜向不平等的制度抗争。《拍案惊奇》卷三十五《诉穷汉暂掌别人钱　看财奴刁买冤家主》所描绘的张善友便是体验此法则的一个人。张善友本是个富人，有一个叫赵廷玉的穷苦人，因母亲过世，无钱葬母，便在张善友家的墙上挖了一个洞，偷走了张善友家五六十两银子。正在家人因家中被盗而忧愤时，门外一个五台山僧人路过，并要将自己化缘来的一百两银子寄放在张善友家中。后来五台山僧人再来取银子时，张善友的妻子硬不认账，五台山僧人无可奈何，带着悲愤离去。两年后张善友先后得两个儿子，长子披星戴月，起早眠晚，挣下了丰厚的家业，却十分悭吝，而次子却大手大脚，挥金如土，很快把家产败净，后来两个儿子和老伴儿相继去世。张善友对自己的不幸遭遇无法理解，便到东岳大帝面前倾诉自己的不平，阴间的阎王爷便将张善友的两个儿子和老伴

---

① 凌濛初：《拍案惊奇》，浙江古籍出版社 2009 年版，第 99 页。

② 凌濛初：《拍案惊奇》，浙江古籍出版社 2009 年版，第 358 页。

的阴魂唤了出来，一问才知道，原来长子就是赵廷玉的魂，次子则是五台山僧人的魂，妻子在地狱中披枷戴锁。凌濛初通过这个故事告诉人们，“可见物有定主如此，世间人枉使坏了心机”①。

其次，追求婚姻自主的价值取向。《二拍》中共有七十八卷，除了少数稗官野史演绎出的历史故事外，有六十四卷是围绕爱情、婚姻和家庭生活的。凌濛初之所以对爱情题材的小说这样情有独钟，是因为他清楚地知道，正在兴起的市民阶层中有一种张扬个性的要求，他们开始抛弃程朱理学所倡导的“存天理，灭人欲”，而信奉“吃饭穿衣，即是人伦物理”②的主张，这反映的是市民阶层日益觉醒的主体意识。

《二刻拍案惊奇》卷九《莽儿郎惊散新莺燕　㑳梅香认合玉蟾蜍》便描写了一段真挚的爱情故事。女主人公杨素梅与秀才凤来仪偶然相遇，一见钟情，无奈封建礼教的束缚使他们无法会面交流。不知情的外婆要把杨素梅嫁与有钱、有地位的人家，凌濛初借丫鬟龙香之口说道：“夫妻面上，只要人好，做官有什么用处？”③ 结果阴错阳差，媒人介绍的人家还是凤来仪。作品宣传的就是“因想世上的事，最是好笑，假如凤生与素梅索性无缘罢了，既然到底是夫妻，那日书房中时节，何不休要生出这番风波来？略迟一会儿，也到手了。再不然，不要外婆家去，次日也好再续前约。怎生不先不后，偏要如此间阻？及至后来两下多不打点的了，却又无意中聘定，成了夫妇。这多是天公巧处”④。这一思想在《拍案惊奇》卷九《宣徽院仕女秋千会　清安寺夫妇笑啼缘》中表现得也非常充分。当女主人公速哥失里的父母要将她另许他人时，她坚决捍卫自己的爱情自主权，哭谏母亲道：“结亲结义，一与订盟，终不可改。儿见诸姐妹荣盛，心里岂不羡慕？但寸丝为定，鬼神难欺，岂可因他贫贱，便想悔赖前言？非人所为，儿视死不敢从命。”⑤ 在作者的爱情观中，他十分推崇个性解放的婚姻自由，同时对男女平等也有奋力地呐喊。“天下事有好些不平等的所在，假如男人死了，女人再嫁，便道是失了节，玷了名，污了身子，是个行不得的事，万口訾议；及至男人家丧了妻子，却又凭他续弦再娶，置妾买婢，做出若干的勾当，把死的丢在脑后，不提起了，并没有人道他薄幸负

① 凌濛初：《拍案惊奇》，浙江古籍出版社 2009 年版，第 368 页。
② 张少康：《中国文学理论批评史教程》，北京大学出版社 1999 年版，第 295 页。
③ 凌濛初：《二刻拍案惊奇》，浙江古籍出版社 2009 年版，第 109 页。
④ 凌濛初：《二刻拍案惊奇》，浙江古籍出版社 2009 年版，第 111 页。
⑤ 凌濛初：《拍案惊奇》，浙江古籍出版社 2009 年版，第 86 页。

心，做一场话说。就是生前房室之中，女人稍有外情，便是老大的丑事，人世羞言；及至男人家撇了妻子，贪淫好色，宿娼养妓，无所不为，总有议论不是的，不为十分大害，所以女子愈加可怜，男子愈加放肆。”① 作者所宣传的“婚姻天注定”，这里的“注定”并不是“存在的就是合理的”的翻版，而是“合人情的都是天注定”的意思，这种宿命论不是对现存婚姻制度的肯定，而是对现存婚姻制度的否定。这种带着掩饰与伪装的宿命论是与封建社会的“三从四德”背道而驰的，也正是具有了这种进步的精神，《二拍》才能经世不衰。

（三）凌濛初宿命论思想的复杂性

凌濛初生活的 72 年间，正是明代社会逐步衰落并走向崩溃的历史时期，他的思想是当时晚明社会的真实反映。正如恩格斯所说的“那么我们由此只能得出这样的结论：人们自觉或不自觉地，归根到底总是从他们的阶级地位所依据的实际关系中——从他们进行生产和交换的经济关系中，吸取自己的道德观点”②。凌濛初产生这种思想应是明代后期封建社会逐步趋于没落的社会矛盾的反映。一方面，政治上封建专制的中央集权制度进一步强化，不断加强对下层人民和中小地主阶级的剥削和钳制，形成了“创造神的恐惧”的社会基础。在这个“创造神的恐惧”的基础上，才有可能形成具有明显宿命神学的道德思想。另一方面，随着生产力的发展，资本主义的萌芽迅速派生，伴随着“资本主义萌芽”逐渐兴起市民阶层，随着市民阶层的膨胀，在意识形态领域掀起一种倡导个性解放的启蒙思想。这种思想日益壮大，正逐步取代“存天理，灭人欲”的程朱理学。虽然这种反传统的思想尚不足与传统的封建思想公开对垒，但是，借“天命”、“天注定”的传统学说，把不配有好命运的人与事都说成是老天注定的，这就产生了一种具有积极因素的宿命论。为什么宿命论会有积极因素呢？因为这种积极因素的产生有它的社会基础。

明朝后期，商品经济和资本主义萌芽继续缓慢地向前发展。江南一些手工业作坊开始出现雇佣劳动和手工业工场的经营形式，社会经济由单一的农业经济结构向农、工、商并举的多元结构转变，全国性的市场初步形

---

① 凌濛初：《二刻拍案惊奇》，浙江古籍出版社 2009 年版，第 123 页。

② 马克思、恩格斯：《马克思恩格斯选集》（第 3 卷），人民出版社 1979 年版，第 132 页。

成并向世界延伸。伴随着市场的扩大和商品交换的频繁，社会转型的步伐明显加快。一些地域性崛起的商人，在获得经济上的自由、思想上的自由的同时，还想取得政治上的自由和政治上的民主。这时，适应社会市民阶层兴起的需要，由心学发展起来的泰州学派便高举起反传统的旗帜，倡导人性自由、行为解放、满足私欲、贵贱平等的思想。凌濛初的思想便是这种现实的真实反映，也是社会上正在兴起的市民阶层的代言人。

他以"善有善报，恶有恶报"的宿命论警告大地主集团，在胃口不断膨胀、赋役征派日趋苛重的同时，要想想自己的报应；他又以"人生财产，皆有定分"的宿命论告诫贪得无厌的统治者，不是你的休要抢夺，夺走的终究要一分一分地退回，本世不退，来世必退，阳世不退，阴世必退；他还以"姻缘大事前生定"的宿命论，告诉追求婚姻自由的人们，"有情人应当终成眷属"，谁也挡不住，谁也拉不住，挡了、拉了终有恶报。一般看来，这些宿命论思想并不是消极的，而是踌躇满志，不带任何悲观消极的色彩。作者笔下的主人公无论多么坎坷都终有报应，恶人无论多么阴险狡诈，最终都逃脱不了命运的惩罚。无论现实社会多么黑暗，但是有了因果报应的宿命论思想的引领，善的在不停地得善报，善不断地增多；恶的在不停地得恶报，恶不断地减少．让恶人畏天知命，让善人知命从善。小说中的主人公面对生活中的不幸，并没有束手无策，逆来顺受，而是勇于面对厄运，机智勇敢地同恶势力作斗争，最终战胜了恶势力。

《拍案惊奇》卷十九《李公左巧解梦中言　谢小娥智擒船上盗》中记载了一个令人拍案称快的故事。唐元和年间，豫章郡富人谢氏，将女儿许配给段居贞。一日，一家人乘舟外出，船至江中，遇着几个江洋大盗，将谢老先生和段居贞杀害。谢小娥慌乱之中，失足落水，免于一死，之后被一打渔的夫妻救起。惊慌过后，调理数日，谢小娥便告辞救命恩人，到了建业上元县的妙果寺，在寺中做了弟子。安顿好住下之后，一日她梦中梦见父亲和丈夫，先后来说杀害他们的凶手分别是"车中猴，门东草"和"禾中走，一日夫"。谢小娥便四处求人破解这两句谜语，后遇到洪州通判李公左，判官破解为申蘭、申春二人。谢小娥便女扮男装找到申家，并在申家打工两年，摸清了申家的底细，掌握了申氏兄弟杀害父亲和丈夫、抢劫财物的罪证，趁申氏兄弟宴会大醉之时，先将申蘭杀死，又发动乡里将申春绑至公堂，最终凶手得到应有的制裁。在谢小娥遇到厄运之时，她并没有灰心丧气，而是主动地寻找线索，机智地打入凶手家里，积极地掌握证据，历时十年时间，最终将凶手捉拿归案。在凌濛初的意识里，坏人为什么被捉拿？是恶有恶报。为什么凌濛初不说治恶有法治呢？因为凌濛初对当时的社会非常不满，他非常失望地说“何缘世上多神鬼，只因人心有不平；若使光明如白日，纵然有鬼也无灵”①。这里可以清楚地看出，凌濛初不信鬼神，只是因为“心有不平”，只好借鬼神来除不平。他还说，“阳世有冤枉，阴司事再没有不明的”②，阳世有冤枉的，而阴司却没有，而且“阳世有理没处说，阴司不说也分明；若是世人终不死，方可横心自在行”③。凌濛初的这种思想是资本主义冒险精神、平等观念与因果报应思想的融合，它们的结合形成的是积极的人生观，惩恶扬善的主流是资产阶级的进取思想、民主思想和人道主义思想的综合体现。由于这些思想因素，凌濛初的宿命论开明进取，敢于抨击现实社会的黑暗，敢于同恶势力作斗争，敢于追求崇尚个性的人生价值，这是《二拍》中表现的凌濛初思想进步的一面。

但是，我们也不得不承认，凌濛初的这种宿命论只是一种空想，来世判阳世的阴司并不存在，只不过是凌濛初盼望有这样一个阴司。把改变社会的方案寄托在神秘主义的基础上，这种理论除了暂时麻痹人民，没有多大的实际意义，正如恩格斯所说“批判的武器不能代替武器的批判，物质力量只能用物质力量来摧毁”④。把改变社会寄托在善恶皆报的神秘主义基础上对改变现实没有任何意义，仅仅是给作品增加了一些浪漫主义和人道主义的色彩。因为它的目的并不是要解放被压迫者，推翻统治者，而是“对于工作一生而贫困一生的人，宗教教导他们在人间要顺从和忍耐，劝他们把希望寄托在天国的恩赐上。对于依靠他人劳动而过活的人，宗教教导他们要在人间行善，廉价地为他们的整个剥削生活辩护，廉价地售给他们享受天国幸福的门票”⑤。也正是在这个意义上说，凌濛初的宿命论有一定的进步因素，但归根到底对改变社会没有帮助。资产阶级革命的不彻底性与生俱来，在凌濛初的《二拍》中也表现如此，但是这种历史的局限并不妨碍凌濛初反映当时形形色色的社会现状，且使《二拍》成为晚明时期的风俗画卷。

---

① 凌濛初：《二刻拍案惊奇》，浙江古籍出版社 2009 年版，第 151 页。

② 凌濛初：《二刻拍案惊奇》，浙江古籍出版社 2009 年版，第 181 页。

③ 凌濛初：《二刻拍案惊奇》，浙江古籍出版社 2009 年版，第 187 页。

④ 马克思：《〈黑格尔法哲学批判〉导言》，《马克思恩格斯选集》（第 1 卷），人民出版社 1979 年版，第 9 页。

⑤ 列宁：《社会主义和宗教》，《列宁全集》（第 10 卷），人民出版社 1985 年版，第 62 页。

三、纳兰词的悲剧美新论

纳兰性德是清初词坛上很有影响力的词人，他虽然英年早逝，却留下了大量优美的词作。《清史列传》卷七十一记载他“尤工于词，所作饮水、侧帽词，当时传写，遍于林校邮壁”①，甚至还产生过“家家争唱《饮水词》”② 的现象，可以看出他的词在当时是影响很大的。他由于在诗词创作上的影响，被世人称为清初三大家之一。谭献在《箧中集》序言中说：“蒋鹿谭《水云楼词》与成容若、项莲生，二百年间分鼎三足，然《水云楼词》小令颇有境界，长调惟存气格。《忆云词》精实有余，超逸不足，皆不足与容若比。”③

对于纳兰词的美学风格，历代评论家皆有述评。顾梁汾认为：“容若词，一种凄婉处，令人不能卒读，人言愁我始言愁。”④ 陈其年则认为：“《饮水词》哀感顽艳，得南唐二主之道。”⑤ 李慈铭在《越缦堂日记》中称：“纳兰词如寡妇夜哭，缠绵幽咽，不能终听。”⑥ 张德瀛在《词薇》中也称：“容若词幽怨凄暗。”⑦ 近人吴梅在《词学通论》中提出：“容若小令凄婉不可卒读。”⑧ 从以上诸家的论述和纳兰词的总体风格来看，纳兰词的确有凄怨哀艳的风格，这种词风的美学品格是悲剧美。

（一）纳兰词悲剧美的因素与表现

在纳兰性德现存的三百四十多首诗词中，大部分词作都体现出一种悲剧美，其主要表现有三种情况。

（1）悲愁——美满的婚姻、美好的爱情生活被现实撕破的离愁别恨。

① 张草纫：《纳兰词笺注》，上海古籍出版社 2009 年版，第 413 页。
② 张秉戊：《纳兰性的词新释辑评》，中国书店 2001 年版，第 3 页。
③ 张草纫：《纳兰词笺注》，上海古籍出版社 2003 年版，第 427 页。
④ 张草纫：《纳兰词笺注》，上海古籍出版社 2003 年版，第 423 页。
⑤ 张草纫：《纳兰词笺注》，上海古籍出版社 2003 年版，第 423 页。
⑥ 张草纫：《纳兰词笺注》，上海古籍出版社 2003 年版，第 425 页。
⑦ 张草纫：《纳兰词笺注》，上海古籍出版社 2003 年版，第 427 页。
⑧ 张草纫：《纳兰词笺注》，上海古籍出版社 2003 年版，第 428 页。

纳兰性德早期的词作中，表现的是一个青春少年奋发昂扬的精神风貌。他的词风发生根本变化，是发妻卢氏死于难产后。《清史·列传》卷七十一有纳兰性德的简要生平，纳兰性德在康熙十三年二十岁时，娶两广总督、兵部尚书、都察院右副都御史卢兴祖之女为妻，夫妻两人十分恩爱，感情深笃。但成婚仅三年，卢氏在康熙十六年五月三十日因生产病故。这对纳兰性德是一次沉重的打击，令其伤情彻骨，从此其词风也为之一变，正如叶舒崇在《皇清那腊室卢氏墓志铭》中所谓“悼亡之吟不少，知己之恨尤深”①，几乎是无词不泪。这种“悼亡之吟”和“知己之恨”都有一种悲愁的基调。从妻子亡故到纳兰告别人世约有七年的时间，这七年的时间是纳兰诗词创作的高峰期，即从23岁到31岁之间。这对一个刚满而立之年的年轻人来说无疑是个巨大的打击，这种生活的经历，使纳兰的词弥漫着离情别愁。伤心、悲凉、愁苦、泪流，成了他诗句中的核心。

昏鸦尽，小立恨因谁？（《忆江南》）
清风吹到胆瓶梅，心字已成灰。（《梦江南》）
窗前桃蕊，娇如倦，东风泪洗胭脂面。（《菩萨蛮》）
才道莫伤神，青衫湿一痕。（《菩萨蛮》）
无处不伤心，清尘在玉琴。（《菩萨蛮》）
刚与病相宜，锁窗熏绣衣。（《菩萨蛮》）
西风呜络纬，不许愁人睡，只是去年秋，如何泪欲流。（《菩萨蛮》）
怕听啼鴂出帘迟，恰到年年今日两相思，凄凉满地红心草，此恨谁知道？（《虞美人》）
愁多成病，此愁向谁说。（《百字令》）
已是深秋兼独夜，凄凉，月到西南更断肠。（《南乡子》）
袖口塞香，心似秋莲苦。（《蝶恋花》）
争教清泪不成冰，好处便轻别。拟把伤离情绪，待晓寒重说。（《好事近》）
愁向风前无处说，数归鸦。（《山花子》）
从此伤春伤别，黄昏只对梨花。（《清平乐》）

这种令人不忍卒读的诗句，在《饮水词》中比比皆是。美好的婚姻和

① 张草纫：《纳兰词笺注》，上海古籍出版社2003年版，第6页。

爱情生活与不幸的家庭生活之间的矛盾，给刚过而立之年的纳兰性德带来了极大的痛苦，生活的悲剧被纳兰性德提炼概括为具有时代意义的艺术悲剧。

（2）悲苦——远大的理想追求与现实生活的矛盾。长年的侍卫生活，使他对自己从事的工作感到厌倦，鞍前马后的琐碎与他远大志向之间形成了反差，使他陷入了极度的精神苦闷。这种苦闷一方面促使他进一步把家庭和爱情当作精神的寄托，另一方面使他能够冷静、清醒地思考和看待帝王的"文治武功"。

纳兰性德开始对侍卫一职还是非常满意的，这从他工作认真、十分敬业就可以看出。纳兰性德 17 岁进太学，18 岁中举，19 岁会试中试，因患寒疾没有参加殿试，22 岁第二次参加考试才考中进士，被授三等卫士，后又晋升为二等卫士、一等卫士，直到 31 岁去世。侍卫是皇帝的贴身随从，他被留在皇帝身边显然是因为他与皇帝沾着亲戚关系，才得到皇上的宠信。在担任侍卫的生涯中，他多次跟皇帝随驾出巡。从现有史料看，他担任侍卫是十分合格的，并且开始他的工作也是十分认真、尽心尽力的。韩菼在《通议大夫一等侍卫进士纳兰君神道碑铭》中称赞他："君日侍上所，所巡幸，无近远必从，从久不懈，益谨。上马驰猎，拓弓作霹雳声，无不中。或据鞍占诗，应召立就。"[①] 这里描述了纳兰性德的表现和能力，从两个方面说明了纳兰性德是一个十分称职的侍卫。他对侍卫工作是十分投入的，信心十足，"而上有指挥，未尝不在侧，无几微豪发过。性周防，不与外庭一事，而于往古治乱，政事沿革兴坏，民情苦乐，吏治清浊，人才风俗盛衰消长之际，能指数其所以然，而亦不敢易言之"[②]。他这么忠于职守、忠心耿耿，其目的是什么呢？韩菼讲得非常清楚，"窥其志，岂无意当世者。惟其惓惓忠爱之忱，蕴蓄其不言之积，以俟异日之见庸"[③]。他的根本目的是要"异日见庸"，有朝一日被皇上重用。

但是侍卫生活的琐碎、复杂、繁重、枯燥都使他难以招架。而且以执行命令为天职的侍卫，怎么可能尽情地发挥自己的个性与自由呢？等的时间越长，被皇上重用的希望就越渺茫，当自己的追求与理想都破灭时，心中的悲苦便自然而生。"怕听啼鴂出帘迟，恰到年年今日，两相思。凄凉，

① 张草纫：《纳兰词笺注》，上海古籍出版社 2003 年版，第 419 页。

② 张草纫：《纳兰词笺注》，上海古籍出版社 2003 年版，第 420 页。

③ 张草纫：《纳兰词笺注》，上海古籍出版社 2003 年版，第 421 页。

满地红心草，此恨谁知道。”（《虞美人》）这不仅表现了作者思念亲人的感情，也表现了作者对侍卫生活的厌倦。他这种心情时常流露出来。“便是欲归归未得，不如燕子还家”（《临江仙》），自己还不如燕子幸福，燕子还可以回家，自己却有家难归。就是有机会回家，与妻子的欢聚只是短暂的时光，“眼底风光留不住，和暖和香，又上雕鞍去”（《蝶恋花》）。生活中的聚少离多让纳兰性德非常苦恼，“问君何事轻离别，一年能几团圆月”（《菩萨蛮》）。长期的侍卫生活，把他无数远大的理想都变成了泡影，他从心底发出悲叹：“不恨天涯行役苦，只恨西风，吹梦成古今。”（《蝶恋花》）满腔的热血和现实的冰冷构成了尖锐的矛盾，给纳兰性德的命运带来了痛苦和不幸。

（3）悲慨——边塞的风光、戍边的慷慨、边关的客愁。这是作者由于在政治上的失望而产生的对社会的不满。

在纳兰性德的词作中，有不少描绘边塞风光、反映戍边将士慷慨客愁的篇什，与历史上边塞派诗人相比，纳兰性德的边塞诗既有历代边塞诗的共性，也有其独特的个性。其中最明显的地方是：纳兰性德在描绘边塞风光时，虽然也十分重视描绘边塞旖旎的风光、特异的地理和与众不同的风土人情，但更多的是悲观失望和心灰意冷。

纳兰性德多次随从康熙皇帝出塞，亲历边塞的风光人情，所以他笔下的塞外风光格外地亲切感人。如《长相思》的“山一程，水一程。身向榆关那畔行，深夜千帐灯”，还有《如梦令》的“万帐穹庐人醉，星影摇摇欲坠，旧梦隔狼河，又被河声搅碎”。近代大家王国维对这两首小令非常欣赏，他在《人间词话》中说：“‘明月照积雪’、‘大江流日夜’、‘中天悬明月’、‘长河落日圆’，此种境界，可谓千古壮观。求之于词，唯纳兰容若塞上之作，如《长相思》之‘深夜千帐灯’、《如梦令》之‘万帐穹庐人醉，星影摇摇欲坠’，差近之。”[①] 这些边塞诗描绘了边塞旖旎的风光，气派恢弘，壮观雄奇，与唐以来的边塞诗有许多共同之处，所以他说是“差近之”。

但是纳兰性德更多的边塞诗却是悲寒慷慨的，在他的诗作中，深秋远塞、夕阳斜照、荒烟废垒、寒云衰草、马嘶风吼、边声夜笳成为一组组相关联的边塞图景，这些画面构成了悲凉的意境。这种意境的形成，虽然有他思念家人的悲苦，有他对忙于琐碎事务的侍卫生活的失望，但更多的是

① 王国维著，黄霖导读：《人间词话》，上海古籍出版社 2011 年版，第 12 页。

他对政治的心灰意冷和对现实的不满。

回首成非，剩得几行清史，斜阳下，断碣残碑。年华共，混同山水，流去几时回。(《满庭芳》)

汉陵风雨，塞烟衰草，江山满目兴亡。(《望海潮》)

千古帝王大业，在他看来，不过“几行清史”、“断碣残碑”，昨日还是大业盛世，转眼间便“回首成非”。政治上的失望，使他产生了许多不满现实的情感，正是基于这种认识，他的人生观、价值观也发生了变化，“霸业等闲休，跃马横戈总白头，莫把韶华轻换了. 封侯。多少英雄只废丘。”(《南乡子》)

可以看出，纳兰性德的边塞诗偶尔有千古壮观的气色，但总体上是悲慨的，这与纳兰性德在政治上的失望和对现实的不满有关，正是“心中无限伤心事”，所以才会有“江山满目兴亡”。

(二) 纳兰词悲剧美的成因

艺术上的悲剧美是社会生活悲剧现象的艺术反映，当然，现实生活的悲剧现象并不等于艺术上的悲剧美，虽然它在客观上具有悲剧的审美性质，但必须经过艺术家采用典型化的方法，经过艺术加工、提炼后，才能进入审美领域。但是艺术的悲剧性却是生活中各类矛盾斗争在艺术上的反映，深入地研究作家生活时代的矛盾斗争，可以使我们对作品的悲剧美有更全面的认识，从而了解艺术悲剧性的社会根源。

纳兰性德生活的时代是清王朝入关不久，中央政权由弱到强、不断巩固的时期，同时也是统治阶级加重对被剥削阶级压迫的时期，这时的主要矛盾有三类：

一是广大汉族地区已进入封建后期经济政治关系（江南大部分地区还出现了资本主义萌芽）与满族所处早期封建农奴制的矛盾。

二是满汉之间的民族矛盾。

三是入关后军事和政治斗争的暂时需要与长久的统治利益之间的矛盾。

这些矛盾是社会生产力与生产关系的矛盾在经济基础、上层建筑和意识形态领域中的反映。这些矛盾既通过波澜壮阔的农民斗争表现出来，也通过尖锐复杂的宫廷斗争表现出来，同时还通过个人和家庭的命运间接地表现出来。这些矛盾反映在纳兰性德的词作中，有两对矛盾表现十分明显：一是美好生活理念和家庭不幸遭遇的矛盾；二是远大志向和枯燥乏味的工作的矛盾。当然，在纳兰性德的生活中这些矛盾并不是不可调和的，要想使这些矛盾缓和也并不困难。他出身名门，父亲明珠历任内务府总管、刑部尚书、都察院右都御史、兵部尚书、吏部尚书、武英殿大学士、太子太傅等职，权倾朝野，特别是在平定“三藩之乱”过程中，明珠始终保持积极态度和立场，与康熙皇帝保持一致，深得康熙的信赖。就算是儿子家庭不幸，英年丧偶，再为儿子安排一桩婚姻，让儿子摆脱家庭的不幸，这也并不是一件难事。另外，即使纳兰性德对侍卫生涯感到厌倦和苦闷，换个如意的工作，对明珠来说也是易如反掌。因此，可以推断出，在这些矛盾的背后有更复杂的原因。从现有史料来看，纳兰性德并不缺少物质财富，在物质生活上他应有尽有。在物质生活上他并不苦，他的苦是苦在心里，是“心”苦，这种“心”苦是在新思想与旧势力的较量中，新思想遭受旧势力压迫和禁锢形成的精神痛苦。

纳兰性德生活的时代是清王朝社会由乱到治，社会经济不断壮大的时候。一方面康熙清除了鳌拜集团，扭转了倒退的政治趋势，搬开了阻碍历史前进的绊脚石，清王朝的进一步封建化得以贯彻实现，为进一步恢复、发展生产起到了促进作用；另一方面，康熙平定了“三藩之乱”，收复了台湾，适应了我国这个多民族国家走向统一的历史趋势，符合各民族的利益和愿望，在清王朝的统治秩序相对稳定后，康熙采取了一系列在客观上有利于社会经济恢复和发展的措施，为清前期社会经济的发展打下了坚实的基础。社会经济的发展使中国封建经济的内部产生了新的经济因素，这些新的经济因素就是资本主义的萌芽。虽然在强大的封建经济体制内，这个萌芽还很弱小，但它总归是新生事物，并不断冲击着封建主义的躯壳。正如毛泽东所说：“中国封建社会内的商品经济的发展，已经孕育着资本主义的萌芽，如果没有外国资本主义的影响，中国也将缓慢发展到资本主义社会。”① 这些资本主义的萌芽，不仅带来了资本主义的生产工具、商品，也带来了资本主义的观念，即资本主义的生活方式和价值观念，这些资本主义的生活方式和价值观念都会影响到纳兰性德。根据史料记载，纳

① 毛泽东：《毛泽东选集》，人民出版社 1968 年版，第 584 页。

兰性德的老师徐乾学“曾把十万两银子交给大盐商项景元从事投机贸易活动”[①]，扬州大盐商安麓邨的父亲就是纳兰性德家仆的儿子，这都可以看出资本主义的萌芽可能已经使资本主义的生活方式和价值观念走进纳兰性德的生活。

在资本主义生活方式和价值观念的影响下，清初以王夫之为代表的思想家们激烈地反对理学家“存天理，灭人欲”的谬论，他们理直气壮地主张顺应和满足作为自然人的本能要求，反对封建理学家冷酷而虚伪的禁欲主义，这种离经叛道的情欲论反映了资本主义萌芽的要求和特色。纳兰性德追求个性，积极实现个人远大抱负，珍视个体生命价值，珍惜恩爱的婚姻生活思想，这都是资本主义的民主要求。这些民主思想的星星之火，使他不懈地追求个人爱情圆满。如果说发妻卢氏的早亡是命运造成的悲剧，那么和沈婉的爱情悲剧却是因封建势力压制而无法结合。他有着远大的理想，“我亦忧时人，志欲吞鲸鲵”（《长安行·赠叶闪庵庶子》），但是他只能在无休止的扈驾出巡中虚度年华。

资本主义萌芽已为封建社会的生活带来了资本主义民主思想的曙光，但作为一个新生事物，它在强大的封建势力面前也只好无能为力了。这便是纳兰性德“心”苦的根源，这就构成了“历史的必然要求和这个要求实际上不可能实现之间的悲剧性冲突”[②]，这也是纳兰性德诗词悲剧美的根源。

（三）纳兰词悲剧美的意义

纳兰性德的词作“哀感顽艳，得南唐二主之遗”，洋溢着悲剧之美，这种悲剧之美，有着独特的社会意义与艺术价值。

纳兰性德在创作中，反对模仿，主张艺术创新，抨击时弊，扭转虚假的词风，对当时僵化、死寂的文坛转变文风有着积极的社会意义。他在《原诗》中说：“十年前之诗人，皆唐之诗人，必嗤点夫宋。近年来的诗人，皆宋之诗人也，必嗤点夫唐……矮子观场，随人喜怒，而不知自有之

---

① 戴逸：《简明清史》，人民出版社 2002 年版，第 400 页。
② 马克思、恩格斯：《马克思恩格斯选集》（第 4 卷），人民出版社 1979 年版，第 346 页。

面目，宁不悲哉。”① 从纳兰性德现存的三百多首词作中，也可以清楚地感受到纳兰性德词风的哀怨、真挚，直抒胸臆，抒发自我，不落窠臼。由于他的词作真挚，有赤子之心，几百年后，王国维还对他推崇备至，可见他对当时的文坛和后世的创作的影响都是非常大的。

由于他的词作有着积极的意义和影响，所以也产生了独特的审美效果。这些带着浓郁悲愁、悲苦、悲慨的作品，能使广大读者产生一种对追求个性解放精神的同情，对压制个性的封建势力的仇恨，亦使广大读者的心灵得到净化。几个世纪过去了，直到今天还有一些纳兰迷。之所以到今天还有人沉迷于纳兰性德的词作，正是因为他的词作在今天仍能让读者产生共鸣，能净化人们的心灵。有的读者直言不讳地说：“没有人比他更重要，他像是天上的明月，我用一生仰望他的清辉，心里感谢上苍，让世界有他又有我。”② 纳兰性德的词作虽然低沉抑郁，有浓郁的悲剧情结，但这种天然朴素、感情真挚的作品却能打动广大读者，使读者产生净化心灵的审美效果。

四、王国维对中国诗歌形象理论的贡献新论

王国维（1877—1927）是中国近现代之交的一个著名学者，他生活的时代正是中国近代社会急遽变迁的动荡时期，是“帝国主义和中国封建主义相结合，把中国变为半殖民地和殖民地的过程，也就是中国人民反抗帝国主义及其走狗的过程。从鸦片战争、太平天国运动、中法战争、中日战争、戊戌政变、义和团运动、辛亥革命、五四运动、五卅运动、北伐战争、土地革命……都表现了中国人民不甘屈服于帝国主义及其走狗的顽强的反抗精神”③。王国维便生活在这样一个波澜壮阔、风起云涌的特殊时期，这也是中国历史上最黑暗、剥削压迫最残酷、人民精神最痛苦的时代之一。一方面，传统的封建主义思想无法抵御帝国主义列强在文化思想上的掠夺，宣告破产了；另一方面，从西方资产阶级革命武器库中学来的进

---

① 中国社会科学院文学研究所中国文学史编写组：《中国文学史》卷三，人民文学出版社1982年版，第1010页。

② 徐如晋：《纳兰一派》，现代出版社2002年版，第53页。

③ 毛泽东：《毛泽东选集》，人民出版社1968年版，第595页。

化论、天赋人权及资产阶级共和国等思想，无法在中国的土地上扎根，也宣告破产了。这样，选择革命的中国人民在经历了数次斗争失败后陷入怀疑、彷徨和苦闷的境地。

（一）资产阶级改良主义的政治观

王国维短暂的一生可分为三个时期：①1877—1897，这是他的少年时期，这时他打下了较深的旧学根底。甲午海战时他 17 岁，北洋水师全军覆没，加深了中国社会殖民地的程度。清政府的腐败无能和社会的黑暗促使他从旧学转向新学，强烈的民主主义思想，使他渴望从西方资产阶级的武器库中寻找救国的思想武器，也就是“新学”。他在《三十自序》中说：“甲午之役，始知世尚有所谓‘新学’者，家贫不能以资供游学，居恒怏怏。”[①] ②1898—1911，这段时间的前期，即 1907 年前从事哲学和诗学研究，1908 年以后则侧重诗学和史学研究。③1911—1927，他转入史学研究。生命的最后他选择了绝世自沉，从这个结局看，他肯定是对生活和社会丧失了一切希望，这是绝望的结果。但这并不能说明他一开始就是一个悲观主义者。他虽然早年丧母，是祖母把他养大，这对他的性格成长和心理发育有一定的影响，但并不是早年丧母的人必定要成为悲观主义者。即使他忧郁、自卑、内向一些也还称不上是悲观主义者，王国维从一个普通少年成长为一个悲观主义者，有着重要的社会因素。

年青时他是一个乐观主义者。青年时代研究哲学，他曾自负地说：“以余之力加之以学问，以研究哲学史或可操成功之券。”[②] 而立之年，他进行了大量的诗词创作，对自己的作品，他自诩为：“余之词，虽作尚不及百阙，然自南宋以后除一二人外尚未有能及余者，则平时之所自信也。虽比之五代北宋之大词人，余愧有所不如，然此等词人亦未始无不及余处。”[③] 从这里可以感觉到，王国维即便有悲观思想，但还未达到“悲观主义”的地步。但他一直是在矛盾中生活，并且一直都在与命运抗争。

尼采、叔本华的天才论哲学，是厌世的悲观主义哲学，可是在王国维的时代，有那么多的人都是尼采、叔本华的崇拜者，他们并没有因信奉叔

---

① 佛雏：《王国维诗学研究》（第 2 版），北京大学出版社 1999 年版，第 2 页。

② 王国维著，黄霖等导读：《人间词话》，上海古籍出版社 1998 年版，第 5 页。

③ 王国维著，黄霖等导读：《人间词话》，上海古籍出版社 1998 年版，第 5 页。

本华、尼采而走上绝路。茅盾先生在《回忆录》中曾说："我那时候所以对尼采有兴趣，是因为尼采用猛烈的笔触攻击传统，而当时我们正要攻击传统思想，要求思想解放。"[①] 王国维也和其他的青年一样，曾有过雄心壮志，有过满腔热血，曾是一个乐观主义者，虽然最终他成为了一个悲观主义者。

王国维自幼深受封建伦理思想的熏陶，他的政治态度是偏于保守的。和同时代的青年一样，他曾广泛推介西方资产阶级的政治思想，希望腐败无能的清政府能强大起来，改变饱受西方列强凌辱的状况。他介绍的西方资产阶级思想家、文学家并不仅仅只有叔本华、尼采，这时他的思想是矛盾的，但也是积极乐观的，他的思想的巨变期是在辛亥革命以后。只要认真阅读一下王国维的作品，我们就会发现他在思想上的一个重大变化，即1911年辛亥革命后，他东渡日本，此时他的人生志趣和治学方向发生了根本性的转折。

王国维和康有为、梁启超等资产阶级改良派一样，把改革社会的希望寄托于少数天才，康有为说："自古非常之事，必待有为之君。"[②] 梁启超也说："有非常之才，则足以济非常之变，呜呼！是所望于大人君子者矣。"[③] 王国维也把国家强大的希望寄托于天才。

以辛亥革命为首的资产阶级革命更广泛地开展时，他内心深处的封建性便本能地故态复萌。也就是说，中法战争后，民族危机的加深唤起了他对黑暗现实的不满，促使他发愤向西方寻找救亡图存的真理，他是向往革命的；而一旦以孙中山为首的资产阶级革命派要把革命推向深入时，他便害怕了。王国维在辛亥年东渡日本后，从此不再提及西洋哲学，并把以前出版的《静安文集》焚毁殆尽，以示有悔。他又重新抱起那一套陈腐的封建主义的伦理纲常，于是1923年他欣然"应诏"，任末代皇帝溥仪的"南书房行走"；1924年11月溥仪被逐出宫，王国维欲投御河自尽未遂；1927年北伐军进京时，他终于留下了写着"经此事变，义无在辱"[④] 的一纸遗书，投昆明湖自杀。王国维的思想应属于资产阶级改良派的政治观，他自幼接受了封建主义的伦理思想，虽然因对黑暗现实不满，鼓吹过西方资产

① 茅盾：《茅盾研究资料》，中国社会科学出版社1983年版，第32页。
② 《近代中国史稿》编写组：《近代中国史稿》，人民出版社1976年版，第11页。
③ 《近代中国史稿》编写组：《近代中国史稿》，人民出版社1976年版，第11页。
④ 王国维著，黄霖等导读：《人间词话》，上海古籍出版社1998年版，第5页。

阶级思想，但当革命更加深入地开展时，他却变得软弱保守起来，甚至惧怕革命。这时他才从原有的思想矛盾，天生的“性复忧郁”变成了一个悲观主义者。

（二）王国维时代中国诗歌形象理论的状况

王国维生活的时代，中国已存在两千多年的封建统治制度开始瓦解，但在两千多年的封建社会中，中国传统的文化艺术却光辉灿烂，是中华民族呈现给世界艺术宝库的瑰宝。我们的祖先很早开始就在生活、劳动的过程中创造了诗歌，虽然它是“吭唷吭唷”派。春秋战国之后，随着第一部诗歌总集《诗经》的汇编及流传，中国的古典诗歌艺术迅猛发展。然而，我们的诗歌理论的发展是不平衡的，为表达的需要，语言表达、修辞方法、创作方法完善得早一点，而诗歌形象理论直到王国维才完善起来。

诗本来就是“举重劝力之歌”①，其目的是为了“言志”，只要能“吭唷吭唷”则足矣，早期对诗歌的形象并没有严格要求。随着生产力的发展，人们对艺术的审美和水准要求不断提高，才对诗歌的形式、内容、音律、创作方法、形象塑造等方面提出了一系列的要求，关于诗歌形象的理论便成熟得晚一些。

在中国古代诗歌理论中，“兴”这个概念是较早涉及诗歌形象的概念，随着历史的发展，这个原始的“兴”概念分解出了很多支关于诗歌的理论。流传较广的有：

（1）指诗歌的社会作用。如朱熹所谓“兴感发意志”②。

（2）指安排句式的修辞手法。如“先言他物以引起所咏之词”③。

（3）指诗歌的意蕴、内涵、主旨。如陈子昂所谓“兴寄”，严羽所谓“兴趣”。

（4）指诗歌的形象。“兴”的这一内涵出现时间最晚，直到唐代才初见端倪。

从兴，到兴象，再到意境，是中国诗歌形象理论发展的轨迹，这一理论兴于唐，成于王国维。

---

① 郭绍虞、王文生：《中国历代文论选》，上海古籍出版社1979年版，第5页。

② 郭绍虞、王文生：《中国历代文论选》，上海古籍出版社1979年版，第5页。

③ 郭绍虞、王文生：《中国历代文论选》，上海古籍出版社1979年版，第5页。

唐人殷璠的《河岳英灵集》选录了唐代名家的诗作，在选录作家作品时，他选用的标准就是“兴象”，他批评过去一些诗歌选集“都无兴象，但贵轻艳”①，评陶翰诗“既多兴象，复备风骨”②。

从王昌龄开始，意境的概念便经常出现在文艺批评中。他说：“诗有三境，一曰物境……二曰情境……三曰意境。”③ 当然王昌龄所说的“意境”与我们现在说的意境并不是一个概念，它只属于审美客体，但在对诗歌形象理论的探索上毕竟向前迈了一大步。

皎然使用的概念是“境”或“境象”，如“夫境象非一，虚实难明”④。在《诗式·取境》中他说：“取境之时，须至难至险，始有奇句。成篇之后，观其气貌，有似等闲，不思而得，此高手也。”⑤ 并且他将境与情联系起来，提出“诗情缘境发”⑥。

司空图对诗歌形象理论有了更深入的研究，他在《与王驾评诗书》一文中曾说：“五言所得，长于思与境偕，乃诗家所尚者。”⑦

可以看出，从殷璠、王昌龄、皎然到司空图，评论家们对诗歌形象的理论已有了极大的关注。他们已发现兴与象、思与境是诗歌形象的重要构成要素，并且通过对诗歌创作经验的总结，提出了简单的表达诗歌形象的概念，这些探索的影响是巨大的。它们揭开了我国古代理论家对诗歌形象问题的研究的序幕，表现了我国古代理论家对诗歌根本问题——形象性的重视。但这些发现与研究只产生了一些接近诗歌形象的模糊概念，而缺乏严密的科学分析等，形成了中国古代诗歌形象理论在思维方式上的直观性和含混性。因为他以体验、领悟的方式对诗歌形象进行把握，忽略了诗歌形象的概括、分类、内部构成、创作方法、批评标准、逻辑分析等，没有形成科学体系，缺乏一整套对批评对象进行分析和归纳的逻辑工具及理论方法，因而很难深入到诗歌形象的内部。仅靠唐宋以来关于诗歌形象的萌芽思想，不可能使中国传统诗歌形象理论走上科学化进程，也不可能主动地接纳、自觉地吸收其他科学理论的成果，更不可能从更高的形象思维的

① 郭绍虞、王文生:《中国历代文论选》，上海古籍出版社 1979 年版，第 5 页。
② 郭绍虞、王文生:《中国历代文论选》，上海古籍出版社 1979 年版，第 5 页。
③ 郭绍虞、王文生:《中国历代文论选》，上海古籍出版社 1979 年版，第 5 页。
④ 郭绍虞、王文生:《中国历代文论选》，上海古籍出版社 1979 年版，第 5 页。
⑤ 郭绍虞、王文生:《中国历代文论选》，上海古籍出版社 1979 年版，第 5 页。
⑥ 郭绍虞、王文生:《中国历代文论选》，上海古籍出版社 1979 年版，第 5 页。
⑦ 郭绍虞、王文生:《中国历代文论选》，上海古籍出版社 1979 年版，第 5 页。

层次和开阔的思维空间对诗歌形象理论进行理论反思和经验总结。正因为如此，英国美学史学者鲍桑葵在他的美学著作《美学史》中对东方艺术留下了一片空白，他直言不讳地说："许多读者也许会抱怨本书几乎完全没有提到东方艺术，不论是古代世界的东方艺术也好，还是近代中国和日本的东方艺术也好。我所以留下了这一空白，有几个原因……因为就我所知，这种审美意识，还没有达到上升为思辨理论的地步。"① 他下了这个结论后，又进一步分析道："中国和日本的艺术之所以同进步种族的生活相隔绝，之所以没有关于美的思辨理论，肯定同莫里斯先生所指出的这种艺术的非结构性有必然的基本联系。"② 鲍桑葵的结论不一定完全正确，但也的确发现了中国古代传统美学理论的缺陷，这一缺陷反映在诗歌形象理论上的主要表现是：

（1）对诗歌的社会功用、词章、句法、格律、平仄、宫调、词牌的重视超过了对诗歌形象的重视。

（2）虽然从钟嵘到王昌龄，都有不同的名词来概括诗歌的形象性，但这些概括的内涵与诗歌形象的实际并不是同一关系，都是近似的接近。

（3）对诗歌形象的研究都是点到为止，起个大概名字而已，没有明确其内涵、外延、形象的结构、形象的创作方法、形象的美学风格、形象典型性的批评标准等。我们很早就有了优秀的诗歌形象，但一直没形成严格的诗歌形象理论，这一现象正如我们很早就有了指南针，却没有产生磁学一样。

（4）诗歌形象理论也是形象思维科学研究的重要内容，由于我国古代心理学不发达，所以我们对诗歌形象构成的主体机制一直认识模糊，从而导致了诗歌形象理论的滞后。

（三）王国维对中国诗歌形象理论的贡献

王国维继承了中国古代诗歌形象理论的精华，吸收借鉴了西方诗歌重视形象创造、形象思维和审美心理的有益成分，并将西方诗歌形象理论同中国古典诗歌形象创作的实际相结合，创造性地提出了"境界说"的诗歌形象理论。这一理论的出现，完善了中国诗歌形象理论，他也因此成为中

① 鲍桑葵：《美学史》，商务印书馆 1985 年版，第 2 页。
② 鲍桑葵：《美学史》，商务印书馆 1985 年版，第 2 页。

国古代诗歌形象理论研究的集大成者。其重要贡献在于：

（1）发现了诗歌艺术性的根本是形象。

他在《人间词话》中说："言气质，言格律，言神韵，不如言境界。有境界本也，气质、格律、神韵末也。有境界而三者随之矣。"① 在比较"境界说"与前人理论成就时，他又十分自负地说："沧浪所谓'兴趣'，阮籍所谓'神韵'，犹不过道其面目，不若鄙人拈来'境界'二字，为探其本也。"② 在《人间词话》开篇首条，他便开宗明义地说："词以境界为最工，有境界则自成高格，自有名句，五代北宋之词所以独绝者在此。"③

这都说明王国维发现了诗歌创作的关键在形象。在王国维之前，也有敏锐的理论家发现这个问题，但是常常摇摆在格律、神韵之间，不如王国维这样坚定和一针见血，并从中国古代的诗歌理论中找到一个恰当而准确的概念来明确诗歌形象的内涵。

（2）对境界的内涵有了科学的解释。

中国古代虽有对诗歌形象性的论述，虽有象外之象、思与境偕之说，但要么偏重于象，要么偏重于思，只有王国维对境界的内涵进行了科学的界定。他提出的境界不但有清楚的概念内涵，而且分类准确，形成了相对独立的逻辑体系，克服了中国古代传统诗歌形象理论模糊不清的弊端。

他在署名樊志厚的《人间词乙稿序》中说："文学之事，其内足以摅己，而外足以感人者，意与境二者而已。上焉意与境浑，其次或以境胜，或以意胜。苟缺其一，不足以言文学。"④ 他又说："境非独谓景物也，喜怒哀乐，亦人心中的境界。故能写真景物，真情感者，谓之有境界。否则谓之无境界。"⑤ 他对情与景也作了明确规定，景是"以描写自然及人生的事实为主"，是"客观的"、"知识的"；情为"吾人对景物事实的精神的态度"，是"主观的"、"感性的"，这种规定性使境界的内涵更清楚。所以诗歌形象必须具备"情"、"景"两要素，而且要"意与境浑"。这样揭示境界的内涵，比兴象、象外之象、兴趣、神韵都更通俗、准确得多，避免了陷入文字游戏和表述不准确。

（3）对境界进行了分类，明确了境界的外延。

---

① 王国维著，黄霖等导读：《人间词话》，上海古籍出版社1998年版，第5页。
② 王国维著，黄霖等导读：《人间词话》，上海古籍出版社1998年版，第5页。
③ 王国维著，黄霖等导读：《人间词话》，上海古籍出版社1998年版，第5页。
④ 王国维著，黄霖等导读：《人间词话》，上海古籍出版社1998年版，第5页。
⑤ 王国维著，黄霖等导读：《人间词话》，上海古籍出版社1998年版，第5页。

境界之外延分为两类：一类是有我之境，一类是无我之境。“有我之境，以我观物，故物皆着我之色彩；无我之境，以物观物，故不知何者为我，何者为物。古人为词，写有我之境者为多。然未始不能写无我之境，此在豪杰之士能有树立耳。”① “无我之境，人唯于静中得之。有我之境，于由动之静时得之。故一优美，一宏壮也。”②

有我之境与无我之境的区分，是王国维对诗歌形象归纳分类的结果，这种研究建立在实证的基础上，他发现了诗人塑造形象的不同。这种区分的优点在于，说明了诗歌形象中情与景的构成并不是平分秋色，而是有时情浓于景，有时景中含情。这种区分的出发点以诗人在创作时的表情方法为标准，它告诉人们，诗是通过形象表情达意的，根据表情成分的多少可划分为不同的形象。那么，诗人在创作形象时即可描写有我之境，也可描绘无我之境。

（4）总结了形象创造的方法。

诗歌怎样才能有境界呢？王国维也逻辑地回答了这一问题。他说“有造境，有写境，此理想与写实二派之所由分，然二者颇难分别。因大诗人所造之境，必合乎自然，所写之境，亦必邻于理想故也”③。

诗歌形象即境界的创造有两种方法，一种是造境，一种是写境。它们相同之处是材料相同，都必求之于自然，造境是由诗人按主观“理想”虚构而成，写境则主要是由诗人按其“自然”描写而成。诗人造境时“必合乎自然”，写境时“亦邻于理想”。他从创作方法上告诉人们创作诗歌形象的不同方式，改变了以往“神趣”、“兴趣”等艺术思想的模糊性，使人们能按科学的方法塑造诗歌形象。

（5）提出了诗歌形象性评价的标准。

所谓诗歌形象性评价的标准，即形象典型性的评价标准——隔与不隔，“不隔”是指“语语都在目前”④，“语语都不在目前”便是“隔”。这对概念指的是诗歌形象的真实性和典型性，具体说来就是“大家之作，其言情也必沁人心脾，其写景也必豁人耳目。其辞脱口而出，无矫揉装束之态”⑤。这里他强调诗歌形象的真实、生动、鲜明，让诗用形象打动人，这

---

① 王国维著，黄霖等导读：《人间词话》，上海古籍出版社1998年版，第5页。
② 王国维著，黄霖等导读：《人间词话》，上海古籍出版社1998年版，第5页。
③ 王国维著，黄霖等导读：《人间词话》，上海古籍出版社1998年版，第5页。
④ 王国维著，黄霖等导读：《人间词话》，上海古籍出版社1998年版，第5页。
⑤ 王国维著，黄霖等导读：《人间词话》，上海古籍出版社1998年版，第5页。

样便把握住了诗歌形象创造的真谛，可谓经验之谈。

至此，王国维关于诗歌形象的理论已完整地建立起来。他不像王昌龄、司空图等人，只提出一个未定义明确其内涵、未划分明确其外延的模糊名词，而是在明确其内涵、外延的基础上弄清了这个概念，对诗歌形象问题有了初步的科学认识。在弄清概念的基础上，他又提出境界的构成、境界的创作方法、境界典型性的评价标准，使中国古代诗歌形象理论有了逻辑体系。

王国维这一学说大量地借鉴了西方现代科学理论。王国维生活的时代正值西方美学领域发生巨大的变革，克罗齐的直觉论，席勒、斯宾塞的游戏说，冯·哈特曼的外观论和幻觉论，弗洛伊德的精神分析论，费希纳的实证论，里普斯的移情论等美学学说广为流传。西方近代美学在方法上也开始“不是从任何种类的先天信仰出发，而是从人类实际的美感经验出发的，而美感经验又是从人类对于艺术和自然的普遍欣赏中，从艺术家生动的创造活动中，以及从各种美的艺术和实用艺术长期而又变化多端的历史演变中表现出来的。这主要是一种归纳的，严格说来是经验方法，是费希纳所大胆开创的‘从下而上’的方法。这一方法，伸开双臂接受经验所能提供的全部事实，不管这些事实看起来是多么微不足道”①。这些科学的方法影响了王国维，使他能够在借鉴西方先进研究方法的基础上大胆地改造中国传统的诗歌形象理论，而中国古典诗歌形象理论因此具备了近代形态。王国维成了集大成者，他促使中国古典诗歌形象理论向近代形态转变，对推动中国古典美学的发展作出了巨大的贡献。

① 李斯托·威尔：《近代美学史书评》，上海译文出版社1980年版，第2页。

附　录

发扬毛泽东文艺思想 坚持文化统一战线

——纪念《在延安文艺座谈会上的讲话》发表45周年

"毛泽东思想是马克思列宁主义在中国的运用和发展，是被证明了的关于中国革命的正确的理论和经验总结。"①纵观中国革命、中国共产党艰苦而又漫长的斗争史，中国革命每前进一步都离不开体大思精的毛泽东思想的指引。历史的事实雄辩地证明了它"是中国共产党人集体智慧的结晶"②。毛泽东同志关于统一战线、武装斗争和党的建设的新民主主义理论，不仅指导了我们革命的实践斗争，而且它还以独创的理论丰富和发展了马克思主义思想，其伟大的历史功绩是有目共睹的。但是，长期以来的毛泽东美学、文艺思想研究却忽视了毛泽东同志关于统一战线的理论在其文艺思想、美学思想中的伟大地位，而将其局限于哲学、政治学、社会学的研究范围内，使它不能在文艺领域中发挥其有益的功用。面对目前中国大地上声势迅猛、广泛热烈的文化潮流，有许多迫使我们不得不冷静思考、研究的新问题、新事物、新思想。诸如文化战略的思考、文化体制的改革、文化队伍的建设、文化观念的更新、文化设施的加强、文化网络的布局、文化事业的经营、文化团体的管理、中西文化的交流，以及如何发挥文艺的能动作用等，弄清这些问题有利于政治、经济的改革，并且推动我国社会主义革命建设的发展。所有这些问题的解决，在目前的历史条件下已是刻不容缓、迫在眉睫。那么如何调动广大人民群众的积极性，发挥其无比的能动创造力，让他们跟随在党的旗帜下，使华夏文明在短暂的阵痛之后能异军突起，跻身于世界发达民族文化之林，这就不能不涉及到文化统一战线的问题，只有弄清这点才能对文化的横向系统有一个全面的认识。

---

① 毛泽东：《学习〈关于建国以来党的若干历史问题的决议〉讲话》，山东人民出版社1981年版，第1页。

② 毛泽东：《学习〈关于建国以来党的若干历史问题的决议〉讲话》，山东人民出版社1981年版，第1页。

一

历史的经验值得注意，正如毛泽东同志所说：“统一战线问题、武装斗争问题、党的建设问题是我们党在中国革命中的三个基本问题，正确地理解了这三个问题及其相互关系就等于正确地领导了全部中国革命。”① 中国革命发展史、中国现代文学史都有足够的论据来证明这些论断的正确性。早在第一次国内革命战争时期以及抗日战争时期，我党就积极领导、组织全国人民建立起了广泛的革命统一战线，为中国革命的最后胜利奠定了坚实基础。新中国成立后，为尽快地发展社会主义工商业，我党对资本主义工商业实行赎买政策，对各民主党派实行“长期共存，互相监督”的开明政策，使各个党派、阶层的成员都团结在党的旗帜之下，同心同德，齐心协力，有力地推动了社会主义经济、文化的发展，巩固了新生的人民民主政权，这一切充分地体现了革命统一战线的伟大历史功绩。

在文化战线上，革命统一战线的力量更是势不可挡。从“五四”时代冲决陈腐观念罗网的文化新军，到“左联”时期的革命党人，中国新文化从觉醒初潮到洪波涌起，展现出了前所未有的伟大的革命斗争精神，特别是“左联”时期，更出现了鲁迅先生这位伟大的旗手。在党的关怀、领导下，“左联”团结了大量的进步作家，各种文学样式的作品层出不穷，一时名家辈出，佳作林立，形成了一支文化的革命生力军。“这个生力军就以新的装束和新的武器，联合一切可能的同盟军，摆开自己的阵势，向着帝国主义文化和封建文化展开了英勇的进攻。这支生力军在社会科学领域和文化艺术领域中，不论在哲学方面、在经济学方面、在政治学方面、在军事学方面、在历史学方面、在文学方面、在艺术方面（又不论是戏剧、是电影、是音乐、是雕刻、是绘画）都有了极大的发展。二十年来，这个文化新军的锋芒所向，从思想到形式（文学等）无不起了极大的革命，其声势之浩大，威力之猛烈，简直是所向无敌的。其动员之广大，超过了中国任何历史时代。”② 现代无产阶级文化的胜利是广大无产阶级作家以及大批进步文化工作者艰苦斗争的胜利，是党的领导的胜利，也是毛泽东思想关于统一战线理论的胜利。

当然，我们是历史唯物主义者，我们承认统一战线对革命进程的巨大

---

① 毛泽东：《毛泽东选集》，人民出版社 1968 年版，第 569 页。

② 毛泽东：《毛泽东选集》，人民出版社 1968 年版，第 658 页。

推动力，同时也必须承认随着历史运动惯性、革命斗争的复杂性以及在不同历史时期革命斗争的特殊性和特殊任务，革命统一战线的组成、目标、性质、任务、范围、革命方式也就有所不同，这样才是坚持了实事求是的优良传统。

进入新时期，民族文化统一战线的确立也是历史的呼唤。我国已经进入了社会主义现代化建设时期，我们要在大幅度提高社会生产力的同时，改革和完善社会主义的经济制度和政治制度，发展高度的社会主义民主和完备的社会主义法制；要在建设高度物质文明的同时，提高全民族的科学文化水平，发展高尚的丰富多彩的文化生活，建设高度的社会主义精神文明。这个任务是艰巨的，是中国革命史上的又一次长征。这就要求我们必须团结一切可以团结的力量，组成革命统一战线，反映在意识形态领域就是科学、民主的民族文化统一战线。这条文化统一战线，不仅是政治学、社会学角度的大联合，它还是我们要建立的文化管理美学（文化战略思考、文化网络布局、文化体制改革、中西文化交流等）的核心和指导方针，是我们党领导文艺、管理文艺的民主组织形式，也是毛泽东思想的普遍原理同当今历史实践结合，用以指导“四化”建设的成果。

二

“要在本世纪实现四个现代化，把我国建设成一个社会主义强国，这是一个非常艰巨的任务。”[①] 要在我国这样底子薄、经验少、困难多的现实基础上，建立一个具高度物质文明和精神文明的“四化”式的强国。如仍然孤军奋战，陷入狭隘危险的观点，那么，我们的事业只是一句空话。统一战线不仅是历史的、必然的，而且它还是广泛的。

毛泽东同志是伟大的思想家、政治家，他历来主张广泛地团结一切可以团结的力量，“历史上的运动不论是那一种，无不是出于一些人的联合。较大的运动必有较大的联合，最大的运动必有最大的联合”[②]。我们的“四化”建设就是当前最大的革命运动，我们的联合也就应当是最广泛的。在社会主义革命和建设中，我们反对一切关闭、保守、狭隘的思想，提倡联合一切可以联合的力量，组成我们强大的革命同盟军，使包括党员和非党员，马克思主义者和非马克思主义者，无神论者和宗教信仰者，国内同胞和海外侨胞在内的全体劳动者和爱国者都紧密地团结起来，积极行动起

① 邓小平：《邓小平文选》卷二，人民出版社 1983 年版，第 163 页。

② 毛泽东：《民众的大联合》，《湘江评论》1919 年 7 – 8 月第 2 ~ 4 期。

来，为实现共同理想而奋斗。同时，我们还要联合那些热爱和平、珍视友谊，善意地帮助中国人民的外国朋友。正如毛泽东同志所说："联络全中国的同志，进而联络全世界的同志，以共谋解决人类各种问题。"[①] 立足本国，而又面向世界，这是我们民族的国际主义在文艺学上的表现，也是当前精神文明和社会主义新文学的要求。提出统一战线的目的，是使全国人民同心同德、齐心协力干"四化"，是解放思想，开动脑筋，创造一种和谐、宽松的政治气氛。

高度的精神文明是社会主义的伟大目标之一，也是社会主义精神文明在国家和社会生活中的重要体现。没有社会主义的民主化，就没有社会主义的现代化。缺乏民主，不但影响经济建设，而且也影响到整个社会生活。中国人曾生活在一个从来也没有经历过民主生活的国度，思想上和政治上都背着沉重的封建包袱，精神和心理上严重的"自欺欺人"、"安于天命"、"自轻自贱"、"谨小慎微"的毒素时常影响着人们的社会实践。劳动人民当家做主的主人翁精神何以体现，人民群众的能动创造力和聪明才智何以发挥，开拓、进取、创造的时代精神如何才能发扬光大，民族的物质文化水平、生产力的水平如何才能提高。没有民主的环境，作家、艺术家的思想被一种落后模式禁锢着，不敢真实地反映重大的社会事件，不敢提炼属于未来的、有预见性的、超越性的主题。这样，文学艺术这种人的本质力量对象化的意识形态，这种合目的性、合规律性地把握现实的方式，只能堕入庙堂文学、庙堂艺术的绝境。文学艺术反映社会生活的真实性、典型性就只能流于形式，其结果将导致"假"、"大"、"空"的"瞒"和"骗"的文学，也为形式化的艺术作品的流行提供了良好的社会温床。而一旦文学艺术的形式化成为一种社会风气，文学艺术便会立刻贬值，作家、艺术家也将丧失其宝贵的艺术生命力。没有民主就没有现代化，没有民主就没有新时期光辉灿烂的社会主义新文学。

有了民主的政治气氛和社会环境，文学的春天自然而然就到了。这就是毛泽东同志所提倡的"百花齐放、百家争鸣"的局面，有集中又有民主，有纪律又有自由，有统一的意志又有个人心情舒畅、生动活泼的政治局面。艺术家们可以自由地选择表达主体审美意识的合适的艺术形式，可以在人格平等的基础上畅所欲言，进行真诚的艺术交流和艺术批评。人们可以在坚持四项基本原则的前提下，自由地接收汲取其他各种哲学、艺术

① 萧三：《毛泽东同志的青少年时代》，人民出版社 1951 年版，第 76 页。

思想中的有益成分，形成其有个性又有统一意志的艺术观。所谓文化统一战线，统一就是在承认各式各样、五彩缤纷、千姿万态的艺术观的前提下才谈的，如果仅一家之鸣，再谈统一又有什么意义呢？统一也必须是在振兴中华，为“四化”服务这一点上的统一，要求广大的艺术家、文学家齐心协力，为民族文化的腾飞发挥自己的艺术创造力，创作出“史诗”般的艺术作品。它将成为中华民族奉献给世界文化宝库的璀璨的瑰宝，这就是我们的“统一意志”。至于艺术形式、题材的选择、主题的提炼都是与艺术家的创作个性、艺术视觉角度相联系的，这种选择是自由的。任何粗暴的或非粗暴而不恰当的行政干涉都是违背艺术内在规律的。人类在认识世界的过程中有能动性，在艺术地反映自然界、人类社会时也存在着主体性，如果对文艺进行过多的外界干涉，势必会破坏文学的主体性。诚然，我们谈的自由、主体性不是任意性、随意性、杂乱性的同义语，自由这种主体特性是在承认客观规律、认识并能合理地利月规律的前提下的自由，反映在艺术创作、艺术观中，并不是个人主义、无政府主义的代称。任何违背艺术规律的艺术观都将是不健全的，实事求是才是科学的艺术观。在这个意义上，我们说统一战线的指导方针是尊重科学。

艺术首先是民族的，才是世界的、人类的、永恒的。一种本民族都无法接受的艺术，决不可能有世界性。我国曾一度岀现了“寻根热”，这更加说明文化首先应当是民族的，然后才是世界的，两者是辩证的统一。没有现代化的“根意识”，也就没有对“全球意识”的寻求和对进步文明的参与；而没有“全球意识”的刺激，就很难有“根意识”的自觉。只有以民族的声音面对世界发音的艺术才能震醒世人。精湛的艺术总是崛起于以“民族—世界—宇宙”为横坐标，以“个人—时代—历史”为纵坐标的交点上。在某种意义上说，个人＝时代＝民族＝人类＝世界，在文艺学上，这是几个相关联而又角度不同的范畴，没有这些范畴，文艺典型论的框架便无法构建。基于这些原因，我们才说文化统一战线必须是广泛的、民主自由的、科学的和民族的。

三

我们的文化统一战线不是不问时势，为艺术而艺术的文人集团，而是要通过社会主义新文艺的艺术感召力教育人民，给他们以真、善、美的精神财富，用更典型、更高、更集中的艺术熏陶人们，把革命事业向前推进。正如毛泽东同志所说：“要使文艺很好地成为整个革命机器的一个组成部分，作为团结人民、教育人民，打击敌人，消灭敌人的有力的武器，帮助人民同心同德地和敌人作斗争。”[①] 要完成这样庞大的工作，必须保证党的统一领导，中国共产党几十年的革命斗争史证明：离开党的领导，中国革命便一日也不可能发展。

党作为领导人民进行各项工作的核心，应解放思想，放手发动群众；对于各种形形色色的文艺思潮、文艺流派、文艺样式，应采取宽容的态度，宽松的政策，允许其在学术讨论的范围内自由争鸣；对持不同意见的文艺工作者，应在尊重其人格平等的基础上进行争鸣、批评、教育。“对于统一战线中各种不同的同盟者，我们的态度应该有联合、有批评，有各种不同的联合，有各种不同的批评。”[②] 文艺是一种复杂的精神劳动，需要文艺家发挥个人的能动创造性。艺术家写什么、怎么写，只能由艺术家在艺术生产实践中逐步解决，不能横加干涉、指责。党的文艺部门领导对艺术生产的管理，不只是发号施令，不应要求文学艺术从属于临时的、具体的、直接的政治任务，而是根据文学艺术的特征和发展规律，帮助文艺工作者创造条件和机会，来不断繁荣文学艺术事业。“他们的任务在于把群众、政治家的意见集中起来，加以提炼，再使之回到群众中去，为群众所接受、所实践，而不是闭门造车、自作聪明。”[③] 当然，并不是说在文化统一战线中就没有任何思想斗争和冲突，发生矛盾是司空见惯的事，而回避矛盾或不承认矛盾都不是真正的马克思主义者。正如毛泽东同志所说：“在一个统一战线里面，只有团结而无斗争，或者只有斗争而无团结……都是错误的政策。”[④] 我国施行市场经济政策以来，对西方一些资产阶级思想的渗入，要慎重对待。任何哲学都是时代的精华，即使是错误的，也有其可取之处。但是，对那些反动的、与四项基本原则背道而驰的、颓废的、不健康的、淫秽下流的文化，要坚决予以回击、批判。勿使它给广大青少年儿童带来不良影响，给“四化”建设的大业带来消极的影响。

在社会主义实践中，现代化建设和全面改革是极其复杂的创新事业，党没有也不可能有现成的答案，对于一切理论问题，应放在实践中，在不断探索中解决。党的组织应积极发挥带头作用，实行学术自由、创作自由、讨论自由、批评和反批评自由，这样做的目的正是为发挥马克思主义

---

① 毛泽东：《毛泽东选集》，人民出版社 1968 年版，第 805 页。
② 毛泽东：《毛泽东选集》，人民出版社 1968 年版，第 806 页。
③ 毛泽东：《毛泽东选集》，人民出版社 1968 年版，第 823 页。
④ 毛泽东：《毛泽东选集》，人民出版社 1968 年版，第 824 页。

对文学艺术的指导作用，造就科学、文化发展所必需的安定团结的环境和民主和谐的气氛，使它更好地为人民服务，为“四化”服务，为社会主义服务。

电影《祝福》的再评价

鲁迅先生的小说《祝福》被搬上银幕已近三十年。但对于电影改编上存在的一些问题以及对影片的评价问题，还没有能圆满地解决，笔者就此问题谈了一些粗浅的认识，并不能对影片作出全面的科学的评价。本文只欲起到一种抛砖引玉的作用，还恳请对原作和影片有研究的同志们批评斧正。

一

各种艺术形式都不是各自独立、封闭而存在的，在它们之间存在一条无形、现实的纽带。由于这个纽带的存在，不少艺术品被艺术家、学者们从一种艺术形式转换到另一种艺术形式，这在艺术史中是习以为常的现象。《祝福》从小说到电影，就是艺术形式之间的一次转换，即语言艺术向综合艺术的转换。该如何评价它呢？问题的根源不在于改编使用了什么手段、技巧，因为不同的艺术形式使用的手段、技巧，借助的材料，表现的形式本来就大不相同。问题根源在于再创造者的实践能否与艺术规律、历史规律相吻合。显然，对电影《祝福》的研究也应从此入手。

电影《祝福》一上映，就引起了评家论者的普遍关注。他们众说纷纭，或曰：“《祝福》是一部好影片……它既忠实地传达了鲁迅小说的主题思想，尽可能充分地保持着原作的朴素、淳厚的风格，又能按着电影艺术的表现要求，简练匀称地、有强调地、有发挥地完成了电影剧本的独特结构。”① 或曰：“电影给人这么一个感觉，好像是老实地讲完了一个故事。这里缺乏对环境、对剧情的渲染和电影构思，缺乏对人物的刻画。因此看过后的印象，就不及读小说时所得的那么浓厚。”② 还有的论者认为：“在很多方面，改编者不但很好地体现了原著的精神而且还有些发展，使这部

① 于伶：《〈祝福〉是一部好影片》，见《〈祝福〉从小说到电影》，中国电影出版社1979年版，第169页。

② 阮潜：《试论〈祝福〉的导演处理》，见《〈祝福〉从小说到电影》，中国电影出版社1979年版，第153页。

影片在艺术上获得了显著成就。”①

我认为这些论述虽然不乏精当之处，但是在遵循艺术规律的前提下，从历史规律的角度来评价这一点上看，有一定的问题。因为“人的思维是否具有客观的真理性，这并不是一个理论的问题，而是一个实践的问题”②。特别是对《祝福》这样的名著，仅以美学的观点来衡量是远远不够的，只有“从美学观点和历史观点，以非常高的即最高的标准来衡量”③才是恰如其分的。所以，我们应将小说、电影和它们反映的历史时代联系起来，用美学的、历史的观点来评价它。

与小说相比，电影上最大的不同应算祥林嫂砍门槛这一情节，即祥林嫂反抗最鲜明突出的情节。由于这一反抗情节的增加，小说与电影的距离加大了许多。

我们先看祥林嫂的反抗。祥林嫂能反抗吗？回答是肯定的，她一定能反抗。作为被压迫阶级的一员，这一点是由她的阶级地位决定的。但关键在于反抗的动机是什么，是认识到封建礼教的罪恶而反抗呢？还是在麻木中成了封建礼教的牺牲品，出于一种不自主地、客观上维护封建伦理道德而反抗呢？对这个问题的不同回答，就可以产生两个完全不同的人物性格。

我们很清楚，原作中她反抗的动机是后者。小说中祥林嫂反抗的情节有三个：逃婚—撞香案—对灵魂的疑惑。对于支配着她进行反抗的因素，在小说作品中也是能够寻觅得到的。但是决不能简单地把它归结为认识到封建社会的罪恶而反对宗法制度，这是不正确的。因为要反对宗法制度，就应反对封建反动统治阶级的代表——鲁四老爷，而这场斗争应当在矛盾集中、直接的场所——鲁四老爷家进行。只有在这里，被压迫阶级的代表才和统治者的代理人针锋相对。而祥林嫂到了鲁四老爷家并没有明显地表现出来任何反抗行动。她在鲁四老爷家并没有受到“残酷的”、“惨无人道的”肉体和经济压迫。“然而她反满足了，口角边渐渐有了笑影，脸上也白胖了”，为鲁四老爷干活也十分卖力，“日子很快地过去了，她的做工却丝毫没有懈怠，食物不论，力气是不惜的”，“到年底，扫尘、洗地、杀

---

① 李承烈：《谈〈祝福〉的艺术成就》，见《〈祝福〉从小说到电影》，中国电影出版社1979年版，第149页。

② 马克思：《路德维希·费尔巴哈和德国古典哲学的终结》，人民文学出版社1972年版，第50页。

③ 马克思、恩格斯：《马克思恩格斯选集》（第29卷），人民出版社1979年版，第587页。

鸡、宰鹅，彻夜地煮福礼，全是一人担当，竟没有添短工”。“人们都说鲁四老爷家里雇着了女工，实在比勤快的男人还勤快”。这显然不是夸张赞美之词，而是真实的。鲁四老爷虽然“皱眉”，但对她仍然很“温和”，“第三天就定局，每月工钱五百文”。并且，从“初冬”来，到“新年才过”走，“一千七百五十文”一文不少，于是祥林嫂便开始了“暂时做稳了奴隶的时代”。她逃出来就是寻条出路，只要能活下去就行，反抗鲁四老爷不是连生路也没有了吗？所以她并没有意识到要反对宗法制度，不懂得宗法制度才是杀害她的元凶。

但是，她又确实有过“异乎寻常”的反抗，她的逃跑、撞香案毫无疑问都是反抗，可矛盾的另一方并不是反动统治者的代理人，而是以她的婆婆为首的她的同类。这两次反抗的导火索不是阶级的直接压迫，而是“娶亲”。是不是反抗不如意的封建买卖婚姻呢？同样也不是。她“初冬”到鲁四老爷家，“年纪大约二十六七”，“春天没了丈夫”，即二十五六岁守寡，而丈夫又“比她小十岁”。死时只有十五六岁，结婚可能更早一些。祥林嫂迈向人生道路的第一步时，她的命运就被封建买卖婚姻制度支配了，她被迫嫁给“比她小十岁”的孩子。一个青春即将逝去的女子，嫁给一个不懂事的孩子，如何谈得上婚姻美满？她在麻木中成了封建宗法制度的牺牲品。在第一次婚姻不如意时，她并没有去反抗，她是“再婚”时才开始反抗的，显然，她会反抗的导火索是“再婚”。因为寡妇再嫁违背“从一而终”的贞烈观念，为夫权所不许，一旦违背，便失掉了做人的资格，更会受到社会的鄙弃、唾骂。“饿死事小，失节事大”，为争取做人的资格，祥林嫂头撞香案，对绑架逼嫁进行了顽强的反抗。她反抗的是黑暗社会的不合理，支配她反抗的仍然是反动的封建思想。这一矛盾是封建制度本身产生的，它残害女性，让女性守节，又将妇女任意买卖，这一点集中、复杂地在祥林嫂身上表现出来。她只意识到出卖她就不能守节，而没意识到守节依然是统治阶级对劳动妇女的一种迫害。正像鲁迅在《狂人日记》中写的狼子村的佃户们一样，自己明明是被人吃，却无意中参加了吃人的一伙。那些“给知县打枷的”，“绅士掌过咀的”，“衙役占了他妻子的”，“娘老子被债主逼死的”，他们对封建统治全“没有像对狂人这么怕，也没有这么凶”。这是什么道理？因为狂人冒犯了“神圣”的封建礼教，就被他们视为公仇，认为理应受到公共弃之的罪罚。他们不知道自己是封建礼教最深重的受害者，当然更不会知道对狂人的怒目乖张，正是自己灵魂被毒化的缘故。这正是当时中国社会的一个现实，辛亥革命的失败就是最有力的证据。祥林嫂和狼子村的佃户一样，同是人肉筵席上的牺牲品，她的举动在无意识中又帮助了吃人者。所以祥林嫂反抗的出发点是遵从“饿死事小，失节事大”的封建思想，不管她主观意识是什么，但客观作用是维护封建统治的。

论及第三个反抗情节——对灵魂的疑惑时，争议性很大。不少论者根据她“疑惑”就认为她觉醒了，我认为这种看法没有顾及全篇。文中这段对话是这样的：

“一个人死了之后，究竟有没有灵魂？……”

“也许有罢，我想。”

“那么，也就有地狱了？”

“啊！地狱？”我很吃惊，只得支吾着，“地狱？论理，就该也有——然而也未必……谁来管这等事……”

“那么，死掉的一家的人，都能见面的？”

这段富有逻辑推理性的对话，最关键的点在问题的后一句话上，即结论。她得出三个结论不是无用的，这才是她的关注点所在，也正是由于这种结论纠缠着她，她才“疑惑”了。她“疑惑”的又是什么呢？或者不如说希望，并且希望其有，又希望其无。“希望其有”是希望有个地狱，因为有个地狱，到阴间好和阿毛团聚。在人世间，她没有得到过幸福，于是把希望寄托于来世；“又希望其无”是希望阴间没有地狱，因为有地狱，她的两个丈夫会把她锯开，那样她就更得不到幸福了。于是乎在这进退维谷的选择间，她只好“疑惑”。但无论是“希望其有”也好，“希望其无”也好，都说明了她头脑中有着根深蒂固的封建思想。如果不是就不会“害怕”，“希望其无”；也不会“幻想”，“希望其有”。“这里的人照例信鬼”，因为他们没有祥林嫂这样的遭遇，不怕被锯开，因此只会考虑到“一家人团聚”，只“希望其有”。而没有被锯开的可能，也就没有多余的“希望其无”的考虑，他们当然只会相信鬼，不会疑惑了。所以祥林嫂的疑惑并不奇怪，这一点根本就不能作为祥林嫂认识到封建罪恶而反抗的证据。

由此看来，小说中的祥林嫂有一个麻木的灵魂，她能反抗，但反抗的动机却是十分糊涂的，这都为当时的物质条件、经济条件所制约的。她是一个挣扎在在封建制度的枷锁下，虽然善良、勤劳，但绝对找不到解脱痛苦的道路的悲剧人物。

二

改编的电影由于受到空间表演成分以及改编者个人主观的原因的影响，砍掉了“我”这个线索，这必然导致编导也要砍去上述那段对话。为了弥补这一情节的作用，电影改编者加上了砍门槛这一情节。这一改动就完全背离了原作中祥林嫂反抗的动机，使语言艺术中的祥林嫂与综合艺术中的祥林嫂之间的分野加大。

夏衍先生是这样解释这一情节的：“特别是砍门槛这一举动，按情理也只能是祥林嫂处身在失望、苦痛之极而爆发出来的一种感情上的激动。”① 那么它又是一种什么样的感情激动呢？如果仅说它是一种感情，而不指出这种感情产生的社会历史根源，那么这种解释是无效的，只能让人钻进神秘主义的“不可知”的圈子里。这种举动显然不是下意识的、莫名其妙的，一旦把它放到具体的作品里、具体的历史条件下，由它的具体的规定性带来的不合理性就明显地表现出来了。我们先分析一下祥林嫂与门槛之间的关系。当柳妈告诉她，阴罗大王会把她锯开时，她非常恐怖，于是听了柳妈的话，要捐条门槛做“替身”，“给千人踏，万人跨”，目的是“要赎了这一世的罪名，免得死了去受苦”。捐了后“她便回来，神气很舒畅，眼光也分外有神”。很明显，这一条门槛就是她生活的追求、理想。这也是她在痛苦时寻找的精神支柱，这精神支柱的主要内容又完全充满了封建宗法思想的毒素，砍掉精神支柱也就在很大程度上清除了头脑中的宗法思想，这不能不说是一种觉醒。

其次，祥林嫂由于命运的苦难，才寻找这个“替身”，目的是想从命运的重压下解脱出来。她在鲁家（包括周围的环境）所受到的歧视和冷淡不过是婚姻不幸所带来的后果，正由于这一点，封建统治阶级的反动势力就给她以重压。现在祥林嫂砍掉“替身”，也就是向命运、神权发动的一次攻势，也就摆脱了“会受苦”这一精神枷锁，也就把封建统治者加给她的罪名都砍得无影无踪了。这一举动不能不说是一种觉醒。

再次，这门槛是封建礼教的产物，是宗法制度的代表，是几千年来反动剥削阶级思想的物化。世界上没有无缘无故的爱，也没有无缘无故的恨，当她向门槛举起刀时，这一刀也正是砍向封建礼教的一刀，发泄了她对封建礼教的深仇大恨。马克思说：“反宗教的斗争间接地也就是反对以

---

① 夏衍：《写电影剧本的几个问题》，人民文学出版社 1978 年版，第 101 页。

宗教为精神慰藉的那个世界的斗争。”① 这就足以说明她的反抗是清醒的，是从反对封建宗法制度开始的。夏衍先生自己在《杂谈改编》中也说：“祥林嫂有决心用死来反抗现实的吃人社会的迫害，就是这个祥林嫂难道永远是神权下面的不抵抗的奴隶吗?”② 很清楚的，电影中的反抗与小说中的反抗是两种性质不同的反抗，电影中带着鲜明的反封建礼教因素。

鲁迅是革命的先驱，他的思想发展是与中国革命发展紧密联系的。鲁迅说过，他的小说在于“揭出病苦，引起疗救的注意”③。什么是当时社会病症的总根源呢？正是辛亥革命的失败，反动势力的复辟。原因就在于辛亥革命除了推翻清朝皇帝以外，基本上还保存着那种封建统治的经济基础和意识形态，并且它还在“国民”中合法地存在着，这就是说封建主义没有被反掉，那种统治中国的封建小农经济仍然有很大的市场。马克思早就指出，小农经济必然产生专制政体，拥护封建皇帝。小农经济的社会结构以血缘为纽带、以封建大家庭为生产单位，如不对当时的经济基础进行一个翻天覆地的革命，聚族而居、居土重迁的宗法关系和宗法观念远远不可能真正动摇。“国民革命需要一个大的农村变动，辛亥革命没有这个变动，所以失败了。”④ 农民既然不能创造新的生产方式，也就不能彻底挣脱封建主义的意识形态思想。这样，农民只能是麻木的，不可能对封建宗法思想有一种清醒的认识。对待人身肉体的迫害，他们也许是敏感的，但对于这种远离经济基础的宗教毒害，他们是极为迟钝的。正如列宁所说：“所有一切压迫阶级为了维持自己的统治，都需要有两种社会职能，一种是刽子手的职能，另一种是牧师的职能。刽子手镇压被压迫者的反抗和暴力。牧师安慰被压迫者，给他们描绘一幅在保存阶级统治的条件下，减少痛苦和牺牲的远景……从而使他们忍受这种统治，使他们放弃革命行动，打消他们的革命热情，破坏他们的革命决心。”⑤ “百万次损及躯体的灾难、损害、暴力和瘟疫都比较容易被群众察觉，因此也远不及巧妙的、精神上的……神的观念那样危险。”⑥ 革命导师的这些精辟的论述都说明了神权迷信观念更有一种比暴力统治、压迫危险更大的作用，比其他工具更不易为群众察

① 马克思、恩格斯：《马克思恩格斯选集》（第1卷），人民出版社1979年版，第452页。
② 夏衍：《写电影剧本的几个问题》，人民文学出版社1978年版，第100页。
③ 鲁迅：《鲁迅全集》卷四，人民文学出版社1963年版，第393页。
④ 毛泽东：《毛泽东选集》，人民出版社1968年版，第16页。
⑤ 列宁：《列宁选集》卷二，人民出版社1972年版，第638页。
⑥ 列宁：《列宁选集》卷二，人民出版社1972年版，第482页。

觉。而通过祥林嫂这一形象，鲁迅先生对当时革命的深刻的论断是与列宁的精辟见解相一致的，这一点也是为辛亥革命的历史证实了的。

电影在改编时，让祥林嫂觉醒起来，显然是与当时的历史条件相背离的。“人的本质不是单个人所固有的抽象，在其现实上，它是一切社会关系的总和。”① 既然人是社会的产物，那么思想的解放、觉醒必须以一定的社会经济、政治和物质基础为前提，这种作用只是在一定的社会政治、经济要求的客观物质基础上才能产生。在祥林嫂生活的时代里，“一方面没有一定的生产力，另一方面还没有形成不仅反抗旧社会的某种个别方面，而且反抗旧的生活生产本身，反抗旧社会所依据为总和活动的革命群众。那么，正如共产主义的历史所证明的，尽管这种变革的思想已经表达过千百次，但这一点对于实际发展没有任何意义”②。可见，电影中加上祥林嫂砍门槛这一情节，是没有任何意义的，这种革命激进论，实际上与非革命论毫无两样。它违背了马克思主义历史唯物论的基本原则，由于这一点，电影与原作相去甚远。

从塑造形象来看，在原作中，浓重的悲剧气氛笼罩全篇，它的风格是悲愤、雄健的。祥林嫂悲剧的深刻性表现在：她不仅在经济上受尽压榨、肉体上受尽摧残，而且在精神上也受尽了人们的嘲笑和虐杀；不仅生前哀哀无告，还须怀着恐惧走向死亡——死亡在她的心目中不是悲惨生活的结束，而是另一种更大恐怖的开始。这是鲁迅深刻地观察了中国社会千万个不幸人们的命运而加以典型化的一个完整的悲剧性格。它反映了：一方面劳动人民是革命的主要力量，另一方面他们又受封建小农经济的影响和封建伦理的毒害而不觉醒。这造成农民所处地位与在革命中被分配扮演的角色不等的矛盾，“构成了历史的必然要求和这个要求的实际上不可能实现的悲剧性的冲突”③。由此可见，鲁迅先生从客观存在的社会矛盾和客观斗争的情势之中，寻找悲剧最深刻的根源。因此祥林嫂这个性格是符合现实主义创作原则的，它产生的美学效果和艺术感染力自然是不言而喻的。

而夏衍先生增加了砍门槛这一情节，是缺乏其赖以存在的社会条件的。在客观历史条件没有成熟的时候，就想把历史的车轮推向前进，硬去描写社会冲突的未来的解决方案，以主观随意性代替生活严峻的现实性，

---

① 马克思、恩格斯：《马克思恩格斯选集》（第1卷），人民出版社1979年版，第18页。
② 马克思、恩格斯：《马克思恩格斯选集》（第1卷），人民出版社1979年版，第44页。
③ 马克思，恩格斯：《马克思恩格斯选集》（第29卷），人民出版社1979年版，第686页。

当然只能堕入脱离实际的主观空想之中。马克思说："人类始终只提出能够解决的任务，因为只要仔细考察就可以发现，任务本身，只有在解决它的物质条件已经存在或者至少在形成过程中的时候才会产生。"① 封建社会的社会冲突的历史的未来解决办法，只能由未来的无产阶级社会主义革命的实践来提供。在当时封建小农经济占主导地位的时候，硬把这种办法塞给祥林嫂必然会导致失败。这样综合艺术中的祥林嫂的悲剧意义就与语言艺术中的祥林嫂的有很大的差别。在综合艺术中，祥林嫂受宗法制度的摧残，但终于解脱了、觉醒了、起来反抗了。这种处理显然削弱了人物的悲剧性，使悲剧的冲突缩小到极其有限的范围之内，原作中鲜明的个性"就更多地消融到原则里去了"。② 把一种空洞的说教硬塞给观众，明显地违背了现实主义的创作原则。由于这一点，就艺术性讲，它降低了祥林嫂命运的悲剧意义，削弱了原作的悲剧性，并且在表现个性时违背现实主义的原则，与原作相去甚远。

三

电影第二个较大的改动之处，是在改编中把"我"这条线索去掉了。夏衍先生曾这样谈到这个问题："这种第一人称的叙述方法开始，只不过是适合于小说之开展的一种方法。"③ 还有的同志说："把'我'这个人物删除，是完全正确的。"④ 为什么呢？因为"从电影剧本的角度看，'我'是站在戏剧冲突以外的，在祥林嫂的全部命运中，他是个局外人。因此在电影剧本中，'我'就成了多余的人物"⑤。可见他们都仅把"我"当作"一种叙述方法"来看，并且放在电影中，"我"也是一个"多余人物"。对于这种观点我不敢苟同，我认为这种观点仅从形式结构上对《祝福》作了一些分析，而没有通过外部形式结构的研究，进一步对内部深层结构规律作出研究。可以肯定的一点是，原作中是不能去掉"我"的，这并不仅是因为"我"作为架构全文的一个纽带而不能少。更重要的是，作品所概括、反映的社会中少不了"我"。并且，"我"在当时的社会现实中居于主要矛盾一方的地位，是当时进步方面的代表。删去了"我"也就缩小了作品的含量，限制了观众的视野，使祥林嫂活动的环境缺少典型性。

---

① 马克思、恩格斯：《马克思恩格斯选集》（第2卷），人民出版社1979年版，第83页。

② 马克思、恩格斯：《马克思恩格斯选集》（第36卷），人民出版社1979年版，第386页。

③ 夏衍：《杂谈改编》，见《中国电影》1958年第1期。

④ 柯灵：《电影文学丛谈》，中国电影出版社1979年版，第24页。

⑤ 柯灵：《电影文学丛谈》，中国电影出版社1979年版，第27页。

在原作中，“我”是一个具有鲜明时代特征的人物，是鲁迅先生塑造的一个憎恶反动势力，讲究“博爱”、“平等”，深切同情被压迫的劳动人民，但尚未看到出路，带有双重性的小资产阶级知识分子的形象。鲁迅先生很巧妙地把“我”放到以鲁四老爷为首的封建势力和以祥林嫂为代表的下层劳动人民之间，在两种对立矛盾之中，就能很清楚地表现“我”的两重性。“我”回到鲁镇，首先是很讨厌那个停滞沉闷的环境，“然而在现世，则无聊生者不生，即使厌见者不见，为人为己，也都不错”①。这是发自“我”内心愤激而沉痛的反语。“我”和鲁四老爷虽是“本家”，却“话不投机”，格格不入，这表明“我”和封建势力、当时黑暗的社会、孔孟礼教处于对立的地位。相反地，对祥林嫂的不幸遭遇，“我”却深表同情并为之愤慨。当祥林嫂探问“究竟有没有灵魂”时，“我”首先想到的是不愿“增添这末路人的苦恼，为她起见不如说有罢”之后，又担心这答话不妥当，“怕于她有些危险”。当听到祥林嫂惨死时，“我的心突然紧缩，几乎跳起来，脸上大约也变了色”，并感到“有些负疚”。“我”爱憎分明，是非分明，感情真挚而冷隽，完全站到被压迫、被剥削的劳动人民一边，憎恶封建统治者，有革命性的一面。但是，“我”又无法改变这个罪恶的社会制度，看不到革命的出路。在黑暗现实的重压下，“我”妥协了，想着解脱苦恼，想到福兴楼的清炖鱼翅“价廉物美”，在“祝福”的氛围中感到“懒散而且舒适”。小说深入细致地刻画“我”这一形象，通过“我”这个限定性人物，不仅对祥林嫂作了很多带主观色彩的介绍，而且对小说里几乎所有的人物，包括“我”自己在内的社会各阶层都作了一些带有哲理性的心理刻画。在这个社会舞台上，通过“我”与农民祥林嫂、统治者鲁四老爷，以及其他各个社会阶层的矛盾，展现出了一种类似莎士比亚剧作中的“福斯塔福式的背景”的典型环境——即中国近代革命斗争历史发展的活生生的社会画面。在这种环境中让祥林嫂活动起来，就更典型、更具有民主主义革命这个特定历史时代的特征，就更能清晰、鲜明地揭示出人物行动的动机同这个环境的影响的必然联系，这样现实主义就会更加突出。“现实主义的意思是，除细节真实外，还要真实地再现典型环境人物。”② 可见典型人物是在典型环境中表现的，而电影里砍去了“我”——在民主革命中处领导阶级的代表人物，使作品反映的时代特征

① 鲁迅：《鲁迅全集》卷二，人民文学出版社 1963 年版，第 10 页。

② 马克思、恩格斯：《马克思恩格斯选集》（第 4 卷），人民出版社 1979 年版，第 461 页。

变得模糊，让人体验不到当时革命斗争的复杂性、尖锐性，并且使革命斗争趋于简单化。这就是从时代的高度、历史的观点看，电影人物形象不够典型的原因之一。

我认为在原作中，“我”从外表来看是一种结构纽带，但从其内部有机联系来看，从作品反映的生活来看，“我”是革命斗争中的必不可少的一员。这一要求是历史的必然，中国近代革命的历史就是最好的证据。所以，砍掉了“我”，就使作品失去了很多灿烂的光彩。

四

电影改动较大的另一处是影片将贺老六从幕后推到台前，并且丰富、完善他的性格，使这个人物立刻鲜明起来。电影通过表现贺老六和祥林嫂的夫妻生活，在祥林嫂这一人物身上开拓了另一个侧面，一个甚至在小说中也没有反映出来的侧面，即她的“妻性”。鲁迅先生曾说过：“女人在天性中有母性，有女儿性，无妻性。妻性是逼成的，只是母性和女儿性的混合。”① 显然，原作中祥林嫂体现较多的是母性，至于她的妻性，原作中几乎一点都没有。影片中加入一系列夫妇生活的镜头，生动地再现她的妻性，通过它们在祥林嫂这个过于麻木、近乎冰冷的悲剧人物身上注入了一些温暖，使人们感觉到她虽然麻木，但并未完全死去，感情依然很丰富。她麻木，但依旧是一个麻木的“人”。它从另一个方面表现了劳动人民的朴素情感，使人物性格更加丰富、亲切、逼真，同时还产生了另一种艺术效果。这正如有的论者所述：“当剧作家对祥林嫂再婚时的必要描写，而同时着力于刻画贺老六对祥林嫂真实的体贴与爱护时，这种写法在戏剧上就发生了另一种效果。这效果，就是使祥林嫂拥有的极为平常与起码的生活愿望最后逐步地遭到破灭与毁灭性的打击，更增添了观众对于祥林嫂全部命运的同情，因为在电影所展开的祥林嫂的全部生活路途上片刻的舒畅的微笑，也只能加重女主人公死前的悲哀、忧愁与愤怒。”② 对于这一情节带来的新的艺术效果，我们不能低估。

电影中对祥林嫂的家庭生活的描写得极为精彩，他们之间互相分担家庭的劳动，互相理解、互相尊重，是一种十分幸福、平等的家庭关系。有的同志就据这一点提出了否定意见，认为在当时那种男尊女卑、男女极端

---

① 鲁迅：《鲁迅全集》卷三，人民文学出版社 1963 年版，第 397 页。

② 黄钢：《读〈祝福〉电影剧本》，见鲁迅《〈祝福〉从小说到电影》，中国电影出版社 1959 年版，第 136 页。

不平等的社会里是谈不上爱情平等的，所以这一情节是违背历史的。这种意见，我认为欠周全。祥林嫂和贺老六同是私有制社会中的两个一无所有的被剥削者，仅一间草屋还是属于大伯的，两人都没有私有财产要保护和继承。这就除去了贺老六作为一个男子统治祥林嫂的物质条件，同时，两人都要参加生活资料的生产，都是家庭的供养者，祥林嫂就能在一定程度上摆脱对丈夫的依赖。这么一来，以性爱为基础的平等的夫妻关系就出现了。恩格斯指出，私有制社会里，只有无产阶级之间，“性爱才可能成为，并且确实成为对妇女的关系的常规，不管这种关系是否为官方所认可”①。所以笼统地说这一情节失真欠周全。

这样新的问题又出现了，既然祥林嫂能追求到美满的婚姻，为什么不能去砍门槛呢？前面说她“不事二夫”是受封建礼教残余思想的毒害，好，现在“事二夫”了，也就无所谓矛盾了，它有对立的一面，同时还有统一的一面。我们说，祥林嫂虽然得到了幸福的家庭，但是并没有因此而改变她“一妇不事二夫”的信条。他们的结合只是被迫的，在外界强大的封建势力迫使下，她不得不违背“一妇不事二夫”的生活信条，显然，这不是一种自愿的结合，并不是祥林嫂以美满婚姻为追求而得来的。并且这种结合产生的幸福、平等，并不具有必然性，它只是偶然性的，所以仍然不能以此为根据证明砍门槛是合理的。

但是，他们终究爱起来了，产生了爱情。这种爱情的产生，首先的主导因素是相同的阶级地位和朴素的阶级意识，还有贺老六对祥林嫂的同情和关怀。正是由于贺老六这样纯厚、诚恳，才唤醒了祥林嫂蛰伏在心灵深处的爱，并且是隐隐约约的、朴素的情感。所以这一情节的增加，不仅开拓了祥林嫂性格的另一侧面，而且产生了一种新的艺术效果，不能不说是编导的重大突破。

---

① 马克思、恩格斯:《马克思恩格斯选集》(第4卷)，人民出版社1979年版，第69页。

论雪莱诗歌的思想艺术

在诗人的群星谱中，有一个灿烂的星斗，他就是雪莱，他生前是人间的启明，死后是烛照夜空的长庚。在他的笔下，无论是放荡不羁的西风、边飞边鸣“开始迅急远征”的云雀、“蓝天里哄然大笑，走过雷声”的白云，还是反抗暴君的战士、创造财富受苦受难的人民……几乎任何题材，都被雪莱塑造成不拘一格的艺术珍品，生动地传达出他的忧虑和希望，以及对人民的同情，对反动统治者的鞭挞之声。正如马克思所说：“他是一个真正的革命家。”而且如果不早死，他会是一个“社会主义的急先锋”。

一、抨击强权压迫 富于反叛的精灵

雪莱出生在一个男爵家庭，青少年时期就接受了18世纪启蒙主义思想，英国早期的空想主义思潮更给他以深刻的影响，他在伊顿中学时就下决心要同强权压迫进行斗争。“我誓必正直、明慧、自由，只要我具有此种力量。我誓不与自私者、权势者为伍，共谋祸人之事，而且我必加以抨击。我势必将我整个生命贡献于美的崇拜。”① 启蒙主义的理想深深地教育了雪莱，使他年青的生命一开始便这样富于反叛与斗争。他这种人生态度，在他的作品中十分鲜明地体现了出来。在《麦布女王》中，他第一次用诗的形式抨击压迫和强权，召唤对于现实的变革，鞭斥社会的黑暗，“万道金光是我的利剑，我用它杀射/依恋黑夜畏惧白昼的奸伪和欺诈”，反映了他作为新生的资产阶级激进派的社会改革思想及美学观念。在《暴政的假面游行》中，他痛斥残暴的统治者。“最后是暴政的驾到，胯下白马一匹/浑身溅满了污秽的血迹/脸色苍白，嘴唇发灰/活像《启示录》里描写的死鬼。”作为一个积极浪漫主义者，他从人道主义出发，无情地批判资本主义社会的罪恶，同情人民的疾苦，号召人民起来反抗这个社会，真实地反映了社会现实和历史发展规律，因此他的创作在某种程度上是与人民解放运动相联系的。这种思想在他的作品中随处可见，如《给英格兰人的歌》。“英格兰的人们，凭什么要给/蹂躏你们的老爷们耕田种地？/凭什么要辛勤劳动纺织不息/用锦绣去打扮暴君们的身体？/凭什么，要从摇篮直到坟墓，/用衣食去供养，用生命去保卫/那一群忘恩负义的寄生虫

---

① 雪莱著，江枫译：《雪莱诗选》（第2版），湖南人民出版社1983年版，第2页。

类，/他们在榨你们的汗，喝你们的血。”在这里他以敏锐的观察力，经过深沉而冷峻的思考，终于找到了劳动者受压迫的缘由，即阶级的剥削压迫，并且以他那炽热如岩浆般的同情心，号召人民起来战斗。“像醒的群狮一样站起来吧，/你们的人数多得不可征服；/快摆脱你们的锁链，/抖掉沉睡时落在身上的霜露：/你们是多数，他们是少数。”（《暴政的假面游行》）当西班牙人民一月革命起义爆发后，他马上就发出了响亮的欢呼：“一个光荣的民族，又一次掣动/各民族的雷电：在西班牙/从城堡到城堡，从心灵到心灵，/自由的明光迸发，漫天喷洒/富有感染力的烈火。”（《自由颂》）这一声声高昂激烈的呐喊，不仅仅表达了他个人对社会现实的不满，也表现了下层社会人民的愿望，具有丰富而鲜明的人民性，这就是他的诗歌高于一般浪漫主义者诗歌的一个重要特征。

《解放了的普罗米修斯》是他反叛精神的集中体现，他那个勇于斗争、不甘寂寞的灵魂鼓舞着他去做超越前人的尝试。诗人在剧中不仅描写被压迫人民的苦难、饥饿、贫困、奴役，而且指出一切暴君的必然下场，预示革命一定会到来，一定会胜利，同时还详细地写出了胜利以后的美好景象——没有阶级，没有压迫，完全由“正义”、“理性”和“爱”统治社会。他在批判和否定黑暗社会时，不仅仅是站在资本主义者的立场批判封建主义制度的专横，而且也把批判的矛头指向资本主义社会制度的黑暗，如他的《卖布女王》。他这种既否定封建制度的黑暗，又批判资本主义丑恶现实，将理想寄于未来的基本思想，反映了处于上升时期的资产阶级的要求，是雪莱诗歌的主旋律。这个主旋律的中心思想就是抨击强权压迫、富于反叛的精神，这种精神不仅在当时有着重大的现实意义，激励了资产阶级民主力量的斗争勇气；同时也符合广大人民的要求，因而起过积极进步的历史作用。

二、天才的预言家

雪莱对未来有着美好的憧憬，伟大的导师恩格斯称他为“天才的预言家”。在他的作品中，一方面是面向现实的诅咒和无情的抨击；另一方面是满怀信心地预言未来。他热情地寻觅他所喜爱的明天，“你在何处，我们所恋慕的明天？/不论老少，贫富，衰弱或强健，/我们总是透过欢乐，透过忧烦，/无休止地寻觅着你的笑颜——/但是在你的位置上，啊，可怜，/找到的总是我们所逃避的：今天”（《明天》）。他陶醉于这种幻觉造成的未来的笑颜，但是又“可怜”自己的遭遇，“找到的总是我们所要逃避的今天”，这种个人与社会的对立，往往使浪漫主义作家在幻想中讨生活。向往明天而又不能逃避今天，这也许是雪莱之所以是雪莱的关键。这种精神使雪莱不仅仅区别于那些消极浪漫主义者，而且也区别于拜伦那样的积极浪漫主义者。拜伦的目光多半是悲观而不免落寞，雪莱则总是充满信心地为未来呼号。

面对英国黑暗现实的雪莱，他的声音是明确而勇敢的，他敢于公开向英格兰人发出鼓舞的号召。“英格兰的人们，凭什么要给/蹂躏你们的老爷们耕田种地？/凭什么要辛勤劳动纺织不息/用锦绣去打扮暴君们的身体？”（《给英格兰人的歌》）他把那些鱼肉人民的政客形容为兀鹰、蝎子、豺狼、毒蛇。在雪莱的政治诗中已经有了反对阶级剥削和压迫的觉醒。他把注意的目光投向那些奋起反抗暴政的斗争，1819 年 10 月，雪莱为重获自由之前的西班牙人民唱起了真挚的《颂歌》，“醒来吧！举起，把战旗高高举起”！他要让人民看到“自由正在扬鞭策马向前猎取胜利”。

雪莱不竭的斗争精神给人民以鼓舞，同时他自己也都时时刻刻是一个快乐、昂扬、乐观的精灵。他满怀信心地歌颂大自然，旷野的西风在他的笔下是那么的有情致。“哦，旷野的西风，秋之实体的气息！……不羁的精灵，你啊，到处运行……给高山平原注满生命的色彩和芬芳……就像从未灭的余烬飏出炉灰的火星，把我的语言传遍天地间万户千家……让预言的号角奏鸣！哦，风啊，如果冬天来了春天还远吗？”（《西风颂》）在这首诗中，我们感受到了一种充溢着活力的肃穆和壮烈的战斗气氛，这是一颗不寂寥的灵魂的自语。他生命的乐趣在于斗争，哪怕是一片落叶，它也要在强劲与肃杀的西风之中自由而雄健地飞翔。有了这种精神，雪莱便能借这首颂曲，把他的“预言号角”传向天地间的万户千家。还有“欢乐的精灵”云雀，在他心中“似乎不是飞禽……像一片烈火的轻云，/掠过蔚蓝的天心，永远歌唱着飞翔，飞翔着歌唱”。在作者的笔下，云雀是一个伟大而傲岸的形象。

这些形象的历史价值在于：它们是正在勃起的新时代的典型，是对正在壮大的新兴阶级——激奋昂扬、朝气蓬勃的无产阶级的历史反映。19 世纪初，英国开始了工业革命，工业无产阶级的队伍正在壮大，这一新兴阶级在破坏机器和工人暴动方面显示了他们的威力，为此他们受到大企业主和金融寡头的反对，以及维护资本统治的政府的镇压。一些激进的资产阶级民主派站在同情人民斗争的立场，他们用空想社会主义的政治思想武装自己，对未来理想、自由疾声呼唤，从这个意义上讲，雪莱的诗是 19 世纪初英国革命的一面镜子。

三、个人情感的喷发

任何一个文学思潮都不是突如其来的，而是一定历史阶段、经济基础作用之下的产物。浪漫主义也不是一个孤立的文学现象，它与当时处于鼎盛时期的德国古典哲学有着密切的联系，德国古典哲学本身就是哲学领域里的浪漫运动，它是文艺领域里的浪漫主义运动的理论基础。德国古典哲学的基调是唯心主义，其中的主观唯心主义，则把人的心灵提到客观世界的创造主的地位；而客观唯心主义则把客观精神提到可以派生物质世界的地位，并且把人提为精神发展的顶峰，显然二者都是荒诞的。但也不可否认，就是由于它成为文艺领域里浪漫主义的理论基础，随之而来的就是在浪漫主义作家的作品中，出现了一个平常然而发光的字眼——“我”。雪莱的作品也有如此倾向，他热情地歌颂自己的理想，抒发强烈的个人情感，他重视个人的社会作用，尊重人性以及人的智慧创造。他把自然人格化，而人格化的大自然中站着一个宏伟的、个性解放的“人”。一切事物都被诗人赋予了永久的生命力，这是成长起来的资产阶级争取个性解放、建立理性和永恒正义王国的理想在文学作品中的体现。

在雪莱的作品中，几乎每一篇都可以找到一个伟大的形象，他曾借阿波罗之口说：“万道金光是我的利箭，我用它杀射/依恋黑夜畏惧白昼的奸伪和欺诈。”（《解放了的普罗米修斯》）除此之外，还有云雀、西风、白云等，都具有追求光明、向往自由的精神，这便是雪莱伟大灵魂的体现。

雪莱在抒发个人情感、表现自我时，发挥了极大的想象力，以此来展现作为征服自然的人的巨大的创造力和智慧。“我”是有永久生命力的，“我是大地和水的女儿，/也是天空的养子，/我往来于海洋、陆地的一切孔隙——我变化，但是不死”（《含羞草》）。不仅如此，千年沉睡的山川、树林、草原、沼泽，也变得有生命了。这种光华灿烂的美与黑暗龌龊的现实社会的丑形成十分鲜明而强烈的对比，这是资产阶级在上升时期的进步美学思想和世界观的表现。

诗不能离开“我”，但也不能局限于“我”的圈子，雪莱笔下的“我”都是具有时代、人类特征的“我”。尽管他的诗篇带有他所生活的时代的局限性，他所从属的阶级的弱点，但他是站在时代前头的诗人。他是他所属的阶级的逆子，他紧紧地和人民站在一起，代表了时代进步的力量，他所抒发的是人民之情。

四、历史的局限

鲁迅说：“修黎（即雪莱）抗伪俗弊习以成诗，而诗亦即受伪俗弊习之夭阏。”[①] 鲁迅先生这句话是对雪莱诗作的一个精到的概括，历史的发展也说明了这一点。雪莱生活的时代，工人运动尚不发达，工人阶级反对资本主义的斗争尚处在最初的阶段，因此他的理想是建立空虚的物质基础之上的，是朦胧、茫然、空想的，因为“不成熟的理论是和不成熟的资本主义生产状况、不成熟的阶级状况相适应的。解决社会问题的办法还隐藏在不发达的经济关系中，所以只有从头脑中产生出来”[②]。由于历史的局限，所以在雪莱的作品中也难以避免地表现出了局限性。

受资产阶级启蒙主义的影响，浪漫主义作家一直都幻想着会有一个幸福、博爱的理性王国的到来。他们表现出对丑恶现实的不满，但他们用以和封建专制制度、资产阶级丑恶社会相对立的思想，基本是个人自由、个性解放，这表现出资产阶级革命家的两重性，归根到底，他们没有超越资产阶级个人主义的思想范畴。

雪莱不少的诗都对社会的丑恶进行了无情的鞭挞，但是在他看来，美或丑与阶级性的关系不大，而是由其自然的“理性”决定的，这很明显地显示了作者空想社会主义思想的不科学性。在《含羞草》中有这样的句子：“对于爱，对于美和喜悦，/不存在变化和毁灭，/它们的威力超过我们的感官，/感受不了光明是由于本身阴暗。”这里作者把美当作要膜拜的上帝，仿佛世界是由抽象的美主宰的，人们得不到美不是社会的缘故，而是人们“本身的阴暗”。这一美学观是由作者的历史观决定的，他虽然看到了人民的力量，但却忽视人民群众是历史的动力这一历史事实。

雪莱的诗篇是英国浪漫主义文学运动的精华，也是人类诗坛的奇葩，他通过天才的预言和热情的呐喊，呼唤着人类的文明，抨击着黑暗的统治。虽然在他的诗中，存在着浪漫主义诗人的历史局限，但他的诗仍然是那个时代的精华，有着永久的艺术魅力。

---

① 鲁迅：《鲁迅论创作》（第2版），上海文艺出版社1983年版，第341页。
② 恩格斯：《反杜林论》（第2版），人民出版社1970年版，第229页。

前苏格拉底希腊古典美学析论

在全部的历史中，最使人感到惊异或难于解说的，莫过于希腊文明的突然兴起了。以至于历史发展到当代，人们还对希腊人的天才惊叹不已，任何追求精神富有的人们都会对它怀有难以言状的偏爱。当然，对希腊静穆、崇高、伟大的美学也是如此。

一般说来，中外的学者在研究古希腊哲学史、思想史和美学史时，都将它们分为几个阶段：前苏格拉底、后苏格拉底、后亚里士多德。本文只就第一个阶段，即前苏格拉底时期希腊美学进行分析，在这一个阶段中，如果从哲学角度来看，要谈及十几位先哲，但是如果仅从美学的角度来看，则有毕达哥拉斯、赫拉克利特和德谟克利特三位。

一、毕达哥拉斯——美是和谐

毕达哥拉斯（约前580—前500），萨摩斯岛人，是一个殷实的公民，指环雕刻匠姆奈尔克的儿子。他学术兴趣异常浓厚，对当时的各个学科的问题几乎无所不窥，并于公元前6世纪创立了以他为首的哲学流派。正是如此，英国哲学家罗素才高度称赞他为“自有生民以来，在思想方面最重要的代表之一”①。

苏格拉底前的希腊哲学有一个十分显著的特点，那就是重“物”轻“心”，自苏格拉底之后，自然哲学才逐步向人生哲学迈进，直到柏拉图、亚里士多德综合心、物、人事、自然，才形成更广泛、严密的体系。毕达哥拉斯及其门徒主要是以自然哲学的观点来研究美学问题的。他们面对着千姿百态、纷繁复杂、形形色色的大千世界，首先要解决的就是要在自然现象中找出统摄一切的原则和规律。在答案是这个哲学的首要问题时，毕达哥拉斯的答案是：数是万物的起源，万物都是数，万物最基本的原则是数，数的原则统摄着宇宙中的一切。

他们认为数是万物的始基，一切数又起源于“一”，“一”又叫做根数，是“一元”，从“一元”中产生出“二元”，“二元”是从属于“一元”的不定质料。“一元”是原则，从完满的“一元”与不定的“二元”

---

① 罗素：《西方哲学史》（上册），商务印书馆1981年版，第56页。

中产生出许多数，从数目中产生点；从点中产生线，从线中产生出平面；从平面中产生立体，从立体产生所及的一切物体，产生出四种元素——水、火、土、空气。这四种元素以各种不同的方式互相转化，于是创造出有生命的、精神的、球形的世界。由此可见，毕达哥拉斯以数为本的思想是一种客观唯心主义的本体论，虽然如此，它还是有着不可估量的价值。本体论作为解释世界来源的学说，必须要满足两个条件：一是能解释一切，即宇宙万物必须由此演变而来；二是必须自明自证，即解释自己，如果不是这样，那么宇宙万物推到最后便进入不可知的境地，丧失了哲学理性的光彩，丢掉了本体论的意义。

以数为万物之本，把事物量的属性抽象出来单独考察，却恰恰能满足上述两个条件，它在认识论上也是科学的。任何事物可以没有其他属性，但是必须兼包质与量这两种属性，如果要从质来把握世界，究其共性，在当时实在不易做到。客观世界之所以千姿百态，就是因为它们具有一事物是该事物而不是他事物的质的规定性。要在这浩瀚无际的质中抽象出其科学的共性与规律，必须要借助思维逻辑上的归纳法，而这种思维形式及其结构，直到文艺复兴后的培根时才出现。于是，从量入手来揭示事物的来源及其规律，就显得容易一些，而且具有最大的普遍性。因此，他建立起他哲学、美学的基础。

他提出了“美是和谐”的美学理论，这在西方美学史上，是最早的关于美的本质的命题，那么“美”与“数”，“和谐”与“数”又有什么联系呢？在这个问题上亚里士多德有独到的看法，他说：“由于他们在数目中间见到了各种各类的和谐的特性与比例，而一切其他事物就其整个本性来说都是以数目为范型的，而数目本身则先于自然中的一切其他事物，所以他们以这一切进行推论，认为数目的基本元素就是一切存在的基本元素，认为整个的天是一个和谐，一个数目。”①

在此，亚里士多德可以说是深得其要旨，毕达哥拉斯在抽象的基础上，得出万物为数的思想后，便找到了一个观念性的、普遍的概念——“数”，这在认识论上是正确的。但是，他又进一步将这观念的概念实体化，使它成为万物之源，这是由于他心物不分、主客体不分所产生的错误。然后他又依靠着数，发现了事物的比例、节奏、韵律，毕达哥拉斯没有绝对地提出美是数的判断，因为单靠直观就可以发现，并不是事事都是

---

① 亚里士多德著，吴寿彭译：《形而上学》卷一，商务印书馆 1984 年版，第 213 页。

美的，只有由合比例的“数”组成的事物才是美的。数的原则是一切事物的原则，而美的原则则是事物（数）和谐的原则，所以，“数”作为世界观而存在，“和谐”作为艺术观而存在，两者互相联系、相得益彰。毕达哥拉斯和其门徒常说这样的话：“什么是最智慧的？——数”；“什么是最美的？——和谐”①。

在美的本质论确定后，美学的根基便建立起来了，接下来要讲的便是美的辩证法——“寓整齐于变化”。毕达哥拉斯的门徒波里克勒特在他的《论法规》里这样说：“音乐是对立因素的和谐统一，把杂多导致统一，把不协调导致协调。”② 当然，并不能认为毕达哥拉斯已经有了事物矛盾对立统一的观念。而恰恰相反，他发现了事物的矛盾后，是想掩盖其矛盾运动，回避矛盾，不承认矛盾运动的。这在他以数为本的世界观中很明显地表现出来：“在他们那里，实体物和世界的‘规定’是‘枯燥’的，没有过程（运动）的。”③

他的矛盾观仅是一种很朴素的感性认识，他认为对立着的矛盾是僵死的、不能转化的，而这一点在其后不久的赫拉克利特那里便解决了。但这丝毫不影响“寓整齐于变化”成为一条美学原则生长在美学的园圃之中，所谓“整齐”，即整一，指规律性、共性；所谓“变化”，即不同，讲的是杂多性、个性。“寓整齐于变化”就是将共性寓于个性，使个性与共性统一，这就是最早的典型论的萌芽意识，只有“和谐的”才能“寓整齐于变化”，才是美的，才是典型的，这样的美学观在当时的时代应当算是先进的。

他的美的本质论也体现在他的美感思想中，他提出了两个带有神秘色彩的看法，一个是“小宇宙”（人）类似“大宇宙”的看法。他认为人体就像天体，都由数与和谐的原则统辖着。人由内在的和谐碰到外在的和谐，“同声相应”，所以欣然契合，美感就是这样产生的，正是如此人们才能以虔诚的心情去欣赏美。这种理论很显然受当时希腊流行的“模仿说”的影响，直到20世纪初谷鲁斯提出的内模仿说都与之十分相似。另一种看法是人体的内在和谐可以受外在和谐的影响，尽管它十分神秘，可是在当时希腊的文艺论争中，也算是一种解释。所谓外在的和谐就是艺术美、自

---

① 罗斑：《希腊思想科学精神的起源》，商务印书馆1965年版，第79页。

② 朱光潜：《朱光潜文集》卷四，上海文艺出版社1983年版，第33页。

③ 列宁：《哲学笔记》，《列宁全集》卷三十八，人民出版社1984年版，第273页。

然美或形式美，所谓内在的和谐就是健全的心灵，在人的生活中便会将艺术的美转化为伦理的美、人格的美、思想的美，这种美可以移风易俗，对人的心灵和社会产生一种潜移默化的作用。

毕达哥拉斯十分重视艺术实践，提出了许多至今仍为艺术家们所遵循的艺术形式和规范。希腊公元前5世纪的雕刻家波里克勒特在毕达哥拉斯的影响下，研究了人体的数量比例，他在《论法规》中说："身体美确实在于各部分之间的比例对称。"① 这种几何学的形式美的理论对后期西方油画等造型艺术的透视学、比例学、构图学都有较大的影响。例如在欧洲有长久影响的"黄金分割"，最美的线形为长与宽成一定比例的长方形，就是这个流派发现的，直到文艺复兴时期，许多理论家都还认为"黄金分割"规定是"不可违反的"规律。"他还认为一切立体图形中，最美的是球形；一切平面图形中最美的是圆形。"② 这充分说明了在毕达哥拉斯美学思想中的形式论和数论的因素，一直到文艺复兴，这种因素在一切文化中都是主流。

在苏格拉底前的美学当中，仅就美学理论来讲，毕达哥拉斯是独树一帜的，并且对后世也有较大的影响。17—18世纪的英国经验主义美学家博克、荷加兹等继承了"美是和谐"的观点，进一步分析了构成美的诸经验特征，比如纤小、娇柔、光滑、秀美、变化一致等，为美学史的发展作了有益的推动。

二、赫拉克利特——美是斗争着的和谐

赫拉克利特（前540—前470）是古希腊著名的唯物主义辩证法的奠基人之一，出生于小亚细亚的爱斐斯城，自公元前494年波斯把米利都覆灭了之后，这个地方就成了希腊民族在小亚细亚的殖民地，也是当时欧亚两洲的文明融汇中心。西方哲学发展到赫拉克利特时为之一变，他首次将辩证法与唯物主义的本体论结合在一起，综合了米利都学派和毕达哥拉斯学派的优点，在唯物主义和辩证法的世界观方面作出了概括和发展，成为古代朴素唯物主义和辩证法的集大成者。

赫拉克利特的本体观的核心是变而动，他认为火是万物的本源，"这

① 北京大学哲学系美学教研室：《西方美学家论美和美感》，商务印书馆1980年版，第15页。

② 北京大学哲学系美学教研室：《西方美学家论美和美感》，商务印书馆1980年版，第15页。

个世界对一切存在都是同一的，它不是任何神所创造的，也不是任何人所创造的，它过去、现在和未来永远是一团永恒的火”①。可见，在赫拉克利特那里，世界的基始是物质性的火，确立了这个基础就确立了唯物的世界观。当然，对一种美学理论的估价，不能仅靠是否具有唯物主义倾向来评判，但是，有一个正确的世界观无疑对美学观、美学理论的创立都有帮助。

赫拉克利特的美学观和哲学观是紧密相连的，他以火为本，初一看来似乎是一个退步，是哲学上的逆流，因为早在毕达哥拉斯就已提出具有抽象性、概括性、非直观、超感觉、形而上的本体“数”，作为他哲学最大的范畴存在。但过了近半个世纪后的赫拉克利特反而以一种具体可感的、直观的、特殊的物质作为本体，其性质固然是有限的，以此有限的本体来作为万物之本源，很难推出质、量两者皆无穷的宇宙万物来。也就是说，在宇宙论上他是失败的。然而，细加推敲就会发现，他以火为本体实在是费尽心机，因为“火”不仅在本体上是唯物的，而且它本身可以说明万物的变化过程，所以在赫拉克利特那里，宇宙万物的质到底是什么？他到底没有深究，而是借“火”说明万物的变化的过程、结构。不过是借“火”的概念做一种符号，表示宇宙万物不是一个僵死的过程，乃是一种活的过程。

众所周知，“火”本身只要存在，就处于一种变动不居的状态，它不过是一种氧化的过程，即物质与氧不断地发生化合反应。所以他提出“火”以后，便不再斤斤计较描写它的性质，而是只拈出一个“变”的概念，在这个概念上发挥得极其详尽，这就可以见得他不重视“火”的本质，倒非常重视“火”所代表的“变”的过程。在变的过程方面，他提出“相反相成”的道理，这构成了他哲学体系的重要部分，这就是他为什么被列宁称为辩证法的奠基人的主要原因，也是在他的美学思想中为什么重视美的辩证法，标举相对美、强调审美个性差异的思想缘由。

从思想史的角度来看，他充其量也只是个朴素的唯物主义者、朴素的辩证法的先哲。又因处在唯物论与唯心论大争论的时代，他的哲学中，出现了一些调和主义的思想，即出现了一些泛神论的倾向。如他说：“神是日又是夜，是冬又是夏，是战又是和，是多又是多余。他变幻着形象，和

---

① 北京大学哲学系编译：《古希腊罗马哲学》，三联书店 1957 年版，第 21 页。

火一样，当火混合着香料时，便按照个人的口味而得到各种名称。”[①] 这对处于思想斗争尖锐、唯物主义哲学草创时期的思想家来说是难免的。这种思想反映在政治学、哲学上是有害的，但不会危害自然科学，对美学在某种程度上、在一定历史时期是有帮助的，也为作家、艺术家陶醉于博大的自然，在想象中塑造具有无限能力的形象提供了相适应的思维方式和情感抒发方式。

在美的本质论上，赫拉克利特承袭了前人毕达哥拉斯的“美是和谐”的思想，但又与毕达哥拉斯有着显著的差别。毕达哥拉斯是在强调静止、统一的前提下提出美是和谐的，而赫拉克利特则是以矛盾、斗争为侧重面，在朴素的对立统一的基础上来看美是和谐的。所谓和谐、美都是斗争、矛盾的绝对运动的产物，是相对静止时的和谐，从这一点上看，他就比南意大利的美学家科学得多。在他的著作残篇中保留着许多关于“斗争着的和谐”的思想。如“自然界也追求对立的东西，它是从对立的东西产生和谐，而不是从相同的东西产生和谐。例如自然便是将雄配雌，雌配雄。自然是由联合对立物造成最初的和谐，而不是由联合同类的东西。艺术也是这样造成和谐的，显然是由于模仿自然，绘画在画面上混合着白色和黑色、黄色和红色的部分，从而造成与原物相似的形象，音乐混合着不同音调的高音和低音、长音和短音，从而造成一个和谐的曲调。书法混合着元音和辅音，从而构成整个这种艺术”[②]，这段话直到现在看来都不失为一篇优秀的辩证法宣言，从自然到艺术均有所论。只有承认矛盾斗争又承认其统一和谐的一面，才算得上是辩证思想，也只有这样才有“相对”思想，才能产生对美的相对性的认识。

正如他所说：“最美的猴子与人类比起来也是丑陋的……最智慧的人和神比起来，无论在智慧、美丽和其他方面都像一只猴子。”[③] “善与恶是同一回事，医生用各种办法割、烧和折磨病人，都向他们索取酬金。”[④] 割和烧本来都是给肉体带来疼痛的事，而医生却用来治病，为患者减少疼痛，这种相对性的产生就是因为矛盾斗争的对象、范围发生了变化。还有“海水是最纯洁的，又是最不纯洁的。对于鱼，它是能喝的和有益的；对

① 北京大学哲学系编译：《古希腊罗马哲学》，三联书店 1957 年版，第 25 页。
② 北京大学哲学系编译：《古希腊罗马哲学》，三联书店 1957 年版，第 19 页。
③ 北京大学哲学系编译：《古希腊罗马哲学》，三联书店 1957 年版，第 27 页。
④ 北京大学哲学系编译：《古希腊罗马哲学》，三联书店 1957 年版，第 24 页。

于人，它是不能喝和有害的"[①]。真、善、美都是有条件的，绝对的真、善、美是不存在的，而一旦这个条件不存在，真、善、美就可能向相反的方向转化。美的相对性的发现，在美学中是至关重要的，找不到美的这个特性，也就影响到对美的本质的认识。因为真、善、美三位一体，任何美的东西都离不开善，具有功利性。由于古人的社会观是十分幼稚的，这样只有借助美的相对性来弥补这一缺憾。关于美的相对性的辩证法，很容易产生不可知论，使辩证法破产而导致相对主义，而赫拉克利特的美学便避开了这一点。其主要原因是，科学的辩证法至少要依赖三个条件：一是承认物质第一性，他可以保证思维规律与客观规律相吻合；二是承认对立统一，只有发现了事物的矛盾，才能找到物质世界的普遍联系，它是辩证法的认识论基础；三是要承认规律的客观性，因为忽视规律客观性的辩证法，在看待万事万物时都是不可捉摸、瞬息万变、扑朔迷离的，认识只能处于一片混沌。对于前两者我们可以很明显地在赫拉克利特思想中找出依据，至于最后一点，在他的思想中也存在着，这就是他所说的"逻各斯"，根据黑格尔的解释就是理性的规律。[②] 正是由于这些，才保证了赫拉克利特美学朴素辩证法的科学性，而美中不足的是他缺少正确的唯物历史观与螺旋式上升的社会发展观，较多的是"在圆周上，起点与终点重合"的循环论，这使他的辩证法并不彻底。

三、德谟克利特——美是怡悦

德谟克利特（前460—前310），出生于希腊北部的阿布德拉城，是古希腊杰出的唯物主义哲学家，是原子论唯物主义的创始人之一，列宁称他为古希腊唯物主义哲学路线的代表。他学问深厚，兴趣广泛，其渊博的程度不亚于后来的亚里士多德，他著作很多，成为"希腊人中第一个百科全书式的学者"[③]。从此之后，希腊的唯物主义开始衰落了，正如罗素所说："德谟克利特以后的哲学——哪怕是最好的哲学——的错误之点，就在于和宇宙对比之下不恰当地强调了人。"[④] 而德谟克利特的观点"极其有似于近代科学的观点，并且避免了大部分希腊的冥想所常犯的错误"[⑤]。德谟克利特认为，世界是原子与虚空。世界上的一切都是由原子构成的，原子是

---

① 北京大学哲学系编译：《古希腊罗马哲学》，三联书店1957年版，第24页。

② 黑格尔：《黑格尔哲学讲演录》卷一，上海人民出版社1986年版，第312页。

③ 马克思、恩格斯：《马克思恩格斯选集》（第3卷），人民出版社1979年版，第146页。

④ 罗素：《西方哲学史》（上册），商务印书馆1981年版，第107页。

⑤ 罗素：《西方哲学史》（上册），商务印书馆1981年版，第97页。

一种形状大小不同、而质上相同的不可分的物质微粒，它是永恒不变的，在数量上是无限的，它的特性是充满坚固。虚空的属性空虚，它是原子运动的必要条件，运动是原子自身固有的，原子在虚空中运动，结合而生成万物，离散即是事物的消失，原子在虚空中永久地运动，是世界万事万物生灭变化的原因。原子论作为一种本体论，要比以前任何一种学说都较靠近近代科学，很大程度上摆脱了古典哲学主观臆想的弊端。

在艺术的起源上，他坚持具有明显唯物论倾向的模仿说，认为“在许多重要的事情上，我们是模仿禽兽，做禽兽的学生，从蜘蛛我们学会了织布和缝补，从燕子学会了造房子，从天鹅等歌唱的鸟学会了唱歌”①。这种看法在当时对文艺的推动肯定是很大的，它可以促使作家、艺术家深入到生活中，产生汹涌澎湃的激情，寻找要表现的题材和突破口，塑造典型，达到艺术的真实性和典型性要求，产生永久的艺术魅力。

希腊的自然哲学到德谟克利特时逐步地衰退了，人生哲学的成分增多，他们把美学思想与人生、社会、伦理联系起来，一方面表示了当时人们审美能力的拓展；另一方面也可以看出这种联系，无疑使美学的研究领域日渐宽广。他大胆地鼓励人们追求美，创造美好的生活，“追求美而不亵渎美，这种爱是正当的”②。只有不断地感受生活的快乐的人才是爱美的人，禁欲主义者都是愚蠢的人，而“愚蠢的人活着并不感到生活的快乐”③。那么美是如何与人们的生活、人的内在品质相联系的呢？德谟克利特提出了人体美与心灵美的关系，他认为“身体的美，若不与聪明才智相结合是某种动物性的东西”④。由此我们也看出生活、社会对意识形态的制约性，美学并不是能够按纯粹理论的模式发展的，它源于、受制于生活实践，受社会伦理的影响，所以美与善的结合是客观的必然。因此，德谟克利特十分重视艺术的社会特征，“那些偶像的穿戴和装饰看起来很华丽，但是可惜他们是没有心的”⑤。这种伦理美的观点，反映在艺术论上很容易造成追求典型性、真实性、真情实感而反对公式化、形式化的艺术观，这也就是德谟克利特所追求的要与“聪明才智相结合”的“有心”的美学观。

---

① 北京大学哲学系编译：《古希腊罗马哲学》，三联书店 1957 年版，第 112 页。
② 北京大学哲学系编译：《古希腊罗马哲学》，三联书店 1957 年版，第 109 页。
③ 北京大学哲学系编译：《古希腊罗马哲学》，三联书店 1957 年版，第 116 页。
④ 北京大学哲学系编译：《古希腊罗马哲学》，三联书店 1957 年版，第 111 页。
⑤ 北京大学哲学系美学教研室：《西方美学论美和美感》，商务印书馆 1980 年版，第 17 页

诗的美以及一切艺术的美都是与热情相伴而行的，艺术家、诗人受现实美的陶冶，产生喷涌奔进的情感，它推动着诗人想象的潮头，就能产生精湛的史诗般的艺术品。“德谟克利特不承认有某人可以不充满感情而成为大诗人。”① 也许正是由于对感情的认识，对主观感情的揭示，他首次提出文艺创作时主体的独特的思维方式——灵感，他说：“一位诗人以热情并在神圣的灵感之下的一切诗句当然是美的。”②“荷马由于生来就得到神的才能，所以创造出丰富多彩的伟大诗篇。”③ 这里的“神的才能”就是灵感，他还认为“没有一种心的火焰，没有一种疯狂式的灵感就不能成为大诗人”④。固然这些思想略有所偏颇，但灵感的提出却是艺术创作理论的一次飞跃，由模仿说到艺术创作主体的审美心理，由对客观生活的态度到对作家、艺术家的艺术心理窥探，这都标志着艺术正走向自觉。这个标志就是艺术主观能动性的发现，它的功绩在于为艺术家们提供了新的思维方式，即一种新的认识论。

在美感产生及其特质上，他坚持了原子论的唯物一元论，美感是怎样产生的呢？他认为“快乐是来自对美的作品的瞻仰”⑤。把审美意识当作是人们在欣赏活动中对美的能动的反映，这种观点正是朴素的唯物主义认识论的反映论。他还进一步区分了人的美感和肉体快感，认为两者有着根本的差异，“凡期望灵魂的善的人，则只有一种容易幻灭的好处”⑥。美感是神圣的，而肉体的快感却是短暂易逝的，所以人们必须要超脱日常的肉体快感，“动物只要求为它所必需的东西，反之，人则要求超过这个”⑦。

美感的特质在德谟克利特看来就是“怡悦”，这个概念在德谟克利特的著作残篇中并没有出现过，而托拜乌斯摘引过。我们知道古代朴素的道德标准是离不开感觉的愉快与否的。在古代，善与美往往可以通用，都不脱离感性的愉快与有用。因此，怡悦也需要一定的感性快乐。残篇说：

---

① 北京大学哲学系编译：《古希腊罗马哲学》，三联书店 1957 年版，第 115 页。

② 北京大学哲学系编译：《古希腊罗马哲学》，三联书店 1957 年版，第 104 页。

③ 北京大学哲学系编译：《古希腊罗马哲学》，三联书店 1957 年版，第 107 页。

④ 北京大学哲学系美学教研室：《西方美学家论美和美感》，商务印书馆 1980 年版，第 36 页。

⑤ 北京大学哲学系美学教研室：《西方美学家论美和美感》，商务印书馆 1980 年版，第 36 页。

⑥ 北京大学哲学系编译：《古希腊罗马哲学》，三联书店 1957 年版，第 115 页。

⑦ 北京大学哲学系编译：《古希腊罗马哲学》，三联书店 1957 年版，第 107 页。

“快乐和不适构成了那应该做或不应该做的事的标准。”① “快乐和不适决定了有利与有害之间的界限。”② “生活而无宴饮，就像长途跋涉而无旅店一样。”③ 从残篇来看，德谟克利特是不排斥肉体的感性愉快的，但是更重视精神上的宁静，精神上的宁静与肉体的愉快二者结合，在伦理上就达到生活的最高境界——怡悦。并且他认为“怡悦的人永远不得不做正义的并为法律所许可的事，他不论白天、黑夜都轻松愉快，勇往直前，并且无忧无虑”④。作为生活目的的怡悦，不是狭义的感性愉快，而是精神上的、灵魂的宁静。灵魂的幸福就是怡悦，这种传统一直被保留在希腊艺术中，所以后来的温克尔曼称赞希腊艺术的优点在于高贵的单纯和静穆的伟大。

怡悦的前提首先是要保证思想、精神上的宁静，要抛弃一些微不足道的杂念，认清历史的发展趋势，节制私欲，端正思想，使自己的思想摆脱举棋不定时的犹豫、彷徨时的痛苦，使自己的追求、理想与历史、社会规律相吻合，以立于不败之地。其次是肉体的愉快，要追求现世的幸福，保全人的应有的欲望和特权，但是由于人们时常丧失理性，所以必须节制本能享受怡悦，“人们通过音乐上的有节制和生活的宁静淡泊，才能得到愉快”⑤。由此看来，所谓怡悦就是热情与理性、规律性与目的性、感性认识与理性认识相结合时的一种高尚的美的境界。

当时德谟克利特已经有了感性认识与理性认识不同的思想，他将前者称为暗昧认识，将后者称为真理性认识。对于二者的关系他是这样看的，“有两种形式的认识：真理性认识和暗昧的认识，属于后者的是视觉、听觉、味觉和触觉。但真理性认识和这根本不同，当暗昧的认识在最微小的领域不能再看，不能再听，不能再嗅，不能再尝，不能再触摸，而知识的探求又要求精确时，于是真理性的认识就参加进来了，他具有一种更精致的工具”⑥。

所以，一种美学观的产生有赖于世界观的形成，至此，我们可以把这个思想与德谟克利特整个哲学联系起来，怡悦不仅是感性的而且也是理性的。感性与理智在伦理上的统一，反映了本体论上本质与现象，认识论上

① 北京大学哲学系编译：《古希腊罗马哲学》，三联书店 1957 年版，第 107 页。
② 北京大学哲学系编译：《古希腊罗马哲学》，三联书店 1957 年版，第 114 页。
③ 北京大学哲学系编译：《古希腊罗马哲学》，三联书店 1957 年版，第 118 页。
④ 北京大学哲学系编译：《古希腊罗马哲学》，三联书店 1957 年版，第 115 页。
⑤ 叶秀山：《前苏格拉底哲学研究》，人民出版社 1986 年版，第 296 页。
⑥ 北京大学哲学系编译：《古希腊罗马哲学》，三联书店 1957 年版，第 106 页。

感觉与理智相统一的基本立场。

德谟克利特将美的探索深入到了主观领域，是一次理论上的突破，但统治着他哲学基础的是他的原子虚空论，一旦动摇了原子与虚空，也就使其美学受到冲击。而原子论在自然哲学上是很有力的一种思想，但在美学上显得十分贫乏。另外，德谟克利特尽管开始将人与动物、美感与快感区分开来，寻找人的独特的内质，但仅流于一般，没有形成较为完整的伦理学、社会学、心理学思想，这使美学这门与善紧密联系的科学仍停留在创建阶段。

后记

我大学毕业后就留在中文系文艺理论教研室，给大学生讲文艺理论。我念大学时正是80年代初，也正是中国文艺界兴起“美学热”，西方现代派文学理论被大量介绍到中国来的时代。当时中国文艺理论界可不像现在这样平静，经常有“论争”、“论战”，每次论争之后都有一批年轻的理论家很快成为“黑马”。各种流派、观点不停地“崛起”、“组合”，非常热闹。

那时在大学里经常听讲座、看报纸，尽管对流行的西方现代派的术语似懂非懂，但却非常感兴趣，结果让兴趣拉着，不知不觉地对文艺理论入了迷。那时，我每天捧着丹纳的《艺术哲学》、莱辛的《拉奥孔》、亚里士多德的《诗学》、柏拉图的《文艺对话录》、黑格尔的《美学》发奋苦读。一个还没毕业的大学生仅靠一点兴趣，就想把这些世界级的名著都看懂是不可能的，但就算是囫囵吞枣、一知半解，也对今后从事文艺理论教学工作打下了基础。20多年过去了，当时时髦的东西都消失了，留在我生活和心灵中的仍然是经典的著作和学说。

随着教学和科研的深入，视野不断被打开，我感到我们中华民族自己的文艺理论也非常丰富。于是在教学需要的驱使下，我便开始涉足这个瑰丽的艺术殿堂。等到自己要系统地研读这些传世名著时，才发现中国古代的文学批评史料真是卷帙浩繁，佳作林立，耗尽一生之力也许只能略窥一斑，那真有刘勰要立志注经时的感觉。刘勰十分崇拜孔子，很年轻时就立下宏伟志愿，要“敷赞圣旨”，宣传孔子的思想，而“敷赞圣旨莫若注经”，等自己要着手注经时他才发现，“马郑诸儒，弘之已精，就有深解，未足立家”。马融和郑玄是儒学大家，早已高不可攀，就是有一两把刷子也成不了大气，于是他便另起炉灶，“搦笔和墨始乃论文”，刘勰痛苦地改变了自己初衷，但历史证明刘勰的这种选择是非常成功的。刘勰立志要成为经国济世之士，他笃志好学，博览群书，又长于佛理，这么有才华都感到非常困难，更别说我这样的无用之才了，我便打算看一点算一点，不管怎样，起码可以帮助我完成教学任务。于是从孔孟、老庄、刘勰、钟嵘、司空图、皎然、严羽，直到王国维，一路走来，其中的艰辛自不必说，仅把古书看懂都要花费许多精力，更别说有一点见解。这时我就告诫自己："不要急，本来基础就不好，花费很多精力就是自然的事了，但要磨下去。"这样，我便在工作之余日积月累，把教学要用到的名著都浏览了一遍，这时才对中国文学批评有了一些自己的看法，才有了要把从孔夫子到王国维之间的中国古代的文学批评进行重新审视的愿望，才有了要写这本书的念头。

中国古代文学理论著作多如汗牛充栋，没研究时好像都知道，都听说过，等研究深入之后，才感到可查阅的资料很少，并且年代越久远，资料就越少，自己知道的那一点点，根本不能满足学生的需要。因常常找不到现成的定论和有体系的观点，这时我就想，还不如自己探源寻根，自圆其说。于是就有了一个想法：把前人没有讲的问题，或者讲了没讲清的问题，或者讲清了，自己不赞同的问题，都研究一下，生发开来，形成自己的看法。这样把自己"重新审视"的成果，同教材上介绍的专家的观点"掺和"起来，讲课不是更生动么？有了这些想法之后，我就改革了自己的授课方法：把前人有系统、自己能接受的观点，直接讲授给学生；对于前人没讲明，或者讲明了但自己不接受的观点，进行仔细的研究，按照自己的思路和能掌握的材料，形成自己的观点。这些自圆其说的观点常常博得学生们的青睐，也激发了学生学习中国古代文学批评的兴趣。教学工作的需要是产生这本书的直接动力，如果不是教学工作的促进、学生们的喜爱，我很难坚持不懈地写完这本书。

工作已有27个年头了，在这27年中，只有前6年是专职教师，可以集中精力搞好科研，之后的二十多年的时间，我一直从事教学行政管理工作。无论管理工作再累、再复杂、再辛苦，只要走上讲台，捧起教案，所有的劳累、辛苦都会烟消云散。高校中对那些既从事行政工作又担负教学任务的员工，美其名曰"双肩挑"。对我来说实为无可奈何，我自认自己智力不高，天资平平，一肩能挑好就不错了，哪有挑双肩的本事。所以当组织上让我挑双肩时，我也是两肩轮换挑，先干行政工作，有了时间就马上捡起自己喜欢的古代文论。二十多年来，每当年终考核，要检讨自己的缺点时，我总要写一条"搞行政工作占用时间较多，影响了自己的科研，时常有怨言"。怨了二十多年了，现在想想该怨谁呢？也不能老怨自己，还是怨命吧。

书中的观点不一定都正确，可都是我研读原著、不断思考的结果。书是一本一本地看，格子是一格一格地爬，每写完一个单元我都兴奋不已。虽没有“惊世绝俗之谈”，也没有“归一之论”，更不敢“断千百年公案”，可都是“自家实证实悟，是自家闭门凿破此片田地。即非旁人篱壁，拾人涕唾得来者”。在学术界道德失范，剽窃之风盛行的今天，我可以很自豪地说，我写的每个字都是经过自己的大脑的，引用之处一定注明出处，绝不剽窃他人的劳动成果。

书中所涉及的古代典籍都是传世经典著作，从孔子到王国维，历史的跨度悠长，但本书并不是想写成《中国古代文学批评史》，而只是自己对中国古代理论典籍、思想学说的一点心得体会，就是一些“自得”。自古“敝帚自珍”，把一点“自得”称为新论，也可以说就是这一积习所导致。刘勰在《文心雕龙·序志篇》中说，“夫铨序一文为易，弥纶群言为难”，对中国古代文艺批评形成系统的、全面的观点、学说要有足够的学养。本人自知学养不够，力不从心，不敢妄加评说，写本书的目的只是想把教学的一些体会汇集起来，难以尽善尽美，或有说话不知深浅、不知轻重的地方，还请方家多加批评指正。

本书在编写过程中，得到了暨南大学出版社副编审潘雅琴老师的精心指导和热情帮助，我在此表示衷心的感谢！

拙作付梓，了却昔日一桩心事，总结过去一段人生，揭开未来无尽的道路，活着就得奋斗。

李 艇

2012 年端午节于广州